U0936624

缓慢而永远

我们正以怎样的方式　走过这一生？

姬中宪 / 著

生活·讀書·新知 三联书店　生活書店 出版有限公司

图书在版编目（CIP）数据

缓慢而永远 / 姬中宪著 . — 北京 : 生活书店出版有限公司 , 2020.8（2024.11 重印）
ISBN 978-7-80768-322-3

Ⅰ . ①缓… Ⅱ . ①姬… Ⅲ . ①纪实文学—中国—当代 Ⅳ . ① I25

中国版本图书馆 CIP 数据核字 (2020) 第 028873 号

责任编辑 苏 毅
装帧设计 罗 洪
责任印制 孙 明
出版发行 生活書店出版有限公司
（北京市东城区美术馆东街22号）
邮 编 100010
经 销 新华书店
印 刷 北京启航东方印刷有限公司
版 次 2020年8月北京第1版
2024年11月北京第4次印刷
开 本 850 毫米 × 1092 毫米 1/32 印张 11
印 数 8,001–9,000 册
字 数 180千字 图16幅
定 价 48.00元
（印装查询：010–64052612；邮购查询：010–84010542）

对不起我老了
你已中年

——邱小孩《你》

目　录

活到九十九

九〇后的外婆

外婆九十九岁了。我称她“九〇后”。

九〇后的外婆和六〇后的舅舅一起，住在石库门房子里。那房子小得超出人类想象，家里所有东西都挂在墙上，吊在天花板上，好腾出地面的空间，也为了防老鼠。我一进去就要低眉顺眼，把头拗到最低，否则就一路磕碰，像敲编钟。

一层算客厅，一层半是卧室，从一层到一层半要经过一截狭窄、陡峭的楼梯，台阶宽度只有四十五厘米，仅容一人通行，深度十五厘米，只能放得下半只脚，坡度却要接近九十度，只能爬。一旁的扶手已被手打磨得溜光圆滑，像旅游景点的扶手。

这楼梯我从没走过，他们不让我走，因为我“码子大”，可能会中途卡住，或者一脚踩空，直接跌下去，砸坏地板。外婆九十岁以后，平地上也不太能走路了，出门就上轮椅，但这截楼梯，她仍可以自己上下。那是她一生的交通要道，她熟悉它，胜过熟悉自己的左右手。

但是，九十九岁这一年，外婆终于爬不动了。舅舅总担心她从楼梯上摔下来，所以每次上楼都跟在后面，用肩膀扛着她，一个台阶一个台阶地把她顶上去。

外婆有“劳保”，她虽然糊涂了，这事倒一直不忘，常指使舅舅：你去给我买个电视机，能搬上搬下的，用我的劳保。或者看到街上有人戴金项链，就给舅舅发福利：你去买个金项链戴，用我的劳保。我们常拿这事笑她。逢年过节，小辈们给外婆的小红包，总要交到舅舅手里，但今年外婆突然有了“经济意识”，有一天对舅舅说：你要给我一些钱。舅舅说：你拿钱做什么？外婆说：有钱在身上才踏实。舅舅说：你要多少。外婆说：五块。

当然，舅舅和外婆最大的资本是他们都没有病。这年代，没病比有钱更富有，更经得起挥霍。

舅舅每天给外婆穿衣服。外婆有自己的穿衣标准，拿上衣来说：最里面一层是一件棉毛衫；第二层是一件衬衣，上面印着褐色的小碎花，这一件无论春夏秋冬都要穿；第三层是一件薄的毛衣；第四层是一件薄棉的小背心；第五层是一件粗的手工织的毛衣；第六层是一件棉袄，是旧社会那种斜襟、包纽扣的，由外公亲手制作，外公生前是裁缝，给外婆做了好多衣服，一直穿到现在；最后一层，第七层，是一件薄的罩衫，方便换洗的。这七层衣服一层也少不得，你想给她换件新式的，简洁点的，二合一的，她不许，一定按照这个标准。睡觉的时候，也要一件一件往下脱，你想给她直接剥下来，她绝不允许，一定按程序办事。对她来说，穿衣、脱衣更是一种象征，减省不得。

这事只有舅舅做得来，别人都帮不上忙。给老人穿衣服需要力气、技巧、耐心，以及某种日复一日的仪式感。

老剩男

舅舅六十七岁了，至今未婚。

他有房，最好的地段，人民广场附近，西藏南路旁边，老式石库门房子，虽然小了点旧了点，但价值连城，一旦被拆迁，能换好几套大房子。据说李嘉诚要拆他们，已经拆到家门口了，舅舅眼看就要成为千万富翁。

他没车，但他没必要有车。他步行到人民广场五分钟，到淮海路三分钟，到城隍庙，一分钟——过条马路就是，所以他没车；他有车的话，也没停车的地方，石库门前的过道，停辆轮椅，来往的人就要绕道。

他有退休工资，有医疗保险，不抽烟不喝酒，不去娱乐场所，身体健康，还会修电器。总之，他是个标准好男人，但他至今未婚。

舅舅年轻的时候也喜欢舞文弄墨，是厂里一支笔。有一年上海图书馆搞旧书交换活动，他兴冲冲去，淘到一套心爱的书，碰巧有一位姑娘，也看中了这套书，舅舅心一软，让给了她。一来二往，两人谈起了恋爱，很快就谈婚论嫁。却不料，每一个漂亮姑娘的背后都有一个狠心的妈，姑娘的妈不同意这桩婚事。姑娘哭过，闹过，私奔过，最终依了她妈。很少有女儿能真正逃出妈的掌心吧，可年轻的舅舅哪里明白这道理？他想不通，一天天消沉下去，终于不婚。

以上内容来自舅舅的一篇小说。他晚年得闲，又开始写东西。我有一次去，他赶紧擦净手上的水，说：就等你来，你来了好给我看看，看我写得怎么样。我以为他要搬出一套泛黄的笔记本，没想到他取出一个平板电脑，手指一点一刷，屏幕上亮出一排排的字——舅舅是个电子器材控，当年EVD播放机刚研制出来时，他就弄了一台，后来流行平板，他也立刻跟进，只不过他这台平板的牌子有点野——我一篇篇看下去，有爱情小说，有鬼故事。看完这篇时，他特意点评：这篇是我写得最好的，这篇是真事。

真实的情况却不尽然。世间的文字，永远是写一半，留一半。其他人给我讲过这真实的另一半：舅舅自小沉默，不擅交际，又碰上一位马大哈似的妈——外婆。外婆有一次灌开水，不小心烫伤了他，滚开的水自脖颈浇下，一位清秀的少年就此倒下。那道明亮的疤，成为舅舅终生的羞耻，小说中女孩那位“狠心的妈”，或许正是被这道疤惊到了。从此，舅舅由沉默而自闭，这道强加给他的疤，让他的整个青年时期都抬不起头来，而他却连个抱怨的对象都没有，因为这疤不是仇人给的，不是时代给的，是他妈给的，人唯一不能拒绝的东西，就是父母给的东西。这疤像一个后天的胎记，刻画了他的大半生。

因此，当姐妹们陆续出嫁，外公也去世后，这个家只剩下舅舅和外婆。两个单身的人，两个被“剩”下的人，铺展家什，开始了新生活。这一“活”就是几十年，舅舅全天候地侍奉老母亲，外婆住进医院后，舅舅就跟到医院里。我们去医院看望外婆的时候，他正用剪刀把虾、蛋饺和青菜剪成一小块一小块的，预备喂外婆吃。我们带去水果和糕点，嘴上说：舅舅你也吃。其实心里知道，外婆吃不了几口，主要是给舅舅吃。但舅舅坚持说：我不吃，给外婆吃。

外婆要上厕所，舅舅先把外婆两臂架在自己肩上，大喝一声“哈！”，举重运动员一般，把外婆的身体搭在自己瘦小的背上，一点点挪下床。到了马桶边，舅舅再腾不出手，只能由其他人帮忙，一层一层褪下外婆那套复杂的衣裤。这整个过程，外婆一点都不给力，不配合，完全任人摆布，好像这事与她无关。真不知道在那无数个夜里，舅舅是怎么一个人完成这样一个大工程的。

舅舅也有自己的人生规划，比如写写小说，比如来我家看看3D电影，比如周游列国，但他总说：现在不行，现在没空，再等等，等外婆走了。外婆神志还清楚时，人们常对她说：你是个有福的人。这时候，说的和听的都明白，这“福”字是打引号的，因为背后的代价有些惨烈：她用一壶开水，烫出一个稀世的孝子。而在悲观者眼中，这事可能会得出另一个极端的结论，比如我。我的结论是，做一个全身心的孝子，办法只有一个：不结婚。

舅舅不在服务区

舅舅是数码控，比年轻人还时尚。当年我意外拥有了人生第一台iPad时，他已经用平板电脑写了不少鬼故事。他那时六十七岁，却比我提早几个月进入平板时代。这大概源于他对电器的热爱，他可以熟练掌控家里一切插电的东西，包括电视机、影碟机、电冰箱以及电饭煲。我有时想，我那把电吉他放在他手里，搞不好也能被他鼓捣出好听的声音。

对这些电器，他不但会用，还敢修。这让我这种百无一用的文科书生很汗颜。有一年，我们带舅舅去山东，我父母的家，正吃饭，客厅里那台老电视不工作了，人影乱晃，群魔乱舞。我爸过去乱按一通，没效果；我妈过去，朝电视机后背猛拍一巴掌，更坏了；轮到我，我装模作样地检查了一下，电视机连着机顶盒，里里外外全是线，一点头绪都没有。我爸要打电话报修，这时候舅舅走过来，嘴里还嚼着饭，把那些线上上下下捋了一遍，也不知用了什么手法，那电视竟然温顺了，好像被疏通了血管，一下找到了信号。再看我爸那边，电话还没拨通呢。

但是，舅舅也有个小脾气，让所有现代人都受不了：他不用手机，家里也不装电话。他自己是清静了，却让我们都很麻烦，比如我们第二天要去看他，不知道他在不在家，得先打电话给他家斜对门三单元四层阁楼聋子阿三的老娘结巴阿姨，结巴阿姨翻山越岭找到舅舅，讲清楚我们的意思，我们算着时间，半小时后再打过去，才得到结巴阿姨的回复，就一个字：在！

有一次，大家实在受不了了，几个小辈们张罗着要给舅舅家装个电话，电话线已经拖到家门口了，舅舅坚决不装。他像晚清那些保守的官员和百姓一样抵制这些科技制造的怪力乱神，他尤其不喜欢电话这玩意儿，半夜里随时会响，吓人一跳，那根电话线一头连着你，另一头连着千千万万的人，等于你有一个把柄被千千万万的人攥在手里，你就活得很被动。大家没办法，又商量着买了个手机，充上钱，直接塞到舅舅口袋里。手机在舅舅口袋里又唱又跳，舅舅不接，见了面问他，他说：你打过吗？我没听到啊。三个月过去，眼看手机话费要过期，他还没用过一次，赶紧给他续上费，再过三个月，他还不用，新费加老费，一并过期。

当年，大家都不用手机和电话时，舅舅并不显得另类，现在，大家都用了，他就很气人。全世界的人都被手机定位，随叫随应，不管躲到哪里，都有义务被别人找出来，唯独舅舅这条漏网的鱼，在服务区之外，独自做隐形人——凭什么？

岳父有一次背后评价他这位大舅哥：小阿哥，死脑筋！

那年清明节，全家去扫墓，舅舅晕车，要求自己坐地铁去，我们约好上午十点在地铁站出口等他。十点钟到了，他还没到，我们散开来，分兵把守在各个出口，等到十点半，还不见他人影，打电话给舅舅家斜对门三单元四层阁楼聋子阿三的老娘结巴阿姨，半小时后得到答复：舅舅早就出门了，早晨七点就出门了！都知道舅舅动作慢，可他再慢，只要上了地铁，地铁容不得他慢，他早该到了，怎么回事？我们围着地铁站转了好几圈，就差报警了。快十一点半的时候，舅舅优哉游哉地出现在我们面前——他也在找我们。

事后回想两组人的互寻轨迹，最接近的时候，只相隔一道矮墙，那矮墙挡不住中国移动，却挡住了我们和舅舅。

青浦静园公墓里人山人海，活人比死人还多，我们来晚了，正赶上第一拨扫墓高峰，大家人抵着人，一小步一小步往前挪，一边找自家的墓，一边手里牵着舅舅。谁都能丢，舅舅不敢丢，他一丢，这人潮汹涌的地方，怕是再找不回来。墓碑一排排望不到边，每个都长得差不多，分不清哪个是自家老人的，只能一一核对碑文，如同在24版的一沓报纸里寻一个生僻的字。大表哥说：我记得旁边有几棵大树。可是放眼望去，树早被铲平，好给新来的死人腾地方。姨妈说：我记得去年来的时候，头顶有高压线。我们于是抬头找高压线，可是今年头顶全是高压线，大概死人不怕辐射，才一年光景，高压线占领了墓园的天空。小侄女说：为什么不能用手机导航呢？为什么没有一款找墓地的APP呢……没有人搭理她，大家走得口干舌燥，心里都在埋怨那些没手机的人，不管活人还是死人。后来我们决定分头找，让舅舅跟着有手机的人。舅舅却不睬我们，闷头往一个方向走，好像心里早有定位，我们赶快跟紧他，他一路走，一直走到一处墓碑前才停下，我们凑近一看——外公的墓上已经长出了青草。

回到家里，他继续摆弄那些电器，还是不用手机，平板电脑也不上网。斜对门三单元四层阁楼聋子阿三和老娘结巴阿姨在浦东买了新房子，搬走了。没人再要求舅舅装电话。

遥想当年，我们刚用手机时，立志做它的主人，视它为工具，慢慢地，它成了主人，我们成了它的工具。如今我们都是器械的奴隶，只有舅舅，多少保留了一些主人的尊严，偶尔用用它们，哪天看着不顺眼了，随时修理它们一顿。

老宅男

岳父是个宅男。他年轻时在部队，走南闯北，去过不少地方，军令如山，不容许他宅。后来他年纪大了，在一所小学做保安，终日窝在十平方的保卫室里看报，渐渐有了宅的氛围，偶尔出去巡视一下，也远不过学校围墙。再后来，校园常发生暴力事件，教育部门要求学校加强安保，太老、太宅的保安没市场了，新上来一批武艺高强、活动范围大的保安，岳父光荣退休了。现在，岳父整天蜷在沙发上，看电视，打盹，天底下，再没什么新鲜事能诱他出门。

岳母正相反，她生得精瘦，好跑好动，工作时不允许，后来退休了，又暂时没抱上外孙，就空出大把的时间。她是居委会的活跃分子，社区文娱团队的骨干，经常抹着红脸蛋，穿着花花绿绿的舞台服装，四下里巡演，然后捧回各种奖杯、纪念品以及后背印着单位落款的T恤衫。每逢节庆或重大国际会议，岳母和她的老伙伴们就格外忙，到处走穴赶场子，世界安定祥和、歌舞升平，离不开她们的表演。

于是，岳父越来越跟不上岳母的步调了。岳母要逛街，要旅游，岳父不肯陪，岳母只好跟着女儿女婿去。岳母演出回来，给我们看她的演出照，让我们从一堆花枝招展的老太太中找她，或者守在电视机前，等着看她露脸的那一瞬，这时候，岳父也参与一下，但很快就兴致不高，只管喝他的茶，嘴里说：其实吧，就那么回事。朋友给我们音乐会的赠票，如果能凑够四张，我们就想带老人同去，岳母很兴奋，早早换好衣服等着，岳父就磨磨蹭蹭，一会儿说去，一会儿说不去，我们向他吹嘘音乐会的好，给他看印刷精美的宣传单，他看了，说：其实吧，就那么回事。

“就那么回事”，是岳父的口头语，代表他现今的世界观。在这方面，我们和他的区别是：我们是先去经历过，再得出这个结论，他则先给出这个结论，所以不肯去经历。不过迟早有一天，我们会被生活教育，被现实教训，最后变得和他一样。

现在，岳父把一天的大部分时间用来看电视，并把看电视的大部分时间用来打瞌睡。当然，他偶尔也会在电视中发现一些兴奋点，比如六十年国庆的时候，他要求全家人并排坐在沙发上，跟他一起阅兵，再比如“神九”升天的时候，他一天十几个小时守在电视机前，不放过直播的每一幅画面。岳母想看抗日神剧，看《老娘舅》，只好逃到我们家。

周末，岳父岳母来我们家烧饭，晚饭过后，他在桌前喝完一杯茶，坐够十分钟，一定要求回家，谁也拦不住。除夕那一夜，全家人看春晚到深夜，我们让他们住在我们家，第二天继续过年，他也坚决不肯，岳母已经收拾好床铺要洗漱，他还是坚持一个人回家，岳母嘲笑他，说：你家里有什么啊？怕人偷还是怕人抢？岳父低头换鞋，嘴里嘟哝：家有金元宝，家有万贯财……这话也被我们拿过来，传为经典。

我们结婚那年，岳父母跟我们去长岛旅游，到了海边，他让我们下水去玩，他在岸边看鞋，到了山脚，他让我们去爬山，他在山下看包。等我们玩够了，从海里山上回来，再带上他，上车回宾馆。长岛回来，他的腿不行了，上几级楼梯就疼，原来每晚例行的半小时散步也取消了，岳母说他：你就整天坐在家里吧，迟早坐成老年痴呆。

岳父很宅，却有一个很爱动的老伴，有一个很爱玩的女儿，后来，又有了一个也很宅的女婿。这也许不是巧合，是男女的普遍规律。男人的一生，大概就是兴冲冲要往外面跑，然后在外面不断冲撞，不断受伤，最后退回家里，收缩成一个宅男，并最终变成老年痴呆的过程。岳父如此，我也难免。

老年幼稚园

年轻人来敬老院探望，声势浩大，但并不贴近，象征性问两句，就远远站在边上，包始终在肩上，随时要走的样子。有时两手抄口袋里，可以整场都不用掏出来，只在临走的时候，伸手拉一下门。

这是一家社区民办敬老院，是一个开饭店的老板娘开的，位于高架桥下面。从浦东开车过来，一不留神就开过了，因此，这里车水马龙，却少有人光顾，也算闹中取静。前些年老板娘买下这里的两层楼，开的是饭店，料想生意不会太好，高架上的司机即使闻到菜香，也不一定能下得来，上海高架有名的绕。老板娘脑子转得快，拆了招牌，撤了桌椅，过道里架上扶手，包厢里摆上床，改名敬老院。立刻生意火爆。

上海早就是老年社会，六十五岁以上的老人，每三个人

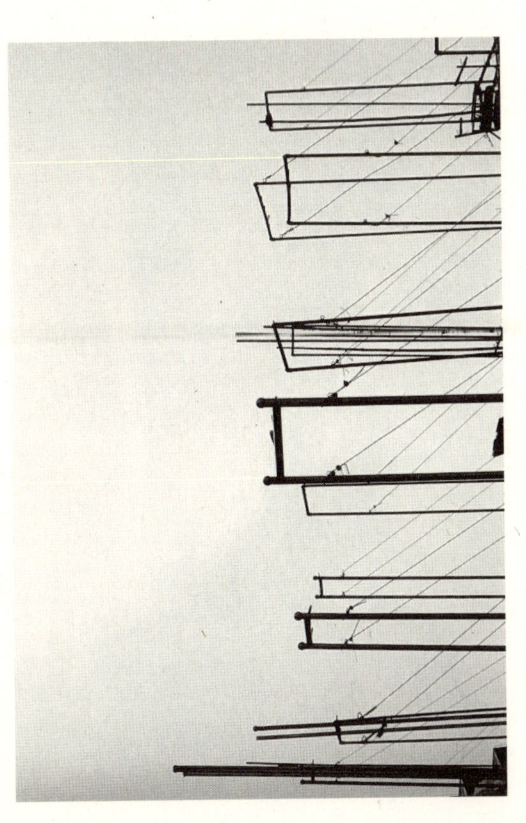

里就有一个，远超联合国关于老龄化的标准。前两年有则新闻，老人去一家公办敬老院排队挂号，结果排到十年后。想想吧，你去银行取钱，先取一个号，上面写着：您前面有十年在等待，请耐心排队——你耐得下心吗？

我们于是感叹：终生排队，老了还要排队，保险起见，最好年轻时就先去敬老院取个号。

所以，民办敬老院火起来。老板们拆了饭店，撤了厂房，改造了猪圈，变成敬老院。

这家敬老院专门收治高龄老人和病危者，来这里的人，基本没机会再出去，高架桥下面的这座破落小楼，很可能是他们人生的最后一站。

敬老院是对外的名称，市里文件给它们的名字是“舒缓疗护中心”。“舒缓疗护”也是文雅的叫法，其实就是“临终关怀”。

外婆刚进医院的时候，舅舅和姨妈就联系好了这里。医院不是久留之地，住院费贵不说，院方也不待见。百岁老人赖在人家病床上，好也好不了，死又不肯死，什么时候是个头？按医院的说法，久治不愈的人会降低医院的病床周转率，万一死了，则抬高医院的死亡率。这二率，直接关系到来年医院能申请到多少医保金。除非你是“特护”，是高干，否则的话，还是赶紧走人吧，咱们都是明事理的人，不能挡了人家的财路。

于是，一群志同道合的老人们，为着一个共同的目标，来到了这里。未来，只剩下一件事等着他们。他们因此无忧无虑。

外婆刚睡着，我们轻轻走近了看她，和舅舅小声说话，房间里却突然响起笑声。那笑声清脆，年轻，无禁忌，在这样一种气氛下，显得格格不入。我们扭头找，竟然是邻床的一位老婆婆。

我们进来的时候，老婆婆也在睡。她眉眼弯弯，慈眉善目，皮肤极好，白里透红，几乎没有皱纹。老人的睡眠可以随时开始，随时结束，简直不需要过渡，好像她的主要任务就是睡，但也不想错过好玩的事，随时睁眼发表一下看法。大概我们吵到了她，她醒了，睁眼就笑，嘴抿着，里面牙齿全无，露出红圆的舌头。我们的注意力都转到她身上，有人说：你看看，她还笑呢。好像她本该哭才对。我们想和老婆婆交流一下，她却冷不丁又睡过去，顷刻发出响亮的鼾声。我们不理她了，她却突然说话，说得振振有词，但听不懂，不知道哪国语言。她前一秒打呼，下一秒就讲话，让我们很震惊。舅舅见怪不怪，说：她就这样，糊涂了。她好像听到了这句，止住呼噜，明明白白蹦出一句话，我们仔细听，竟听懂了，她说：一间房，四张床，老好！

她在自己的世界里，思路活跃，语言跳跃，我们跟不上她。她笔直躺在床上，一动不动，盖一床鲜艳的被子，只露出一张活灵活现的脸，看上去有点诡异。我去看她的脸，惊觉她竟然也在看我。我立刻很尴尬，不知道怎么应付这场面，她却对我笑，说：包包老好看。

我说：啊？什么？

她说：包包老好看。

原来是说我的包。我们明白过来，都笑翻了。舅舅却告诉我们，她是高位截瘫，浑身差不多就剩下脸能动了。

我们再去看她，眼神就有些异样。她还是那样，睡过去就打呼，醒过来就笑。她是这老人世界的喜剧人物，全身只剩下表情能动，她就尽力调动那表情，娱乐大家。她六十六岁，也算有资本，有后台：她原来会弹钢琴；她的女儿和上中学的外孙，有时会来看她。

六十六岁，几乎是这里的青年了——不过后来我们才知道，她其实七十六岁，但她一直说自己六十六岁，说了十年了。

全世界都是精神病

人年轻的时候，做什么都要分出三六九等，分门别类，生病也不例外。譬如动手术的人要住院，传染病要隔离，残疾人进康复中心，智障有阳光之家，精神病当然就关进精神病院。人老了，就没那么讲究，老到一定程度，就统统收进一个院子里，方便死神清点。生命的出口异常拥堵，人们懒得再细分他们，反正出口只有一个。

住进这家敬老院前，外婆一直健康，清醒，可是生命无情，一旦老过那个临界点，人们就不由分说，把她和其他人归为一类，分配进同一个房间。这房间里一共四张床，睡了三个人，除去外婆和那个永远笑眯眯躺在床上的老菩萨，还有一个老精神病。

这位资深精神病患者，据说已经精神病了十几年，“老精神病”这名字是经医生认定过的，并非别人栽赃于她。就在几个月前，外婆和老精神病还不是一路人，还跟着我们下馆子，热衷于各种聚餐，在陌生人面前展现礼节，但是现在，她和她住进同一个房间，两张床只相隔0.5米。

疾病与衰老，抹平了她们所有的差别，她们像一屋子姐妹，连长相都趋同。

外婆失去了抱怨的能力，她服从分配，被推到哪里，就老实待在哪里。尴尬的或许只有我们这些小辈，每次来看外婆，还要顺带对付另外两位室友。当然，外婆不是最委屈的一个，那位老弥勒佛或许更有发言权，毕竟她和老精神病同住了很久，年轻的时候，她或许是一位老师，一个文化人，知书达理，懂得保养，会弹钢琴，现在呢，管她是谁，死神判她全身瘫痪，只留一张脸缓刑，她于是终日对着老精神病笑，对所有人笑。

外婆终生不识字，大半辈子宅在那个老弄堂里。她之前的人生，应该和老弥勒室友没什么交集，和老精神病就更没有。三个老室友，她们之前的人生，曾经多么不同，如果十年二十年前有人对她们说，你们将搭乘同一架航班，飞过生命最后的出口，你们是灵异航班上的邻座——她们准不信。

如果硬要找，她们身上大概也有一个共同点：阶级性。更富或更穷的人，都有别的去处。高架桥下面的这座临终关怀敬老院，只接收同等价位的老人。

还是说说这位老精神病吧，她刚进来时，每天都要逃，半夜里翻过窗，白天蒙骗过门卫，好几次已经越“狱”成功，又被逮回来，从此全院戒备。她后来认清形势，不逃了，安定下来，开始吃。她向所有人要吃的，食量大得不像个老人，她不停地吃，似乎要凭她一己之力，吃垮这家敬老院。这或许是她另一套迂回的逃亡方案。

很可气的是，她吃了也说没吃，找院长告状，说护工阿姨想饿死她。阿姨气得笑。

或者她不是要逃离敬老院，她只是不承认衰老，不想赴死神的约，于是，她以一个精神病患者特有的无厘头，一次次挑战“将死者”在我们日常观念中的应有形象。

外婆刚住进来时，老精神病常欺负她这个新人，晚上突然爬到外婆床上，把外婆挤在墙边。外婆虽然没能力反抗，总归也不大乐意配合，她就跟外婆讲道理，说这原本是她的床，她一直睡这里的。想象一下吧，深更半夜的，两个加起来近二百岁的老太太亲密挤在一张一米宽的小床上，说着悄悄话，画面真的有些诡异。

这样僵持一夜。第二天早晨，舅舅来了，才把护工阿姨叫来，一根手指一根手指地，把老精神病从外婆身上掰下来，放回自己床上。

大家轮流教育她，叫她守着自己的床，不要欺负新来的。她蓬松着头发，朝你笑，似乎很通情达理，但转脸就忘。她没有家人，没有探望者，她以一个精神病的形象独立存在于这个世界上，人们拿她没办法。有一天舅舅去，看到她在乱翻人家的储物柜，把所有东西的顺序都打乱，最后，她看中外婆的一块肥皂，握在手里把玩，凑到鼻前嗅嗅，然后藏进被窝里。

她没看到舅舅。也许看到了，但她觉得偷东西这种事光明正大，不用背着谁。

舅舅耐心等她收工，才过去揭发她。人赃俱在，她也只是不好意思地笑笑。舅舅说：难怪上次那个肥皂才几天就没了，是不是也是你拿的？她说不是，舅舅就吓唬她，指着外婆说：外婆很凶的，外婆要是知道你拿她的肥皂，要抓人！舅舅叉开手指，瞪了眼，做出抓人的样子。她看了，倒真有些怕，从此再不拿肥皂。

有一天，护工在外婆床上清理出大便，赶紧通知了家属。舅舅赶来看了，神情复杂。叫来医生，医生看了，表情也莫测。这大概超出医学的解释范围，因为外婆已经很久都排不出像样的大便了。大家于是都看外婆，希望本人能给出一个说法。外婆一脸无辜，好像这事与她无关。

确实与她无关——后来案子告破，大便是老精神病的。她最近又吃了不少，肠胃状态不错，跑去卫生间，尝试大便，几次之后，居然成功了。她兴冲冲拿来纸巾，挑几块成形的、样子满意的包了，小心摆在外婆身下。

当晚，她应该睡得特别踏实，梦格外香甜。梦里，全世界的人都得了精神病，随地大小便，随时生死，只有她长生不老，一直健康、清醒。

一百岁的外婆

外婆住进医院的时候，还差几天就一百岁。

病床的卡片上，外婆的名字叫“申凤仙”。她生于一九一四年，那时候，小凤仙应该正红。那年代，“凤”和“仙”都是女性常用的名字，不算巧合。外婆嫁到外公家后，一直随外公的姓，叫胡凤仙，申凤仙只印在身份证上。很多年来，她是个与世无关的老人，用不着身份证，也就用不到这名字。直到今年，她住院了，医院不管这些，只看身份证，她的官方名字才终于为人所知。

上海人讲虚岁，这一年，外婆实岁九十九，虚岁一百。经常有隔壁病友及家属来看她，“听说来了个一百岁的！”看过之后，所有人都说不像。上了年纪的人，脸面靠牙齿撑着，外婆的牙齿完好，脸也就饱满，方正，没有老相。人们来参观过她，嘴上赞叹过，心里就多了一份活着的信心。一百岁，并不那么遥远。

但是，外婆毕竟一百岁了。一百岁，想想都吓人。一九一四年，“一战”爆发，巴拿马运河通航，世界上最后一只旅鸽死去。在这个历史课必考的年份，外婆降生了。这一百年的热闹，她一个都没落下。但她好像与这些都无关，当它们都没发生过。她不关心近代史，历史只留给历史以外的人关心，历史中的人，尤其普通人，并不拿它当回事儿。她只盯着眼前几平方的生活，时代从四面八方挤压她，她承受这种挤压，像承受一场雨一阵风一样自然，并不追问风雨的来历。毕竟在时代的巨大更迭之下，另有一条世俗生活的线索，微弱而坚定，自古依然，亘古不变。

如果硬要说时间对她有所影响，那也只是勉强影响到她的身体。平心而论，这一百年来，外婆把这具身体看护得算是相当完美，她的医保卡余额比岳母的都多，岳母的医保卡，两个月就用光全年的额度，剩下十个月就只好自己充值，外婆的医保卡，十年前切除白内障时用掉一笔，这次住院又用掉一笔，一查余额，还有几千块。她几乎不麻烦医院，她的老年生活中没有“药”这个关键词。

所以，这一次她刚入院时，药对她格外有效。开药的时候，医生显得很没有成就感，完全没有平时生杀予夺的气势，他说：“要么就开点疏通血管的吧，她体内的血，流了一百年了，流不动了。”于是，一百年来，她的血管首次迎来了新鲜的液体，她的身体缺少应对这液体的经验，药长驱直入，一路没遇到抵抗。她的脸色，登时好了很多。

但是好景不长，几天之后，点滴卡在半空，打不进去了。护士过来检查了设备，没问题，汇报了医生。医生说：“是血管的原因，要么就别打了吧，这血管用了一百年了，不好用了。”

我们感叹身体的奇迹。这年代，什么东西能用了一百年了还能用？就在几个月前，外婆还跟我们下馆子，吃肉圆和醉虾。她口腔上下前后都有牙，那牙用了一百年了，还能用。

护士撤走了输液架，病床上方只留下蓝色的液氧包，汩汩输入外婆的鼻孔。鼻夹夹得不太舒服时，外婆会突然伸出手调整一下。我们看到了，像看到又一个奇迹，争相叫喊：你看你看，她还会自己调呢！有时候，氧气输得时间长了，她大概觉得有些醉氧，也会突然伸出手，一把扯掉输氧管，立刻又沉沉睡去。那只手反应敏捷，指向清晰，正巧看到的人会揉揉眼，以为自己刚才眼花了。

那天我们去，她精神正好，转着眼睛看人，在陌生人——比如我——身上停留更多时间，眼神充满好奇。她那只切除了白内障的眼睛，仍有光亮。被她看得久了，你会有点不好意思，想凑过去和她打个招呼。等凑过去，她已经又睡了，一副对你毫无兴趣的样子。别人给她翻身，她不为所动，沉着身子不配合，鼻子哼哼。“活得不耐烦”，我突然对这话有了新认识，没有贬义。

她不再说话，偶尔学话。岳母趴在她耳朵上喊：“妈！吃药了！”她听一会儿，用同样的音调说：“噢！吃药了！”其实她只要应一声，我们听了就很高兴，完全没必要用这么高的声调。

床头摆着一个蓝色的充气圈，上次来的时候就看到它了，我分析是颈枕，班车上、旅行大巴上，女生们睡觉的工具，套在脖子上。但是他们却抬起外婆身体，把那东西塞进外婆屁股底下。看来它应该叫“股枕”，专门防褥疮的。

舅舅从家里煮了面带过来。那面煮好以后先不捞，泡一会儿，等面汤充分浸透，打上来，掺上肉米和切碎的青菜，红白绿三色相间，挺好看的一碗。舅舅用保温盒带来，还烫手，用调羹挖了，一口口喂给外婆。眼看面快吃光，外婆一口咽下，还张口要。岳母有点担心，叫舅舅别再喂，怕外婆不知道叫停，一直吃下去，撑着她。舅舅罢了手，大半碗面，只剩下两口。

入院之前，外婆一直留光头。大概舅舅嫌头发长了难打理，他一个独身男老人，要照顾外婆起居，还要给她梳头，有点难为他。外婆也不讲究，于是就留起了光头，但是终年用帽子包裹着，遮住头皮，也保暖。这次住院，帽子不能戴了，护工看她光头，脸又方正，表情又严肃，直接把她推进男病房。舅舅反复解释了，人家才肯相信，放外婆回归女病房。

岳母和姨妈之前都劝过舅舅，希望外婆重新留起头发，舅舅不听，直到外婆住进医院，大家开始公开谈论她的后事时，外孙女说了一句话，舅舅才改变主意。

她说："还是留吧，光着头，怕外公认不出。"外公十三年前去世，那年外婆八十七岁。

外婆于是重新留起头发，截至今天，已经长出白白的一层。仍然浓密，健壮，充满生命力。那些头发，长了一百年了，还在长。

缓存与闪念

大石碎胸口 II

朋友搭我的车，后排上聊起她家的老保姆，在她家十几年了，最近被辞退，因为女儿不吃她烧的菜。“咸的咸，淡的淡，跟她说了多少次，总也改不好，”朋友说，“没办法，六十六岁了，味觉退化。”我正在高速收费口交钱，一句话点醒了我。我妈六十七岁了，就在前一天，我还嫌她烧菜太咸，“跟你说了多少次了，怎么每次都这么咸？”我问她，她一脸错愕，“啊？我尝了一口，还以为淡了……”

六十七岁这一年，我妈的膝盖外翻，积液，一上下楼就腿疼，一腿疼，就想起我姥娘。“那时候，你姥娘的腿也疼，咱家住一楼，门外就俩台阶，三十公分高，她都出不去，你姥爷想领她出去走走，下台阶时，她一条腿探下去了，手还死扳住门框不松手，因为腿用不上力，手就不敢松。你姥爷是个急脾气，人又粗鲁，等不及了，就拿皮锤（拳头）砸你姥娘的手，砸在门框上……你姥娘脑子不行了，还知道疼，就说，你打我干吗？你姥爷说，撒手！你姥娘从年轻时就没个主意，你姥爷怎么说，她就怎么做，她撒了手，腿就软下去，身子卧在地上，腿和脚压在屁股底下，你姥爷拽也拽不动她，你姥娘就一直窝在地上，她本来血黏度就高，这样窝得久了，血液就更流通不开，人就瘫在那里，非得等着过来一个年轻人，才能帮你姥爷把她拖起来，可咱那楼里哪还有年轻的？等不到，就只能等我中午下班回来，我那一年也五十七了……”

那一年，我妈五十七岁，还在一家诊所上班，诊所老板中午管饭，她不吃，一下班就骑上自行车，呼呼呼往家跑，十六七分钟到家，先在门口花一块钱买四个火烧——如今我们家不太吃火烧了，偶尔吃一次，我妈就会讲起这一段，“四个火烧，再炒俩菜，就够我和你姥爷姥娘吃一顿了——你算啊，四个火烧，你姥娘吃一个，你姥爷吃俩，我吃一个。你姥爷要是吃一个半，我就吃一个半”。吃好收拾好，十六七分钟骑回诊所，误不了下午上班。人虽然辛苦点，心里踏实。“骑着车子回家时，想到自己爹娘在家等着我，一敲门就应，心里暖洋洋的，腿上全是劲！”

六十七岁这一年，我妈的腿终于撑不住了，做了膝关节置换手术，术后胃不舒服，吃不下饭，问她什么她都没胃口，问她要不要冲鸡蛋喝，她眼睛一亮，说行。这一年，晨练群里的姐妹流行开水冲鸡蛋，说是在鸡蛋的所有吃法中，这样最健康，营养保存最全。我妈听了，立刻改喝冲鸡蛋，每天早晨冲俩，方法是先用开水烫一下碗，然后打蛋进去，不用打碎，直接冲水。水务必滚烫，最好是电热水壶刚跳闸，水正沸腾，拎起来就往鸡蛋里冲。又要控制好水流，水流不宜过大，也不要四处乱浇，而要对准一个点，徐徐冲出蛋花……我妈躺在病床上指导我冲鸡蛋，又想起往事：“那时候，每天早晨给你姥娘姥爷冲鸡蛋喝。他们不大运动，怕鸡蛋吃太多吸收不了，就每人冲一个，现在想起来还有点后悔，怎么也该每人冲两个……”

那时候，我妈常利用诊所便利，自己给姥娘配药，药难下口，就掺进饭里。我妈熬了稀饭，撒上虾粉、葛根粉，还有各种降血脂的药粉，端给姥娘吃。好好一碗粥掺了药，弄得很腥气，姥娘特别遵医嘱，一口一口乖乖地吃，从不皱眉。我妈有一次问她：“好吃吗？”姥娘说：“嗐，还管它好吃不好吃。”她那时仍清醒，明白良药苦口。再后来，粥喂到嘴里也不会咽了，因为她已经没法控制吞咽肌，就一直含在嘴里……

我妈给我讲这些事时，我常常不知如何应对，理性上认为我应该和我妈一样伤心、遗憾、追悔，感性上却总也调动不出足够的感情。老话讲“隔一皮、差一皮”，同是血亲，关系每远一层，情感就递减一分，是残酷的真相。又说“世上没有真正的感同身受”，只有等我妈躺到病床上，我在旁边伺候她时，才稍稍能体会到她当年的心情。但也只是她当年的心情，今天她在我面前讲起姥爷姥娘时的心情，我仍然不敢说百分百地同感，今天她是孤儿，我不是。

有一天，我家微信群里，忘记是谁转了一个链接，内容与死有关。我妈突然激动，连发几句，句句带着感叹号。我姐的女儿二丫，二十岁上下，正是脾气火暴的年纪，不赞同我妈的观点，争论了一句。我赶紧和二丫私聊：你姥娘对这个话题最敏感，这几天又是清明节，她心里难受。二丫立刻醒悟，连回三条信息：哦对，我给忘了，哎……

有一次我妈又讲起姥爷姥娘后，我终于说了话："那几年我忙着结婚、装修房子，也没顾上我姥娘和姥爷。"我妈说："你离那么远，顾不上很正常，别说你，我们这些做儿女的也没顾上。"那一年，我回老家办婚礼，我妈早早做起了准备。我在上海已办过一次，老家的婚礼对我来说只是遵从父母指令，回去走个过场，我妈却不同，她将这仪式看作她人生中最重大的事情。日子定下来后，她回到家里，直接对我姥娘姥爷说："上海的亲家，全家都要来，住不下，你们得搬回去住一段时间。"姥爷听了，马上说："知道，还能耽误外甥结婚？"这话说得其实有些重，多年后我妈想起来，还会自责，怎么也应该让他们留下来的，后院还有一间小平房，挤一挤的话，也不是住不下。我妈对我说："你姥爷倒不会怪你，毕竟隔了一辈，怪不着，他脾气不好，可是明事理，而且他盼你结婚盼了多少年了，但是那时候，你舅要是问我一句：为什么叫老的搬走？外甥结婚，本来也该请姥爷姥娘当客——我只能听着，不能反驳……"

不但忠孝难两全，很多事情都难与孝两全，每逢这种两难时刻，牺牲的总是孝。

那年春天，我回老家办了婚礼，来年春节过后，姥娘在农村老家去世，整整一年后，姥爷去世。几个月之后，上海外婆去世。一年后，我女儿出生……我做了爸爸，我的父母荣升为最老的一代，我们都朝着衰老与死亡迈出了坚实的一步。

又一年，上海，我和我妈在路上疾走，前面两个老人慢吞吞挡道，女老人搀着男老人，男老人迈着小碎步，两脚紧倒腾，却还是跟不上女老人的步幅。我妈小声说："脑萎缩，共济失调，你姥娘当年就是这个病。"

那一年，我正闹离婚，我妈正陪我走在见律师的路上。当天我在手机上记下一句话：我姥娘患阿尔茨海默病去世那一年，我去探望另一个外婆很多次，却没能多陪陪我姥娘，终生遗憾。

姥娘还健康时，儿女们怕她操心，又操不到点子上，常教训她："以后什么事也别管，光知道吃！"后来，姥娘真的什么事也管不了，"光知道吃"，甚至连吃也不会了。我妈和我姨、舅们把姥娘姥爷从农村接来城里住，方便照顾。轮到我家时，我妈白天去上班，把姥娘安置在客厅沙发上坐着，茶几上有几张旧报纸，一挨上姥娘的手，就被她撕成一条一条，叫她别撕，她控制不住，那是一种生理性的破坏欲。后来，沙发上她也坐不住了，就给她特制一把椅子，椅面上挖个洞，让她屁股嵌进那洞里，也方便上厕所。再后来，这样也坐不住了，常常身子歪到一边，刚给她扶正，又歪到另一边。姥爷心焦，说："拿根绳捆住她！"真就动起手来。我妈拦他："你勒死她了！"姥爷说："我勒死她了吗？"我妈说："勒死不就晚了？"

平时我妈和姥爷聊天，总让姥娘一旁听着。姥娘那时已不能参与别人的聊天，但经常听亲人说话，或许能唤起她的记忆，至少延缓失忆的速度。有一天，姥爷和我妈说起农村老宅对门的一个邻居，十几年前也是得了老年痴呆，刚说到这里，坐一旁的姥娘竟突然插话："一个药片都没吃（就死了）！"

那位邻居，论起来也算亲戚，我妈管她叫大娘。她那时已失智到不能自理，冬天坐在家门口的磨盘上晒太阳，棉裤棉鞋被尿浸透，连磨盘都湿了一片，应该尿了不止一泡。姥爷姥娘把她叫到家里来，请她吃饭，正吃着，她儿子来了，嫌他娘丢人，尿裤子不说，还吃人家饭，就拿桌子挡着，用脚尖使劲碾他娘的脚，暗示她该走。姥爷看到了，说："大侄子，你这是干么？咱们两家不是近吗？你娘在你叔家吃顿饭，不应该吗？"

姥娘已记不得眼前的事，却还记得十多年前的这位邻居，对她"一个药片没吃"就死的结局印象深刻。她可能已经隐约知道自己的未来。

人的大脑都有一个缓存区吧，便于我们随时提取记忆，姥娘的缓存区越来越小了，只容得下一些零星的闪念，尚有一丝被激活的可能。最终，所有记忆熄灭，沉入意识的最深深处。暗无天日，永劫不复。

我妈的缓存区里，姥爷姥娘是永恒的关键字，甚至敏感词，稍一触及，就满盘复活。她背负这些沉重的记忆，一天天衰老下去。

我们也都差不多。或早或晚。

有一年夏天，我妈晚上下班回来迟了。底楼采光不好，也没开灯，房间里已经暗沉沉的。姥爷在床上打呼，姥娘一个人呆坐着，脸上一块一块红肿，凑近了看，腮帮子、额头、鼻尖、眼皮上趴了至少五六只蚊子，个个吃成苍蝇大小，急得拍一巴掌，脸上全是血……如今每到夏天，蚊子嗡嗡一叫，甚至一想到蚊子，我妈心里就火烧火燎一般，我和我姐安慰我妈的话，“妈，我姥娘那时脸上已经没有知觉了”，根本安慰不了她，世上没有人像我妈一样对蚊子怀着弑母般的仇恨……

全世界的笑话都讲光了

姥爷走得突然。好像我们正松松垮垮走着，醉汉般眯着眼，说着轻佻的笑话，他突然回身，给了我们一个耳光。

在此之前，姥爷的形象一直是健壮、刚正和慈祥的，尤其在小辈面前。他个子高，背微驼，头皮光亮，脸瘦长，颧骨饱满，像蒋介石。这个比喻我们只私下里讲，不敢说给他听，因为他不喜欢老蒋，怕他接受不了这个事实。淮海战役时，姥爷推着独轮车往前线送过物资，把铁锅扣在头上，只听得铁锅叮当响，也算经历过枪林弹雨，为打败老蒋做过贡献。陈毅元帅说，淮海战役是老百姓用独轮车推出来的，虽然没点名，但其实说的就是我姥爷。姥爷一生务农，却识文断字，算是村里有点文化的。姥爷关心国家大事，喜欢历史典故，老了还经常看报，直到眼睛生出白内障，然后就开始听广播，直到耳聋。

我小的时候，姥爷一来我们家，我就缠着他讲故事，我们都爱听姥爷讲故事，觉得他啥都知道，特渊博。上世纪八十年代的夜晚，才吃过晚饭，又停电了，我们围坐在黑漆漆的房间里，渐渐就有了听故事的氛围。姥爷高大的身形在黑暗中渐渐显出轮廓，他声音低缓，略带沙哑，永远一手摇着蒲扇，一手握着茶壶，符合我们对说书人的全部想象。这个夜晚，姥爷清清嗓子，说：要不，说个笑话吧。

说的是从前，有两个朋友，一个过得好，一个过得不好，过不好的这个人，特羡慕过得好的那个人，觉得他什么都好。有一回，他问那个好人：你怎么什么都好，事事都顺，连拉屎都比我顺？好人说：你拉屎不顺吗？这人说：不顺，回回不顺，你能教我个好办法吗？好人想了一会儿说：拉得顺不顺，关键看地方，这样吧，下回你想拉了就来找我，我带你去个好地方。

转一天，这人来了，说：我有点想拉了，你带我去那个好地方吧。好人说：行，跟我走。两人开始走，出了村子，到了河边，这人说：这里可以吗？河滩上全是沙，还没人。好人四下看看，说：不好。两人就继续走，蹚过河，到了一个小树林，这人说：这里可以了吧？地上全是树叶，还有树挡着。好人左右看看，说：不好。两人再往前走，走啊走，走了不知道多久，这人实在忍不住了，说：好人，你快行行好，告诉我那个好地方在哪里，我快拉裤子了！好人停下来，说：就是这里。这人如同得了军令，也不管周围有没有人，当场褪下裤子，一泻千里。

进入九十年代，我们长大了，姥爷更老了。他头更亮，背更驼，眉毛又白又长，下巴又松又软，像晚年蒋介石。我们仍然向他隐瞒这个事实，黑夜里，我们调暗灯光，围坐在姥爷身旁，央他再讲故事。姥爷清清嗓子，说：要不，说个笑话吧，说的是从前，有两个朋友，一个过得好，一个过得不好……

我们都很愕然，从姥爷说出第一个字起，我们就猜到了最后一个字。但我们还是忍着，配合着，假装第一次听到，满眼好奇地听他讲下去。姥爷浑然不觉，仍然像第一次讲这个故事一样，娓娓道来，一点也不偷工减料。直到最后一个包袱到来，我们在一片早有预谋的欢笑中结束了这个笑话。

再后来，我们渐渐不敢请他讲笑话了，因为姥爷永远只有这一个笑话。在不断的重播中，这笑话越来越不可笑了，不但不可笑，还有点重口味，不适合全家老小一起听，不适合我们那越来越有洁癖的耳朵。但是，姥爷会主动要求，当我们碰巧都安静下来时，他适时清一清嗓子，说，要不，说个笑话吧。我们只好坐下来，听他一句句讲。这时候，我们会互相使眼色，警告某个有点不耐烦的小辈，我们全力酝酿一场笑，来迎接那个意料中的笑点，谁要是笑早了，或是笑晚了，或是笑得动机不纯，事后一定受处罚。就这样，全家人靠一个笑话欢乐了很多年。

进入二十一世纪，姥爷口齿不清，人也糊涂，连这个笑话也记不得了。好多人为此松一口气。在姥爷眼中，天底下再无新鲜事可讲，除去喘息与咳嗽，他终日沉默起来。在那些没有笑话的夜晚，我仍会想起那些或真心或带有表演性的笑。我琢磨，这世界的笑话大概是有限的，讲一个少一个，当所有的笑话都讲光了，只剩下赤裸裸的、毫无笑料的现实时，我们就一直重复那最后一个笑话，凭着它，一直笑下去，一直活下去。

鸟为食亡

姥爷和姥娘那一代人，一辈子为一个“吃”字。

八十年代后期，我爸妈在市里开小卖部，把姥爷姥娘接来帮忙看店。早晨让姥爷去单位食堂买早饭，前面年轻的工人们一路嬉闹，一根油条掉在地上，姥爷几步赶上去，捡起来就往嘴里送。

脏？根本没这回事，油条掉在单位的篮球场上，篮球场在姥爷看来，比他们农家的饭桌都干净。

有时也捡到馒头，如果捡得及时，馒头表皮刚沾了沙土，姥爷对着它猛吹一口气，然后就直接送进嘴里；捡得不及时，沙粒已混进面里，就小心揭掉弄脏的那一层，照例送进嘴里。

那种对食物的膜拜与敬畏，以及条件反射式的“送进嘴里”，没有挨过饿的人没法体会。

九十年代后期，我爸妈回乡开养殖场，姥爷姥娘又去帮忙看门。一闲下来，他们又出动了：去路上捡花生。

村子通往镇的路上，运粮食的车经不住颠簸，常从车厢里抖下一些花生，他们就沿着车辙子捡，捡出十几里地。姥爷在前面捡，姥娘抻着上衣的下摆在后面装，回到家，姥娘对着大盆一松手，花生哗啦啦倒下来。姥爷说：你看看，又一盆。

到了我爸妈这一代人，情况并没有根本的改善，他们一辈子为一个“钱”字。

一九九四年，一个电话辗转打到我妈所在的厂里，说我姐被录取了，月底报到，学费七百六。

挂了电话，我妈那个兴奋啊，别说七百六，好像多少钱都不在话下似的。可实际上，那一刻她口袋里的钱，连学费的零头都不够。

我妈回乡下找二妹，也就是我的二姨。二姨刚卖了一头牛，得了一千块，还没焐热，被我妈闻讯赶来，全数借走。

送我姐报到那天，我妈交上七百六十元学费，再给她一百四十元生活费。我姐拿着钱看我妈，我妈就说：怕什么？这是第一个月的，等花完这些，我就又来了。

送下我姐，我妈拎着几样熟食，去了一个阿姨家，和她一起吃了午饭，然后拿出最后三百块钱给她，说：上次你不是还帮忙请领导吃饭吗，这是饭钱，剩下的，给我外甥买本子。阿姨说：倒是请过一次，花了二百。她抽出一张要还给我妈，我妈没要。

回家第二天，我妈从床底下翻出积压的一批衣服，拿绳子捆在自行车后座上，和我爸一人骑一辆车去乡里卖衣服。乡离市一百多里路，我妈骑着自行车飞跑，我爸在后面追她，说：嗬！看你的劲头，我还追不上你呢！

到了乡里的集市，他们找到两棵树，把一根绳子系在当中，把衣服抖开，挂上，等待着第一个顾客的到来。来往都是乡下赶集的人，他们看着卖衣服的这两个怪人，论打扮像城里人，眼神却比村里人还羞涩。

他们卖了一天，卖出去一件衣服。但是我妈很高兴，把一百块钱摊在手里，反复捻摸，说：有了这一百块，再加四十块，就够丽丽一个月生活费了。

卖完这批衣服，又要想新主意。制衣厂倒闭了，衣服断了货源，而且去乡里赶集太远，不是长久之计。那几年，市里开始流行吃田螺，我们那里俗称“波螺油子”。我妈研究了配方，上午去市南关鱼塘里去收，回家用大铝锅煮，晚上七点钟，待城管下班了，用小推车推了铝锅，去家属院门口卖。

我和我爸看到了，都远远地躲着她。我妈看到我们了，喊：去给我倒杯水过来！我们假装没听到，低头快速走过。

路灯亮起来，路两边热闹起来，各种小摊小贩都出动了，一个女人在我妈身后喊：喂！那个卖波螺油子的娘们儿，你挡着我了！

我妈回头，说：喂！那个卖鸡翅膀的娘们儿，我挡着你了吗？

结果，两个“娘们儿”哈哈大笑，成了朋友。

深夜，我妈推着空铝锅回家，把一沓零票子摔在桌上，说：你们这俩死要面子的，看看，一晚上，三十块钱到手了！

六十二岁那年，我妈抱着我女儿，向我讲这些陈年往事。她说：我舍不得花钱，舍不得扔东西，舍不得倒掉冰箱里的剩菜，都是有原因的。

我妈现在住在我姐家，母女俩去逛菜市场，为了一毛钱的差价，我妈和摊贩理论半天。一开始摊贩还有兴致和她斗斗嘴，到后来，摊贩不说话了，嘴角讥笑，我姐就叫我妈别再说了，我妈还不停，摊贩嘴里就不干不净起来，伸手把菜从我妈的篮子里拿回来，把几张钱扔还给我妈，说：买不起别买，妈的……

我姐先急了，说：卖菜的，嘴巴放干净点，谁规定的买菜不能讲价？

但是回到家，我姐又说：妈，为了一毛钱让人家侮辱，值当的吗？你知不知道连大丫二丫都不想和你出去买东西，怕你和人家讨价还价的丢人，妈，你知道什么叫尊严吗？

我上大学时，有一年寒假回家，和我妈外出讨债，走了很远的路，费了很多口舌，也没有讨到那点可怜的钱。傍晚，我们站在公路边上等回家的车，一辆辆车过去，我妈不上，因为她要等到一辆更便宜的车。我穿着单薄的牛仔裤，膝盖冷得疼，一辆车停下来拉客，我妈还要和人家讲价钱。我发了火，我说：你这一辈子就是为钱卖命！你要钱不要命！

我去上海读研，我妈送我，在火车上，因为补卧铺票，我们和售票员起了一点争执，我妈要去找售票员理论，要回属于我们的那五元钱。我嫌丢人，不让她去，我天真地认为，冷漠高傲地放弃那五元钱，就是对那个无理售票员的最好的羞辱。

但是，我妈却一定要讨回那五元钱，在两节车厢的连接处，她和售票员激烈地争论。那一刻，我穿着崭新的衣服，准备去大上海读书，我妈却为了五块钱，在两车厢乘客的注视下与人争执，我又羞又恼，为售票员，更为我妈，也为我自己。我拖她走，她不走，我的手按在她的后背上，狠狠推了她一把。

过道上，我妈被我推了一个趔趄。

她踉跄朝前的样子，一直记在我心里，这么多年过去了，一想起来，我的右手就紧一下。

到了我们这一代，情况会有根本的改观吗？

听邱小孩的歌《你》，最让我心酸的是这样一句：发誓让你过上好日子，多年后不过是不再贫困而已……

大石碎胸口

我有十五年没见过故乡的春天了。那一年春天，我成年之后第一次在春天回到山东，济南正掩埋在一片雾霾中。当天有21度，我穿薄外套下车，但包里塞了一件羽绒服，因为天气预报说明天只有9度。济南人戏称：昆明是四季如春，济南是春如四季。我预计在山东逗留四五天，运气好的话，这四五天里，我将有机会领略山东的春夏秋冬。把故乡的四季一网打尽，也算不虚此行了。

我以为这里变了很多，但是，第一夜过后，我好像一下回到了起点。早晨六点多，我还朦胧睡在我姐家的沙发上，一阵快速、激烈的低语声将我搅醒。那声音似乎远在天边，又近在耳旁，有些陌生，又无比熟悉。那是我的父母在争吵。还在读书时，我曾将这场景写进小说《薛甜甜的婚礼》，这么多年后，这场景仍在原版重播，并没有太新的戏码。

我妈说：跟你说了多少遍了，叫你别买这样的，你还买！

我爸说：不是你叫我买这样的吗？上次我没买这样的买了这样的，你不是不愿意吗？

我妈说：我是叫你买这样的，不是叫你买这样的！

我承认即使这么多年后，我的文字仍无法真实地再现这场面。你写下的每一个字，都是经过无奈取舍后剩下的那个字，你每写出一个字，其实都漏掉了无数字。我父母的争吵举世无双，不可复制，那种凶狠的口气，不共戴天的立场，活灵活现如同话剧演员般的肢体语言，都仿佛某部经典电视剧，几十年来被一再重播。不是因为观众爱看，而是因为演员爱演。

我想抓紧醒过来，劝劝他们。刚想开口，突然醒悟：我刚刚构思的那句劝他们的话，其实已经说过很多遍，很多年。这使我立刻闭了嘴。和他们一样，我也并没有太新的对白。

正值清明节，我们回老家扫墓。一家四口，时隔多年后难得地又挤在同一辆车里。车程要两个多小时，我和我姐轮流开车。那时我还是新手，跟我比，我姐算老司机了，驾龄也不到一年。出发前，我们反复做了功课，查地图，设导航，生怕迷了路。出发之后，我们还是要走走停停，在每一个岔路面前犹豫不决，在每一个公路标牌下面发懵。那年代的导航仪还是那种老式的外置式设备，反应迟钝，触摸屏也不好用，我们只好打电话给亲友团，问往左还是往右，就差抓阄抛硬币了。但是，最让我们心烦的还不是开车，而是另一个经年无解的难题——我爸和我妈，又开始了。

我没给他们计过时，不知道他们一路上争论了多少时间，涉及多少话题，我只记得，差不多从坐进后排座位的第一刻起，他们就启动了战争频道。我深知这一路不会太平，车一发动，我就警告他们：你们知不知道，有一种污染叫噪声？我爸妈齐刷刷地说：什么？不知道。我说：你们要争论，也要看看场合，我们前面开车，你们后面吵，我们会受干扰，本来就是生手，路况又这么复杂，你们还在我们耳朵边上吵，很危险的知不知道！我妈赶紧说：行，行，知道了，我不说了，喂，我说，你昨天那个事……我转而对我爸说：爸，要不这样，你别说话，不管我妈说什么，你别反驳。我爸听了，立刻不说了，但在“不说”之前，鼻孔里先狠狠放出一声“哼！”气得我妈又要和他吵。路口蹿出一辆电动车，我猛踩刹车，全车人一惊，全闭了嘴。

上高速后，换了我姐开车。关键时刻，车上导航的输入法又出了问题，手机也被打没了电，我和姐姐开始启用肉眼识别系统，也就是瞎猜。姐姐边开边念叨：千万别错过出口，高速不比市区，错过一个要开很久。偏偏这时候，我爸和我妈的后座辩论赛也到了白热化的阶段，我们想不听都不行，他们的辩论有一种魔力，让你一听就欲罢不能，就想参与进去。于是，双人辩变成四人辩，单打变成混双，一个路牌一闪而过，姐姐惊呼：坏了，我们好像错过了一个出口。再看标识：下一个出口，28公里。

我对他们说：你们知不知道，因为你们喋喋不休的争论，我们错过了高速公路出口，这一错就是二十八公里，来回就是五十六公里，本来想去我奶奶家上坟，现在却要到我大姑家兜一圈！

后来，我们干脆真的去大姑家兜了一圈。

车上，我越说越生气，开始了我一贯擅长的引申：你们知不知道，这些年来，你们因为这些可笑的争执，错过了多少机会？多走了多少弯路？

我爸妈彻底沉默了，在这南辕北辙的五十六公里中，他们一路无话，只伸着脑袋，紧紧盯着窗口飞过的每一个牌子，包括广告牌。

两小时的路，我们走了四小时，姐姐的胳膊和腿都酸了。经过一个服务区，她开进去，胡乱停在一家快餐店前，四个人歪倒进店内的软皮椅子上，身心疲惫。

吃饭的时候，有人喊：别淘气，那个搬不动！我抬头看，一个小男孩在搬弄吧台旁边的高脚凳。那高脚凳瘦瘦高高地立在那里，让人有一种一见就想搬的冲动，小男孩之前，估计有无数人尝试过了，但是，老板早早想好对策，装修的时候就将那高脚凳的脚固定在地面上，牢不可动。男孩却不服，搂着它，抱着它，扛着它，想让它挪动哪怕一点点，玩得不亦乐乎。我对姐姐说：我想起一个笑话，一个大力士说，我现在的力气和小时候一般大，一点都没增长。别人不信，他举例说，小时候，我家门口一块大石头，我搬它，一动不动，现在我长大了，搬它，还是一动不动。

姐姐默默吃完饭，说，我觉得我们也像那个大力士，这么多年，我们什么都没搬动。

父辈的叙事

牛师傅说：我在这里当教练，也就是玩玩，我那俩儿，一人趁一千万。

后头有个学员，忍了一上午，实在忍不住了，说：牛师傅，你一个儿一千万，俩儿就是两千万，你怎么还穿这双鞋——你这鞋是鳄鱼牌的吧？

牛师傅那鞋，一看就是革的，前面已经张了嘴，像鳄鱼嘴。

牛师傅说：嗐，我那俩儿，知不道给我买了多少名牌鞋，可是我那老婆子说了，鞋，还是老棉鞋穿着舒坦。你说我吧，就是听老婆子的话，老婆子说老棉鞋舒坦，我就穿老棉鞋，我这人就一个字，贱！

人越多的地方，牛师傅的电话越忙：哎你等会儿啊，我接个电话——喂？什么？房产？你说的哪个房产？哦，那个房产啊，差不多就出手吧，少个三万五万的怕什么！

或者：喂！那谁！先打个四百万过来！

冬天，牛师傅不开空调，空调费油，驾校的车都由师傅承包，油费自理。我姐在后座抱着一个暖水袋，牛师傅后视镜里看到了，说：你啊，就该买个房车。

我姐：我有房车我也得会开啊。

牛师傅：外行了吧，自己开干么？雇个司机啊，天天送你，从这个车下来，马上上另一个车，还用抱暖水袋？

我姐：我要买得起房车，我还在您这里学车？我早雇个教练上门，在我家别墅前面的草坪上练车了。

牛师傅：你当老师，挣钱这么多，怎么没钱？

我姐：一个月三四千，你说有钱没钱？

牛师傅：什么？一个月三四千？嗐！还不如我儿一天挣得多！

早餐桌上，忘了是因为什么话头，我姐讲起了牛师傅（姓是我杜撰的）。她大概只用了三言两语、几十秒钟，牛师傅这个人物形象就跃然眼前，餐桌对面的爸妈和我，好像都坐进了教练车的后座，目睹了牛师傅真容。这是我姐的本领。她是语文老师，擅长教作文，孩子们在她的课堂上经常从头笑到尾。我姐手舞足蹈，声情并茂，一人撑起一台戏。

随后，我爸我妈也讲了几个“牛师傅同款”。不知道是因为他们真的记性好，还是会演绎，他们似乎天生习惯用小说家式的表达方式，他们口中的那些陈年旧事，听起来好像刚刚发生过，那些人的一举一动，一问一答，满满全是细节，极有画面感和现场感。

相比之下，我是我们家最不会讲故事的人。我只能找到一台电脑，趁热记下三两笔，聊充原创。

细听下来，他们的叙事风格又各有不同。我姐的故事完整，成系列，叙述不疾不徐，虽是脱口秀，其实严格遵循起承转合的经典结构，不愧是学院派，但有时会过长，过于周详，好像一定要讲够课时似的，听她说事儿，最好沏壶茶，慢慢坐听。

我妈就不同，她算是段子手，张口就来。段段有包袱，但段与段之间极跳跃，常常从东扯到西，从古跳到今，不遵循线性规则，故事套故事，像古人说书，也有点后现代小说的味道。

至于我爸，就更进一步，他不但给你讲故事，还穿插着教你如何讲故事，有点“元小说”的意思。他常常从故事中跳出来，以评论家身份点评叙述得失，或是教育别人“要把几个人的事情安在一个人身上讲”，让只想听故事的人听了厌烦。作为叙述者，他更有技巧，更懂得虚构，作为家人，他鬼话连篇，不可信。

所以，在这样一个满是说书人的家庭里长大，你应该能想象，我为什么会变得如此沉默。

最近几年春节，只要一回老家，我就要找机会引他们说话。其实不用我引，只要我就近找个地方坐下来，他们就会小心挨近我，找个由头与我搭讪，然后慢慢展开一场叙事。我有时听得入迷，频频发问，有时也听得云山雾罩，满脸不耐烦。

但是，当我回到电脑前，开始我自己的叙述时，我无比清晰地认识到他们这些故事的价值，不管是文学意义上，还是亲情意义上。我想总有一天我会变成一个孤儿，那些无数闪念汇成的故事将会继续陪伴我。那里有我父母的一生。

我的父母都是再普通不过的劳动人员，却在艰难求生存的间隙里，顽强保留了一丝“文艺”特质，他们读书不多，但懂得读书的好处，早早送我姐和我上学，为尽力延续我们的学业，不惜动用三头六臂，使出浑身解数。如今我立志以写作为生，他们虽然担心我挨饿，但骨子里对写作、出书心存敬畏。为了这份虚无的荣耀，我愿意一直写下去，并自信我有写作的天赋。

这是他们给我的最大的家产。

食物链

今年春节，我家饭桌上顿顿有芹菜，有时芹菜炒肉片，有时芹菜炒豆干，有时芹菜炒鸡蛋，有时实在没的炒，就芹菜炒芹菜。我有一次问我妈：今年是芹菜年吗？后来才明白，这事不怨我妈，怨我二舅。我二舅所在的村是全国著名蔬菜基地，今年芹菜高产，我妈回乡一次，带回一后备箱的芹菜。这芹菜是二舅单辟出一小块地种的，不施肥不打药，脆生生摘了来，养在露台上，绿得扎眼。这是一道吃不尽的菜——别说吃尽，吃慢了都不行，因为它还在生长，我们只好顿顿吃芹菜，欢欢喜喜过了一个芹菜年。

还有一年过年，我姐夫的妹夫的姨夫家宰了一只羊，连夜送了来，小腿上的肉还扑扑跳，于是那一年的春节，我们每天改头换面地吃羊，有时清炖，有时红烧，有时下面条。我姐的俩女儿大小丫，从小不吃牛羊肉，我们就哄骗她们，说是猪肉，她们吃了，觉得这头猪膻气有点重，我们就说是产地在新疆。她们后来提高了警惕，不肯轻易相信，我妈就把羊肉剁碎了包成水饺。水饺端上来，大小丫先问：什么馅？我们说：你猜。

最厉害的是有一年我姐的同学送来一条三文鱼，三文鱼切成片不大，生前可真不小，足有一米多，害我妈腾出一整组冰箱来放它，放了半年，等过年我们回来了，她就把鱼化了冻，要为我们做“海鲜”（这鱼一定委屈死了，早知道要冻半年，何苦那么早杀它？）。北方内地，过去不兴吃海鲜，什么生鱼片、刺身，我妈绝不能接受，所以这鱼被解冻之后，又掉进一系列的高温烹炒中，有时是三文鱼炒肉片，有时三文鱼炒豆干，有时三文鱼炒鸡蛋，有一次，大概为了快速吃掉它，我妈还包了一顿三文鱼水饺，我们欢欢喜喜过了一个三文鱼年。

这样的供需关系，深刻地影响着我家年夜饭的菜谱。按说钱在自己手里，超市菜场在楼下，想吃什么买什么，其实不然，年底，我爸妈和我姐购置年货，总有持币观望的心态，想买蔬菜时就想：年前肯定要去看我二舅吧，肯定不能空手去看吧，肯定也不会让我们空手回来吧，所以蔬菜先别买了，且等等看二舅给我们什么再说；想买肉了，当然就想起我姐夫的妹夫的姨夫，电话已经来过几次了，过两天就进城，肯定不会空手来吧，所以肉类也别急着买……这事的麻烦处在于，我们不知道二舅家今年是芹菜还是菠菜高产，也没法预测我姐夫的妹夫的姨夫家今年是杀鸡还是宰鹅，我们更加不可能先打电话给我姐的同学，说去年三文鱼都吃吐了，麻烦今年送一箱带鱼来……

所谓送礼，贵在突发，以及内容的出人意料，让人猜到，简直是送礼者的最大失败，因此礼物的种类、数量、产地、品牌、口味、风格均不可预测，且不可拒绝，送什么吃什么，送多少吃多少。“春节期间吃什么”这件原本很私人的事，其决定权，就这样落入了他人之手。

想想也没什么冤的，大清还把海关这么重要的事交给外国人管呢。而且，我们家虽然决定不了我们家吃什么，可别人家吃什么，也不是由别人家决定的，可能是由我们家决定的——我们收到的每一份礼，背后都有一份大体等值的回礼。就说今年过年吧，我从上海出发，取道安徽，过长江跨淮河，来到济南，拉一后备箱的山核桃回家，吃不了，正好我姐夫要去看他大姑，就给大姑家送去一箱。在鲁中丘陵薄地生活了一辈子的大姑，哪料得到今年皖南山区的山核桃丰收，而她大侄子的小舅子刚好经过呢？于是，在毫无防备的情况下，大姑一家欢欢喜喜过了一个山核桃年。

一个都不能少

春节期间，每一顿饭都吃得那么有仪式感，上菜，摆筷子，排座次，倒酒敬酒，各有一套讲究。因为年轻人反对，如今许多规矩都不那么严格了，但在我们家，至少还有一条底线：人不能少。

过年讲究团圆，非得一家人围着桌子凑齐了，才能动筷子。只要有一人不到位，桌上人就喊，喊不来，派人去房间叫，过一会儿，被叫的人来了，叫的人却失踪，于是再喊，再叫，一顿饭千呼万唤。

偏偏春节是家里人数最多，人口结构最复杂的时期，每人吃饭习惯不同，要喊齐一桌人，并不容易。

今年春节，我姐一家四口加上我爸妈和我，七口人一起过年。七口人年龄最大差半个世纪，平时最远相距两千公里，大家跋山涉水凑到一张饭桌前，第一顿晚饭吃得多么整齐、圆满，可是好景不长，第二天一早大家就现了原形：

我爸妈五点半就起来了，忍无可忍，七点半把早饭端上桌。我和我姐起得稍晚些，我妈就要扶着楼梯往上面喊话，威逼利诱，摆事实讲道理，快要上升到人生成败的高度，等我们衣衫不整赶到餐厅，稀饭已经又热了一遍。我姐夫又不同，他喜欢熬夜，上午晚起，这时还在昏睡，我姐说不用等他，我们先吃，我爸妈则认为姐夫是户主，早饭这么重要的事情居然不叫户主，在他的地盘上，我们这个原生家庭的四口人反客为主，单开一席，于情于理都不合适，必得差遣我姐和我，轮番到卧室门口喊他，听他两次亲口承认不吃，才算得了口实，放他继续去睡，等他睡到自然醒，再第二遍热粥。至于大小丫，正处在人生最缺觉的年纪，人家根本不吃早饭，临近中午才起来，我妈第三遍热粥。大小丫虽是双胞胎，饭点也并不总是一致，二丫比大丫更贪睡一些，所以我妈有时候还要第四遍热粥。

我妈平时在家，可以一上午不出厨房，赶上过年，一天不出厨房。

我姐有一天发了火，饭桌上用典：钱学森家的保姆回忆，当年她做好了饭，只要一打铃，钱学森不管正忙什么，立刻洗了手下来，表示对保姆工作的尊重——钱学森不比你们忙？钱学森做的事不比你们睡觉重要？钱学森一喊就下来你们为什么不能？一家人要顾全大局，顾全大局知道吗?！

早饭是一天的基础，早饭不同步，一天饭点都紊乱，所以尽管午饭时间一再推迟，还是没法做到七个人一起饿。纯粹为了应付点名，大家强行坐到一起，肚子里饥饱不一，各怀心事，有人刚吃完早饭，有人已经饿到快要低血糖。

晚饭是最隆重的一顿，仪式感最强、人数要求最严格，如果还要喝酒，更是一个都不能少，不喝酒的也要举可乐；而且过了漫长的一整个下午，每个人都饿到临界状态了，按说应该一哄而上了吧，可是不，晚饭另有晚饭的难处：

先说我爸，我爸属于“一吃饭就找活儿干”型的，常常一家人桌前坐好了，一点名，就少他。拧着脖子喊他，“姥爷，吃饭了！”“爸爸，吃饭了！”“熊老头子，吃饭了！！”这是我们排好了队，依次喊他，最后一声是我妈。过一会儿，我爸的声音曲曲折折地传回来，一听就知道中间隔着好几堵墙，“先吃先吃，不要等我，我马上就好！”他这样一说，我们必须要等他了，于是派人去找他，常在储藏间、客卫或楼上露台这些犄角旮旯里找到他，他不是在擦玻璃就是在侍弄我姐家那几盆花，或是把储物柜上的东西全搬下来再搬回去再搬下来再搬回去——也不知道他怎么总能在饭前突发那么多干活儿的灵感。所有这些活儿都没有明确的结束点，可以一点点一遍遍永远做下去，所以每次被人找到时，他都撸着袖子挽着裤脚，正满头大汗干得起劲，不愿意中途撂下，负责找人的人劝不动他，常常空手回来，被桌上人批评力度不够，于是再派一个更重量级的去请。有一次饭前我恶狠狠地说：我们每人朝那个方向喊一句，喊完就吃，他爱来不来。

我爸这种最讲究吃饭仪式的人，为何反而带头不遵守？深究起来，又有历史原因：我爸小时家里穷，兄弟姐妹多，他是最小一个，他来到这世界时，这世界上每一个人都各就各位了，他一举一动都在挤占先来者的利益，所以这样的人最会看人眼色，生怕被人嫌弃，眼里没活儿，做实了“后来者”“多余者”的身份。而在那年代，批评一个孩子没出息，最重的一句莫过于“干活儿看不见，吃饭第一个”，意思是好吃懒做。我爸这等敏感的人，怎么会触犯这一条？所以他的人生信条正相反：干活儿第一个，吃饭看不见。这信条贯穿他一生，使他时时处处勤奋、谦卑得过了头，他用这种越界式的、透支性的卖力，换来别人面上的重用，以及骨子里的轻慢。

后来他老了，到了女儿家——女儿家自然不比儿子家，儿子家才是真正自己的家，他这一代人仍深信这一点——他因此更敏感更勤奋，简直一刻不敢让自己停下来，好像他每多干一分钟活儿，就多一分安心留在女儿家的权利——尤其晚饭前，尤其晚饭前我姐夫恰巧也不在桌上时。

我姐夫是那种要把厨房盆盆罐罐收拾妥当才肯吃饭的人，不愿意把所有狼藉都留在饭后，有时我们好不容易把我爸请过来了，一点名，还少一个——我姐夫看到人没齐，就先去厨房收拾。我爸一落座，惊觉女婿还在劳动，立刻从座上弹起来，就近摸起一喷壶，踩上高凳，头顶到天花板，给铁树和绿萝喷水——那两盆绿植都快被喷死了。

两个男人，你等我，我等你，总凑不到一起。可苦了我们这些一喊吃饭就来的人，守着一桌菜不敢动，只能喊完这个喊那个。有几次，我们夺了喷壶，把我爸摁在桌前，先稳住一个，再专心喊另一个。另一个也不容易喊——男人干活儿，大概就是要么不干，要么就一口气干完——姐夫一定要把厨房台面最后一滴水揩净了才肯出来。我们实在饿，顾不上礼节，丁丁当当先吃起来，这时候，只有我爸我妈昂首坐着，腰板挺直，正视前方，目光坚忍，好像要拍那种金婚的合影，两手交握在一起，很规矩地搁在桌沿上，不碰碗筷，一定要等姐夫入座，全家人到齐，才像得了口令，齐刷刷举筷，夹向同一个菜。

饮食男女，以食为天，何况过年，原本就是一家人吃吃喝喝。《饮食男女》里，老爷子最后烧一桌大菜，开饭前致辞，有一句话我记住了，“其实一家人，住在一个屋檐下，照样可以各过各的日子，可是从心里产生的那种顾忌，才是一个家之所以为家的意义”。

她在夜里把自己烧光

我姐的女儿大丫二丫出生后，我们家曾有过短暂的五世同堂，因为那时候我们的“老姥娘”还活着。虽然活着，但也快被遗忘了，人们只在新人出生的时候，才出于统计的需要，想想那些还没死去的老人。

老姥娘是我姥爷的娘，这是北方农村的一种称谓，听上去就不那么正式，小时候我曾发过疑问：如果老姥娘的娘还活着，那怎么叫？大人们很不耐烦，说：老老姥娘！我觉得这很粗暴，不给人家取个新名字，只会不停地往上加“老”。大人们大概觉得这个问题只有学术价值，没有现实意义，但是，我姐的女儿出生后，这个问题还是发生了。还好，在我姐的女儿还没学会“老老姥娘”这个绕口令似的称呼前，老姥娘就不在了。

老姥娘在世时，子女们大都不喜欢她，嫌她不顾及子孙，嫌她说话不好听，或许也嫌她活得太久，并且没有一点要走的迹象，快九十岁的人了，依旧强壮、刻薄。她的亲儿子，也就是我姥爷，很多年不和她上门，尽管两家只隔了几十米。全家上下只有一个人喜欢她，竟然是二舅的儿子、我的表弟大升。大升生性乖张，不太讨长辈和同辈喜欢，却单单和他的“老奶奶”隔代亲（老姥娘是大升的奶奶的婆婆，所以叫“老奶奶”），大升长到挺大了，老姥娘还常抱着大升的头，唱戏一般叹道：还是我的升儿好啊！据说老姥娘常从其他孙子家里“顺”些吃的，塞在衣服里，留给重孙子大升吃。

老姥娘顺东西的手段也很绝，她终年穿一条纯黑的老棉裤，棉裤肥大，她就打绑腿：用同样纯黑的棉布，一圈圈缠在裤脚上，扎结实，这样，棉裤就成了两个大口袋。有一个传说是这样说的：秋天里，新花生下来，舅舅们叫老姥娘去帮忙剥花生，老姥娘去了，边剥边往棉裤里塞，一天下来，棉裤鼓鼓囊囊，回家的路上，她一拐一拐地走，不像来时那样轻便。进了屋，她站进筐里，把绑腿解开，开仓放粮一样，哗啦啦，花生落满了筐。

当然，历史都是任人打扮的，家史当然也就任家人打扮，所以我不知道我写的是不是真的。包括下面的。

老姥娘一开始跟儿子住，后来她老了，就跟着孙子住，再后来她更老了，连花生都剥不动了，就自己住。孙子或重孙子们经过，就进去看看她，丢一口吃的给她，像喂一只祖传的老猫。

我姐刚结婚的时候，回乡看她，叫门不应，邻居赶紧借她一把刀，她拿刀插进门缝里，一下一下拨开门闩，进到屋里。老姥娘坐在炕沿上，好好的。我姐说：老姥娘，我来看你了！老姥娘说：你是谁啊？我姐说：我是丽丽啊！老姥娘说：不认得，你是谁？我姐从包里掏出礼物，一样一样摆在床上，老姥娘说：我的个娘哎，这不是丽丽吗？你多咱回来的？说着就要下炕给我姐做饭吃，而且一定要包包子（水饺）。我姐拗不过她，只好帮她一起忙活，老姥娘拿出一个盆，让我姐和面，我姐说：洗脸盆呢，我先洗洗手。老姥娘一寻思，说：你看看，我差点弄错了，你拿的这个盆就是洗脸盆，和面的盆在桌子底下呢。从桌子底下又掏出一盆，两盆放一起，她又寻思一阵，说：咦？还是不对，和面的不是这个盆，是这个盆……。我姐说：老姥娘，我不吃饭了，我先走了……我不饿，真不饿！

我姐走了后，老姥娘常把礼物拿在手里，向人显摆，也有点引领示范的意思。她说：我就认得花花纸！——“花花纸”是指我姐给她的人民币，这名字真是又形象又文雅。又说：连重孙女都能给我钱了，我可不能死！

老姥娘活得简省，却十分重视死，多年前她就为自己准备好了寿衣，每年拿出来抖一抖，掸一掸，夏天时挂出来晒一晒，像晒一套日常的床单或被套。她并且早早为自己选好了墓地，在村子北面的一片林里，在她还能自己走到那里时，她常常自己走到那里，扛着锄，把那块地平整一下，在边上挖一道小沟，让雨水顺势流下，免得浸了她那块宝地。遇到有人推着小推车经过，她会拽住人家，说：可别往这里倒粪。后来，她动不了了，再不能亲眼去看那块地，她就拉住晚辈们的衣袖，说：家北那块地，去看看。晚辈们甩开她的手，说：看了！好好的！

老姥娘的担心不是多余的，村里有些老人不像她这般重视死，结果死了以后，没有葬身之地，为着下葬选址的事，子女们打破了头。有一天，当老姥娘突然离去时，这件事并没有成为太大的问题。

老姥娘跨过了世纪，在二〇〇〇年去世。那时，我姐的女儿刚满周岁，我们家的五世同堂局面没持续多久。二〇〇〇年八月，老姥娘夜里生火做饭，不小心摔倒在地（这些都是事后人们根据各种遗迹推理出来的），灶里的火爬出来，引燃了屋里屋外堆放的木柴和稻草，把房子烧光，等到人们发现时，她已经烧成一截焦炭。

她甚至没麻烦子孙们动手，就把自己火化了。

让她遗憾的或许是，那套寿衣她精心侍奉了多年，最终却没来得及穿上。子孙们一直对外隐瞒她的真实死因，怕大家知道了，折损了他们一贯的孝顺美名。

接到消息时，我正准备动身去上海读书，车票已买好。

我记得一早赶来送消息的小舅问我妈：是回老家为奶奶奔丧，还是去上海送儿子？

我妈为难了半天，最后说：去上海。

全球化背景下的超哥

姥娘去世的时候，超哥刚生了二胎。

他第一胎是个儿子，举家欢欣，表嫂地位也因此直线上升，从此全脱产。其他人倒忙起来，看着那大胖小子，每个人都干劲十足。超哥先跑去日本打工好几年，回来后又搞运输又养兔子；二姨喂牛放羊，打理内外；连二姨夫都跑到外面去打工挣钱，回家就喝酒喝到脸上通红，抱着孙子四处显摆，把酒气喷在孙子的胖脸蛋上。现在，超哥又生了二胎，是个女孩，叫什么婷。儿女双全，全家更高兴了。

第二天才出殡，我提前一天赶回来。一路周折，剩下最后几里路却无车可乘。我打电话给超哥，他正要带女儿来镇上打预防针，刚好接上我。我在路边等，猜他会以什么形式出现。路上走过的每一个人都穿着黑衣服，看上去都像他。一辆车裹着一团灰停在路对面，灰散了，车显了形，我看到超哥在车里朝我招手。

开车的是超哥的妹夫，小美的老公。车是一辆松松垮垮的桑塔纳，座位下面全是土，透明脚垫铺在土上面。兄弟姐妹们挤了一车。

小美说：咱姥娘好福气啊，昨天是个好日子。

超哥说：好福气好福气，刚过完年，打工的还没走，外甥孙子的都在。

我们生于上世纪七十年代中后期。我姐比超哥大两岁，超哥比我大两岁，我比小美大一岁。想想那几年，姥娘家真是捷报频传。当然，也可能是喜忧参半。我们兄弟姐妹四人算是比较亲近的，主要的感情基础都是小时候打好的。那年代，我爸妈刚离开农村，仍时不时回老家，我和姐也都喜欢去姥娘家。二姨就嫁到邻村，所以我们也经常顺带去二姨家。二姨家有山，能采果子，有水库，能捞鱼，还有超哥和小美，能带我们玩，我和我姐因此很愿意去二姨家。上小学时，我常在那里度过整个暑假，晒得像个黑泥鳅，回到家里，说话口音都变了。我们和本村的孩子们玩得不分彼此，也打得不可开交，常常和超哥小美联合起来，打哭邻居家的孩子，而那个孩子细论起来，竟是我们的长辈，该叫“姥爷”。我们经常犯上作逆，打哭姥爷。

我到现在还记得超哥带我去河里摸鱼，一条雪白跳跃的大鱼从我手指间溜走，成为我终生的几个重大遗憾之一。

超哥和小美也会趁放假来找我们玩，这算进城，当然也兴奋，他们常常要盼一个学期，然后才换上新衣服，随着大人来我们家。他们会在最初的几分钟里腼腆羞涩一下，然后才小心征得姨夫赞同的目光，被我和姐带出门，当天下午就玩得昏天黑地。

最让他们兴奋的是我们家的水龙头，一拧就出水，简直太高科技，这之前他们只见过水库和水塘这种大片的水，没想到水能装在管子里，一拧就流，再拧就停。我拿大人的话唬他们，说这就是四个现代化中的一个。他们很赞叹，问另外三个是什么，我一直没告诉他们，因为我也不知道。总之，他们对水龙头非常敬畏，又不好乱动，所以，只要有大人要用水，超哥和小美就冲刺般奔过去，一路扭打着，非要亲手启动这神奇的现代化，好几回争得打起来。

还有一回，我爸给我和超哥一人买了一双“回力”球鞋，两个小男孩穿上新鞋，立刻脚底生风，感觉整个人都飞起来了，回家的路上，我们坚决不肯坐我爸的自行车，一路跑着回去……

尽管如此，那时的我们各方面都还相差不多，或者互有长短，因此还具有可比性。事实上，我们的童年正是在相互比较中长大的。每次见面，我和超哥都要比比谁考试考得好，谁弹弓射得准，谁单手扔石头扔得远，谁长得高，而大人们也乐于促成这些事。有一年，超哥翻到了我的语文试卷，说：怎么你连“庐山”的“庐”都写错了？广字头下面写了一个“卢”。还有一次，我们刚学会骑自行车，一人一辆在街上飙车，经过路边一个下坡，下坡处有道窄门，超哥说：你敢骑下去吗？不敢吧？我二话没说，车把一拐，忽一声骑下去，膝盖擦过水泥门框，连人带车翻在地上。

也有那么几次，我稍稍占过上风，比如有一回我们坐在路边，比谁扔石头准，目标是路对面一户人家大门口的下水道。石子有的是，时间也有的是，我们比了一下午，差不多快把人家的下水道给填上了，投进一个就计个数。117：93，我战胜了他。

那是上世纪八十年代，我们共同度过了欢乐无邪的童年。

在一张珍藏至今的黑白照片中，可以看出我们两家当时的亲密关系。照片是在市照相馆拍的，上面一共九个人：两个四口之家呈对称之势，平均分布在左右，大人坐着，小孩站着，外加我小姨一个人在后排踩着凳子，只露出一张脸。小姨只比我姐大几岁，当时也寄居在我们家读书，她正在青春期，有一次闹起脾气，大概嫌自己多余吧，她把照片中她的脸撕掉了，留下一个神秘的空白，好让剩下的八个人更对称些。拍照当天，我姐也刚要过小脾气，嘴噘着，眼睛还肿着；小美两只眼睛瞪得溜圆，好像刚见证了神奇的事物；超哥一手抄着口袋，站得挺拔，不知道为什么戴着帽子，大概是二姨夫让他戴的，因为二姨夫也戴了一个，超哥的穿着打扮，完全是二姨夫的小号翻版；我懒洋洋地斜倚在我妈腿上，眼神颓废，从小就透着玩世不恭。照片右下角印着：一九八九年留念。

进入九十年代，超哥渐渐不喜欢我们之间的种种对比了，因为他开始在各项数据中处于下风。尤其让他抬不起头的是身高，作为哥哥，他觉得理应比我高一些才对，可我很快超过了他，而且越超越多。他大概暗自努力了几个学期，最终放弃了追赶。下次见面，大人就取笑他：怎么弄的，

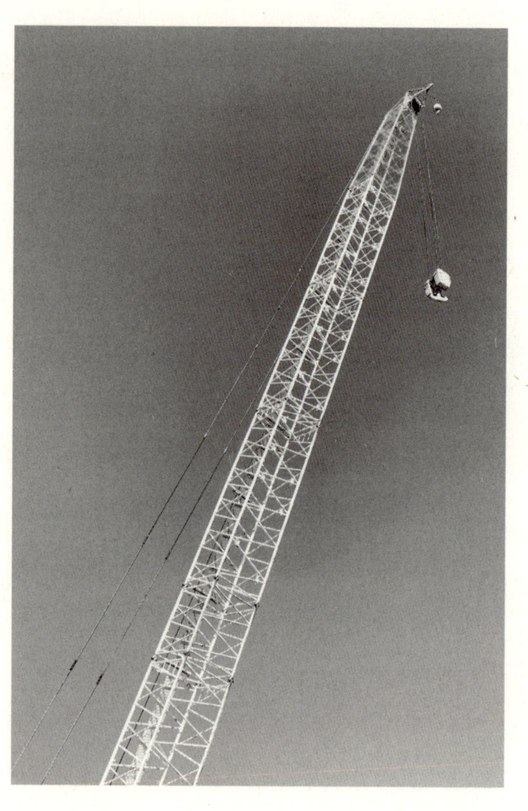

还没你兄弟高？或者直接问我们：对了，他叫你哥，还是你叫他哥？

除去身高，我们的其他方面正以更快的速度，拉开更实质性的距离。有人说人最大的不平等就是出生地的不平等，超哥比我聪明，脑子比我灵活，跑得比我快，乒乓球也打得比我好，但这一切都改变不了一个基本事实：他在农村，不出意外，他将按一个农村人的方向走下去，和我渐行渐远。一九九六年，我考上了山东大学，去了省城济南，而他也在当年早些时候到了济南。当我们在一个工地上相遇时，突然横亘在我们面前的巨大鸿沟，让我们都有些不适应了。我来读大学，而他来打工。

看着他从十几米高的塔吊上爬下来，我腿都软了。

在一个满是钢筋水泥的未完工的楼房里，他和他的工友兼老乡们接待了我。他买回来一些猪头肉，几包熟食，我们围坐在地上，大口吃喝起来。我穿着崭新的牛仔裤，戴着眼镜，像个初到工地的技术员。他灰头土脸，衣服上全是石灰，把一块肉夹到我跟前，说：吃。

他不像小时候那么多话了，总是听别人讲，然后轮到他时，他就哼一声，或是笑一下，笑得迟疑、牵强，再也难见儿时的开怀大笑。趁工友不在的时候，他向我抱怨，每次一起吃饭，他们总是哄骗他出钱，今天一看我来了，知道他要买好吃的，他们都笑嘻嘻凑过来了。

我们不再像儿时的玩伴，更像一对兄弟。临走的时候，超哥叮嘱我：没事别往外面乱跑……好好学习。他在努力扮演一个哥哥，说一些哥哥该说的话，不过，连他自己也觉得“好好学习”四个字从他嘴里说出来，有点不伦不类。

在我刚开始我的大学时，他已经过早地进入了生活。当我忙着初恋的时候，当我为了第一次牵手而辗转难眠的时候，他已经让他的小女友怀了两次孕，流了两次产。

他从来不是一个老实孩子，他话不多，但心眼多，拳头也够硬，这是在外面混社会的必要条件。我们在济南见面不多，一是因为我听了他的话，“没事别往外面乱跑”，二是他整天在外面乱跑，被流离的生活抛来抛去。他好像从没来过我的大学，那个干净、安静、永远也不用爬塔吊的世外校园。

他的小女友也是他的工友，他们直接住在了一起，他们的幸福小窝永远是未完工的房间。我估计，这也是他没有让我再去找他的原因之一。他有了女人，不方便了。后来，好多年后，等我见到这个比我还小的“小女友”时，她已经嫁给了他，成了我的表嫂。

再后来，我去上海读研，工作，定居，我和超哥相聚的机会就更少，偶尔回家见到了，亲切中常有尴尬。新话题越来越少，只能一遍遍回忆童年。我们花十年时间度过童年，再花十年时间回忆童年。下一个十年，我们都还没想好。

在上海，我们倒有一段计划外的相遇。

二〇〇六年，他们村好多人开始去日本打工，已经先后去了几批，消息传回来，说是赚到了钱，于是一个带一个，更多的人开始去日本打工。超哥也加入了，交了几万块钱的保证金，又交了几万块的培训费，一轮一轮地办手续，等待，猜疑，终于有一天，火车将他们带到了上海，他们要在这里接受短期的语言培训，然后换乘轮船，东渡日本。

我在上海火车站接到了他们。他们大包小包，满眼兴奋，我数了一下，一共十三个。超哥向他们一指我，他们一律向我点头，一起喊：哥！

在上海，他们吃、住、学习都在杨浦区一所培训学校。等他们安顿好，我去找他们，请他和几个最亲近的老乡吃饭，我没敢挑什么大馆子，就近找了一个小饭馆，点了几个菜，却没有白酒。我要了一瓶黄酒，让他们尝尝上海人喝的酒，他们小心喝一口，咂咂嘴，没说话。后来，一瓶喝完了，我要再点一瓶时，超哥才鼓起勇气，带头说：别点了，喝不上来，像醋。

我才想起来，超哥早已是离不开酒的人。对他来说，酒只有一种，叫白酒。

还有一次是周末，我请他们来我的办公室，在十八楼。他们在窗口探头，俯瞰蓝天下的大上海，他们转着头看办公室的装修，咂着舌说：哎哟，这是你们总经理的办公室吧。我说：我们这里没有总经理，这是我们段会长的办公室。他们轮流在我的电脑椅上坐下来，试着左右转一转，谁要是转得时间有点长，就要被下一个拖下来。超哥看到文件柜里摆了几本书，说：都毕业了，还学习？我一看，是几本专业书，是我的研究生导师徐永祥教授写的，我告诉他，他更惊叹了，说：怎么你们上课的书都是你们老师自己写的？

他们在办公室玩够了，我又带他们去了陆家嘴，看了金茂大厦、东方明珠，又去了滨江大道，他们正好四个人，我叫他们站在“滨江大道”四个大字边上，一人一个字，给他们拍了张合影。他们大概从没拍过这样的合影，照片里，他们乐开了怀，连超哥也罕见地笑了。

我始终没让他们来我的家。

我那时没有家，寄居在“青年人才公寓”里，那是浦东新区为外地来沪人才准备的公寓楼，要求单身，至少要有本科学历，公寓的租金比市场价便宜，原则上只准住一年，第二年要让给新来的“人才”。这本是一桩善事，实际操作中则掺了假，很多领导的司机住在里面，且常年不搬走，好多已经在里面结婚生子，看样子要代代住下去。我当初能租进去，也是托了领导，而且我也一住三年，直到我买了一套小房子后才搬走。公寓楼都是两室一厅，由两个“人才”合租，简装修，家徒四壁。我没好意思让超哥他们来，这不像个家，我怕破坏了他们对人才的美好想象。

私下里，我问超哥：去那边能赚多少钱？

超哥说：混好了，一年能混个十几二十万。在山东方言里，“混”也有“赚钱、挣钱”的意思。

我说：值当的吗？在家里随便干点啥，还混不出这十来万块钱？非跑那么远，老婆孩子舍家里，而且还一去三年？

超哥沉默了半天，说：你知不道，现在家里不好混。

后来我又问他：能及时拿到钱吗？现在拖欠工资的很多。

超哥说：能，人家挺正规，还签了合同……他没敢多说，看得出来，他自己也不是很有把握。但是，人还没出国，五六万块钱已经砸进去，他们其实没的选，只能一步步走下去。

我从没问起他们去那边干什么，他们也从没说。官方的称呼是“劳务输出”，在我的想象中，那不会是什么体面的工作。我唯一向他说起的叮嘱的话就是一条：注意安全。

我试着聊些轻松些的话题，我说：你日语学得怎么样了？说几句听听？

超哥立刻很不好意思，说：不行不行，学了半天，一句不会。他指着他们当中最年轻的一位说：你让他说，他行。

出发的日期一拖再拖，他们既回不去，也走不了。但不管怎么说，上海的日子算是一段相对轻松的日子，他们也知道，属于他们的快乐时光不多了。那段时间，我记得上海的天空总是阳光明媚。

在一个动荡的夜晚，一艘货轮将这十三个青年带上惊涛骇浪。在这之前，他们中的很多人连村子都没怎么出过，现在，他们窝在船舱底部的狭窄空间里，开始了真正的异国之旅。他们家乡背靠的那座山叫徂徕山，抗日战争期间曾有过一场徂徕山战役，据说相当惨烈。七十年来，那曾是他们村对日本这个国家的唯一记忆，现在，他们离开家乡，去这个国家讨生活。

我继续过我的日子。那时我坐五休二，下班准时，办公室离家步行五分钟，有一辆破自行车，没有女朋友。晚上和双休日，我趴在公寓配发的一个写字台上写小说。我仍没有开始真正的生活。

有一段时间，我的手机上经常接到一个奇怪的号码，我每次都把它摁掉，但它过几天还打过来，有一晚我实在忍不住了，按了接听，一下子有点吃惊，原来不是骗子，是超哥。

他买到一种当地的电话卡，据说打国际长途很便宜，比国内市话还便宜，缺点是音效不佳，常有延迟，所以能在听筒里听到自己的声音，感觉很怪，突然发现自己的发音很不好听，简直每句都需要矫正。就这样，我们像对着复读机练习发音一样，打起了越洋电话。

他突然变得很能说，长辈一样絮絮叨叨，长吁短叹，没话找话。有几次我听得出来，他喝了酒，但很多时候他很清醒。在这些通话中，我多少知道了他在那边的一些片断。他们吃不惯日本人的饭，每顿都吃不饱。他们在附近发现了一片水塘，如获至宝，回去自制了鱼钩，晚上去钓鱼，居然真钓到了，有一条足有两斤多，他们没让那鱼活过那一夜，当晚就炖了它，吃得片甲不留。他们去乘地铁，想办法逃票，比在上海容易得多。他买了一台笔记本，学会了QQ和视频聊天，他的儿子已经能在网上叫他爸爸。他们搞不懂日本人，不知道哪根筋搭错了，他们做工竟然那么认真，早晨没有一个迟到的，即使没领导看着，他们也一样卖力……

在他断断续续的讲述中，日本的生活更像一次暂时的奇遇，所有的小困难小周折都轻松得像一个笑话，讲出来的同时就失去了苦难的味道。我仍然不知道他们在那里干什么，我问他累吗，他说，不累。

很快我就发现，他不止给我一个人打电话，他给每一个人打电话。有一次他告诉我，在给我打电话前，他刚给“我大姨”打过电话，也就是我妈。我妈在晚辈前是个严肃的人，常教训他们，超哥尤其怵她，平时见了面就想着快溜，电话更加没有，现在倒好，在一个足够安全的距离外，他居然主动打给我妈，据说还聊了很久。

在挂断那天的电话之前，他还问我其他人的电话号码，他准备一一打过去，向他们重复钓鱼和乘地铁的故事，重申对日本人的看法。他每次接通后都要提醒我：这电话很便宜，比市话都便宜，尽管打。还有一次我记得是中秋节，他明显喝得比以往多，我拿手机的手都快酸了，他还没有挂断的意思。在他漫长的没有终点的讲述中，我终于听懂了他的意思，我本该在第一个电话中就听懂的：他想家了。

在这些电话中，我充当了一个越来越麻木的听众。一开始我还问，后来我只应，再后来，我连应的兴致也没有了。我也很忙，我也需要抒情，但我从没想过对象是他。

在某一次通话之后，他再也没有打来电话。

二〇〇八年的一天，他们突然接到提前回国的通知，原因是席卷全球的金融危机。他们几乎是风暴中第一批落水者，同两年前的离开一样，他们被粗暴地、不加解释地抛了回来。这些地道的中国农民，第一次和全球化发生了如此直接的联系，他们被撞个正着。

因为基本是原路退回，所以这一次他们熟练多了。超哥在上海下了船，先去火车站办了行李托运，又买了晚上回山东的车票。上海留给他的，还有最后一个下午。我想省点时间，直接去车站见他，他却坚持要自己来市区，我们约在一个地铁站碰头。这一年，小舅的女儿圆圆已经来交大读书，我把圆圆也叫上，在地铁站出口一边等超哥一边聊天。圆圆刚到上海，正惊诧于上海的高楼和美女，她才上大一。我们每见一次面她都变一次模样，真不知道照这样变到大四，她得变成什么样子。我们聊了二十来分钟，自动扶梯把他带了上来。

他穿着新衣服，人却旧了许多。背好像有些弓了，整个人更显矮小。他没有表现出多少海外游子重回祖国的兴奋，没有一见面就大谈国外见闻，他甚至话更少了，似乎该说的都在电话里说尽，我们问他，他也只是摇摇头，或是撇撇嘴，好像国际长途很便宜，当面说话倒很贵。圆圆在他左右蹦蹦跳跳，我们本是同辈，但在超哥面前，她像小辈。

这一次我更有经验了，找了一家比较体面的东北餐馆。

因为不是饭点，整个餐厅上下两层只有我们这一桌，上菜快得来不及吃，说话就更顾不上。我想他或许很久不吃中国北方菜了，就点了很多，摆了一桌子，看得圆圆连说：哎呀，今天又不能减肥了！那段时间我突然对粗粮很感兴趣，看到菜单上有厨师推荐的玉米面粥，就嚷着要点，超哥却伸手挡我，很害怕似地说：别点，别点。

酒水单上有白酒，便宜的几十块，贵得成百上千。我看了半天，点了两瓶啤酒。

这顿饭来得匆忙、突兀，记不清有什么成形的对话。吃到中间，超哥问我：能在上海给我找个活儿吗？

我说：你才刚回来。

超哥说：回来了，就得想回来的事，回到家里，不还是没活儿干？

我说：上海找工作也不那么容易，大学生都失业。

超哥说：你就给我找个下力的。

我说：下力的，我还真没办法，平时也接触不到。

超哥就闷头吃。过一会儿，我试着问他：钱都拿到了吗？

他说：走得急，拿到了一些，还押了一部分。

我说：能拿到吗？

他说：拿不到也得拿。

吃过饭，我叫圆圆自己回学校，我送超哥到了车站。两年前，我在这里接到他，两年后，我又在这里送他，两年间，我们各自发生了多少的事情？见了面却无从说起，我心里面一阵酸，我说：哥，到了给我发个短信。

再接到他的电话时，他已经又换了一个新号码。电话另一头，他劈头盖脸地抛给我一个全新的国际背景，他说：兄弟，我在新加坡，刚到就让人家给骗了，钱都让他弄没了，兄弟，你在新加坡有认识人吗？

我说：你你你怎么又去新加坡了？

他说：听别人说这里好挣钱，就来了，一下车就让人家给骗了，兄弟，你认识的人多，能给我想个办法吗？

我说：我上哪认识新加坡的人啊！

他愣住了，不说话，也不挂电话。我觉出我的话可能不好听。我说：回来的钱还有吗？

他说：回去的钱倒是有，可是不能回去，回去了，就什么都没了。

我说：快回来吧，哥，回来了，什么都还有。

他不说话了。我能听出他无声的失望，以及由失望引发出来的，不便表露的气愤。

我觉得我们童年时代积攒的兄弟情，正被一点点消耗掉。

再后来，他回到家里，不再四处乱跑，安心在家乡做点事。日本赚来的钱还剩下一些，再找亲戚借一点，他买了一辆车跑运输。生意还不错，后来还专门雇了一个司机。家乡是他的地盘，一切似乎正在好转，儿子转眼就要上学了，他和老婆商量着要不要再生一个，罚款都准备好了，这次最好生个女孩，当然男孩也不错……生活似乎又渐渐回到了他的掌控中。但是有一天晚上，那个平时滴酒不沾的司机喝了几杯酒，撞死了一个人，一车货翻进沟里，车也撞了个稀巴烂。超哥的生活一夜回到起点。

我们在各自的生活里。他总是换手机号码，我的手机里永远只有他的上一个号码。

二〇〇九年底，我换了一套大点的房子，由小房奴升任大房奴。买房过程中和中介起了点冲突，被中介暗中用牙签堵了防盗门上的锁眼，弄得我无家可归。我报了案，却拿不出一点证据，反被警察笑话一通。我照着电线杆子上的电话号码叫来一个开锁匠，他研究了半晚上，宣布放弃。最后，我和他像两个恼羞成怒的小偷，轮流用大锤子猛砸门锁，一锤一锤，仿佛砸在我自己身上。原以为天衣无缝的生活，一根牙签就给捅破了。

那些天，我恨得牙根痒痒，天天想着报仇雪恨，空想了种种复仇的计划，却一个也不得实施。那一刻，我想到了超哥。如果他在的话，事情就简单多了。

到我这一代人为止，每一个中国人都至少有一个农民兄弟，每一个中国人的故事里都少不了农村的记忆，不管你走得多远，他始终牵绊着你，也在某个不经意的时刻支撑和温暖着你。但是，也只是到我这一代为止，以后不会有了。

大年初六，姥娘去世了。初七，我坐在超哥的车上，由他送我走完这回乡的最后几里路。没有他，这几里路将成为我的绝境。我们聊起了各自的近况，他现在和小美家合伙养兔子，拳头大的小兔子，几十天就能喂肥，兔子肉卖给河北人，兔子皮毛卖给浙江人，浙江人卖给法国人，最后变成法国贵妇身上的皮草，据说连动物保护协会对这桩生意都没话说。超哥不再折腾出国了，因为他不出村子，就可以把他的兔子毛卖到国外。他本家一位兄弟新近当了村长，他好像也有意竞选一下村干部。他红润的脸色越来越像酒后的二姨夫了，他甚至重新变得很能说了。

超哥说：嗐！年前我不是又生了个老二嘛，今天带她来镇上打预防针。

超哥说：来，玉婷，叫叫你表叔，会叫吗？不会叫？呵呵！

超哥说：你现在去学校了？当老师了？

超哥说：怎么不当公务员了？原来当公务员多好！整天出发（出差）！你那一年还出发去了非洲是吧？怎么就不当了呢？

超哥说：你在什么学校？什么？大学？嗐！你侄儿！他还知不道能考上大学吧，小学都上不好，一叫他做作业就肚子疼！

姥娘的灵堂设在三舅家，门口闹哄哄，旁边还支起一个烧水的小锅炉。人来人往，肃穆中竟也带着喜庆。车子开过三舅家门，超哥在后座交代开车的妹夫：往前开，别回头看！妹夫演技不行，越不让他回头看，他越是控制不住看了一眼。车子开到前面一段距离，放下了我。

超哥最后说：我明天再来，你先去吧，进门别忘了先磕头，他们要问起来，别说我们送你到门口，就说我们把你送到村皮上就走了——兔子离不开人，我得赶紧回去。

十年灯

01

我仍然称她段主席。人们一般第一次见面怎么称呼，以后就一直怎么称呼，很难改口，这样一来，对官员的称呼就比较麻烦，因为他们的职务总在变。“主席”是段慧霞退休前的职务，那一年是二〇〇二年，她担任浦东新区妇联副主席，副局级。在此之前，人们称她段书记，因为她曾先后担任梅园和潍坊街道的书记。二〇〇五年，她从妇联退休，返聘为浦东社工协会常务副会长兼秘书长，人们开始称她段会长。

二〇〇五年的那个下午，我在浦东民政局会议室见到她，她穿着得体的套裙，留着短发，戴眼镜。那两个厚厚的镜片使她看上去很宽厚，甚至有些憨厚。那次会议的主题是民政局长和协会兼职秘书长一同邀请她退休后来主持社工协会，我作为协会副秘书长一同参加。那次会议之前，应该已经私下征询过她的意见，那天的会议更像是一次礼节性的过场，出于对一位即将退休的局级领导的尊重。那种场合下，我并没有什么发言权，我也属于这“礼节”的一部分，以配合营造出协会上下都欢迎她到来的气氛。

我坐在政府宽大的沙发上，与她隔着整个空旷的会议室。我想，只要她一点头，她就将成为协会下一位当家人，但她却不会成为我的顶头上司。两天前，我刚刚递交了辞职书。

眼前的这场寒暄，与我何干?

那一天她仍是妇联副主席。这种级别的领导，别人早在暗暗计算她的退休时间，以便捷足先登，将她预订到自己的机构。据说她之前已经接到过至少两个单位的邀约。一个是市委组织部，希望利用她在社区“楼宇党建”方面的实践经验，继续在更高层面上发挥余热；还有黄浦区的一家律师事务所，看中她有十五年黄浦区政府工作的经历，希望借她的人脉疏通关系。对方承诺她：不上班，照拿钱，如果能帮忙打赢官司，还有提成。

这一政一企，分别向她示以政治号召与物质诱惑，她却选了最不起眼的第三家：浦东的一家社会组织，隶属于一个新行业：社会工作。这一年她五十五岁，仍称得上年富力强，浦东一多半的委办局她都熟悉，她完全可以从容选择一个闲差或肥差，安度晚年。

那一年我已在社工协会工作了两年多，正进入传说中的两年职业倦怠期。这个貌似强大的区级协会，其实只有一间十多个平方的办公室，还是和另一个民间组织合用的。这间办公室里坐着协会唯一的一名专职工作人员，也就是我。那一年，我正在写我的第一部长篇小说。一下班我就钻进单身公寓楼写作，早晨再回到这间狭长拥挤的办公室上班，每天往返于现实与虚构间。也是在那一年，社工协会账号上只剩下三万块钱，暂时看不到有什么进账的可能。夏天，协会的空调又坏了。我决定辞职。

交上辞职书两天后，我在民政局会议室见到了段主席。不出意料，她答应来协会工作了，会议室里一片喜庆祥和。那一刻，我曾经在无数个夜晚下定的决心似乎在慢慢松动。会后，协会秘书长杜瑾把我叫到一边，说：我让你先别辞职，你看，现在不是好了吗？段主席很厉害的，人又好，有她来做协会的专职领导，你还担心什么？

那天回家的路上，我那不争气的内心已悄悄收回了那份辞职书。我决定再“留会观察”一段时间，再定去留。

结果，这一留就是五年，直到二〇一〇年我离开协会到了另一家公益机构。我一直没对段主席说过：其实在她来协会前，我险些走了，正因为她来了，我才没走，也才有了后来与她共事的五年。

也是在那决定性的一天，我跟着政府和协会的领导们，开始叫她段主席。这一叫就是很多年，直到现在。

02

现在是二〇一三年的春天，我乘地铁到莘庄地铁站，再打车到闵行和松江交界的这个小区。来之前我想好要带点礼物，计划是一箱猕猴桃，到小区门前买，免得搬运麻烦。我到得迟了些，小周已经在门口等我，忙乱间，我竟忘了猕猴桃这回事，而且这一带地处城乡接合部，路上连个人都看不到，更没有水果摊。于是，我们空着手就进了小区。事后回想，可能在我那顽固的内心深处，猕猴桃仍然是一个可有可无的东西。

这是一片巨大的别墅区，主干道一眼望不到头。段主席在电话里说：路口左转，看到红房子再右转，我在那里等你。我们开始一直找不到红房子，接下来，我们又陷进一片红房子里，终于迷路。我只好再次打电话求助，反复几次后终于弄明白，原来在第一个路口就该转弯了。我们只好往回走，把这条望不到头的主干道再走一遍。远远地，我看到段主席在路口张望。

我们又有很长时间没见面了，我上一次见她是在市社工协会理事会上，她作为副会长坐在主席台上，没有发言。中场休息时，我去找她说话，她看上去状态并不太好，头发露出斑白，我问起她的病情，她也只说“还好”。因为病，她不太出门了，只参加一些实在推脱不掉的活动。会场上，我们仍像过去一样熟悉，没有距离，说话不需要预热。我说：段主席，过完年，春暖花开的时候，我去采访采访你吧。

我们到了段主席的新家，一个红色的独栋别墅。路上，她一个劲向我和小周说明：其实不贵，就三百万，放在市区，只能买一套两室一厅的房子。我问她为什么这么便宜，她说这叫经济适用别墅。

她把这房子归功于儿子。儿子从澳大利亚留学回来，在航空公司工作，能赚钱了，知道老爸喜欢养花，老妈要呼吸新鲜空气，所以选了这个小区。他们卖掉原来的房子，全家搬到这里。别墅的红色外墙是他们自己找人粉刷的，因为儿子觉得这样不显旧，而且看上去更像国外的别墅。

她的先生正在小花园里劳动，花园里种着树木、花草，以及我们能想到的所有家常蔬菜。小周在身后小声问我：我该怎么称呼他？我说：跟我一样，叫樊老师吧。樊老师瘦高个，头发微卷，上唇留着小胡子，年轻时大家都开他玩笑，说他像印度电影《流浪者》里的男主角拉兹。樊老师话不多，初次自我介绍的时候，他会说是“樊梨花的樊”。拉兹和樊梨花，都是那年代影视作品中的明星。他是宁波人，宁波人是上海人的主要构成部分，他因此也有着上海好男人的一切优点：烧菜，操持家务，默默站在妻子的身后。刚得知段主席的病情时，他比她更怕，反倒需要她来安慰他。

他们都曾在农村插队，他十年，她五年。在农村，他们跟着当地农民下地务农，多少会一点农活儿，现在，他们重操旧业，把别墅前后的空地变成他们家的开心农场。他们仍保留了对土地的亲近感。前几天他们在花园里割草，阳光照在身上，满院子青草的味道，真好闻。在种植方面，他们也有分工，他负责种，她负责收。最近，她把MSN的签名也换了，叫“兄妹开荒”。

每天下午，她摘下各色瓜果蔬菜，洗净切好，摆在厨房里。他则系上围裙，将它们变成一道道美味的菜。

我与樊老师也算相识很久。那时樊老师尚未退休，也在浦东工作，自然成为段主席的专职司机，我们经常看到他们出双入对。樊老师上班比段主席早，下班比她晚，她要搭他的车，自然也要早出晚归，她于是成了协会来得最早、走得最晚的一位，让我们这些小年轻压力颇大。晚上下班回浦西，为了避开恐怖的晚高峰，他们发明了一个独特的路线：先从浦东走南浦大桥到浦西，再走卢浦大桥回浦东，再上徐浦大桥到浦西，就这样在黄浦江上穿来穿去，走之字形，路线拉长了，却躲开了拥堵，节约了时间。不过即使这样，也要一个小时才能到家。

这个路线刚好经过我家，我于是常搭他们的车。我坐在副驾，段主席坐后面，我们一前一后聊工作，常常聊一路，把樊老师丢在一边，只管开车。

今天，樊老师仍然扮演了类似的角色。我们在房间里说话，他帮我们烧好水，摆好水果，就默默退到院里，继续摆弄他的锄头。直到午饭临近，他才重新出现在厨房里。整个上午，他始终系着围裙。

段主席先带我们参观了她的新家。这个家外面看上去气派，内饰其实相当朴素。房间里的摆设跨越时代，既有新配置的沙发，也有她结婚时的嫁妆。那套红木家具是当时花了八百块“华侨券”买来的，经久耐用，至今不落伍。他们的卧室在三楼的北面，为的是和儿子朝南的卧室错开，因为据风水上讲，父母卧房直接对着儿子，怕以后婆媳不合。她儿子的房间基本没装修，空留着光光的四壁，大概要等儿子结婚时再装，或许还要征求未来儿媳的意见。墙上挂着一张照片，是她儿子与同学的大合影。

段主席指着照片说：这些人里，只有三个还没结婚。

我说：其中一个是樊俊博？

她说：对呀！

03

段慧霞仍然记得那一天的精确日期，二〇一一年九月十五日。那一天，她的穿刺活检报告出来，她被查出患有乳腺癌。中期。

这不是一个陌生的词，但此刻听上去却有些陌生。她的脑子里迅速闪过许多概念：乳腺癌排在女性恶性肿瘤发病率的第一位，是现代女性的头号杀手，美国患乳腺癌女性的平均年龄是五十岁，中国由于环境、食品等原因，乳腺癌患者的平均年龄已提前至四十岁，她的身边已不止一个人患上癌症，她曾在妇联工作，妇联多次组织过关爱女性、防治乳癌的公益活动……可是，这一切和自己有什么关系？

接到这份沉重的通知时，她六十岁。就在前一天，她还打算带队去克拉玛依，代表浦东社工协会参加上海社工与新疆的合作共建项目，机票都已经订好。

她的身体一向还可以，她下过乡，吃过苦，后来回城进街道办事处。她事必躬亲，多年来一直奋战在基层社区，街道灭四害的时候，她和社区干部一起跑弄堂，钻下水道。她成长的那个年代，女干部一向是被当成男干部用的。她自小家境殷实，她虽是家中独女，却从来都不是娇小姐，上海女孩的“嗲”与“作”，似乎与她无关。她三岁丧母，早早学会了独立生活，那时候，她脖子上终日挂着钥匙，她会生炉子做饭，父亲把一个月生活费交给她，她打理得井井有条。多年以后，她把这些习惯又传给了她儿子。

她的眼睛不好，即使在婚纱照上，她也戴着一副厚重的眼镜。她的眼镜度数一直在一千度以上，即使如此，她的视力也没有被矫正到标准够用的程度，只是因为镜片的厚度不能再增加了。她常年在机关工作，曾有人说她傲慢，目中无人，见了领导不打招呼，实则是她眼中确实看不清人，不管来者是领导还是群众。有好几年时间，我经常和她出入于浦东区政府，她一进办公中心就神情紧张，眯着眼睛张望，后来我才知道，她在努力辨认迎面走来的人。

她的腰不好，这是她在安徽插队时落下的病，这病纠缠她至今，每逢阴天下雨就重犯。有一年我们去川沙搞社工培训，那是我们接到的第一单培训生意，她上第一课。那堂课长达两小时，站着讲。我坐在第一排，替她捏一把汗。两小时下来，她几乎不敢走路了，从讲台到地面，区区两个台阶，她却下不来，腰痛牵扯到腿，让她弯不下腰，迈不动腿。我赶紧上去扶住她，回去的路上，她告诉我，对方领导看她的面子，才肯把培训交给我们做，她不能不上。二〇〇八年汶川地震后，她带领浦东社工服务队先后九次去都江堰，震后灾区气候异常，时常阴雨连绵，使她饱受腰痛之苦，她却坚持和社工一起睡板房，洗冷水澡。终于有一次，她痛到不能动，卫生间里蹲不下来，才在当地领导和社工的劝说下，提前撤回上海。

她还自称是一个“无胆的人”。因为结石，她的胆被全部切除，她因此从不吃任何油炸的东西。但她却颇有胆量，她在基层社区工作二十八年，每天直面居民的矛盾纠纷，常有蛮不讲理的人闯进她的办公室，拍她的桌子，最终被她收服。她甚至还颇有“酒胆”，这大概得益于她常年行政工作的锻炼，社工协会有一年去婺源，晚饭的时候，一瓶四特酒摆上了桌，她兴致很高，和我们这些年轻人拼白酒，丝毫不落下风，一瓶喝尽再来一瓶。酒酣耳热之际，她在我们的怂愿下讲起她和先生的恋爱史，竟也是一部悲喜交集的动人故事。喝酒的时候，她喜欢自称北方人，这并非全无依据，因为她祖籍河南。

她的甲状腺也被切除。二〇〇二年上海APEC会议期间，陆家嘴区域的安保压力非常大，她作为当时潍坊街道的书记，几个月连轴转，APEC会议圆满落幕，她的甲状腺却肿得像鸡蛋……

可是，这一切和眼前的体检报告书有什么关系？和乳腺癌有什么关系？

稍稍从最初的震惊中清醒过来后，她的第一个反应是：该怎么和先生讲？怎么和儿子讲？

这个问题还没想好，又一个难题将她迎面扑倒。医生走过来，冷冷地对她说：A方案，全切，B方案，保乳，A方案不需要放疗，B方案需要放疗，你自己考虑一下，一小时后签字。

这是一道残酷的选择题，胜过她之前做过的所有选择题的总和。留给她的答题时间也过于仓促了，她甚至来不及搞懂题目是什么意思。

这座城市的每一家医院里都发生过医生与病人的纠纷，病人追打医生，病人亲属砍杀医生的事件也不算少。她坚信自己和家人都不会那样做，但在那一刻，她至少明白过来，仇恨与暴力究竟从何而来。选A，还是选B，这道题太难了，甚至连C和D都没有。

她先生知道了消息，第一个先受不了了，他说：这叫什么医生？选A选B，这么大的选择，你也不说利在哪里，弊在哪里，说完掉头就走，叫我们怎么选？我们又不懂的！

一位身穿蓝色马甲、体态优雅的阿姨走过来，段慧霞夫妻俩看着她，预感她有话要说。

她说：我原来和你一样，也是乳腺癌患者。

她说：但是你看我现在，不是蛮好的吗？

她说：毕竟医生的首要职责是诊断和治疗，不是解释，我来帮你解释吧。保乳，好处是切口小，伤疤也就小，把肿瘤挖掉就行了，但是癌细胞还可能再生，所以要放疗；全切呢就更简单，全部拿掉，但是创面会很大，有碗口那么大，以后你伸手够东西，包括穿衣服或者运动都会有影响，而且还牵扯到淋巴。传统方法就是全切，这样医生也省心，但说实话以后的痛苦病人要自己承受。保乳是更人性化的做法，美国现在很多医院都用这种方法，它既要治好病，也要保证病人今后的生活质量。当然保乳也不是每个人都能做，要符合六个条件，比如肿瘤要小，超过两公分就不行，长的位置也要合适，我看过你的报告，你的情况还算不错，六个条件都符合。

她说：当然，这么大的事，还是你们自己商量决定。

阿姨的一番话让夫妻俩稍稍平复下来。不到一个小时他们就做出了决定：保乳。

手术后段慧霞才知道，那位阿姨叫冯家慧，是医院的义工，归医院社工部管。段慧霞后来与她成了好朋友，出院后，段慧霞仍然定期参加社工组织的病友支持小组，和冯家慧一起，分享抗癌经历，为后来者加油鼓劲。她在小组里最常用的开场白是：我退休后在社工协会工作，算是个半路出家的社工，得病以后，我成了社工的受益者，现在，我也想帮助你们。

04

二〇〇五年在民政局会议室与段慧霞那次会面后，浦东社工协会新一届班底基本成形，协会很快召开了会员大会，并进行了理事会换届选举。说是大会，其实只有寥寥不多的会员，政府官员与协会领导占了会场的多数。会上，段慧霞顺利当选协会常务副会长兼秘书长，第二年年初，她正式从妇联退休，来协会工作。那个狭长的、只有十几平方的小办公室，迎来一位退休领导。

段慧霞来之前，社工协会与另一家社会组织共用这间办公室，大概有四五个青年人，已经分别占据了这房间里每一个还算舒适的角落。四五人里，我算是来得最早的，所以我早早抢占了最靠里面的位置。这位置背后靠墙，左边是只能容一人来往的过道，右边是窗，头上有空调，可通观整个办公室，别人却看不到我。一般而言，这是领导的位置。段慧霞进到办公室，发现没有她的座位。我自然先站起来，请她坐在我的位置上，她坚决不肯，毕竟刚刚上任，她大概觉得不好意思，而且很明显地，如果她坐了我的座位，我就没了座位。我人高马大，占地面积大，只要我一坐进座位里，办公室立刻腾出一大块空间，所以比较下来，还是让我坐着更有利些。我让了几次不成，也就没再坚持。其他人呢，也都站起来客气了一下，但说实话，一个萝卜一个坑，占了哪个坑，都有一个萝卜不高兴。摆在这位前局级领导面前的形势，似乎有点尴尬。

最后，她搬来一把椅子，坐在我旁边的过道上，胳膊肘架在我的桌角上，没处放腿，就把身子歪向一侧，需要和我说话时，上半身就扭过来。她就这样以一种极其别扭甚至屈辱的姿势，开始了在协会的工作。现在想想，我们那帮年轻人太不懂事了，我当时应该再让一下的。

她说：我人小，坐在这里进进出出的方便，而且你们年轻人要用电脑，我眼睛不好，不用电脑，巴掌大一块地方就够了。

那时候协会正在争取浦东市民中心的一个大项目，经常要碰头商量，每一次，我们都为找开会的地方犯愁，在办公室里讨论当然方便，我们几个人的位置离得很近，几乎是人挤人头碰头，但是担心影响另一个机构的人办公，而且项目还未落地，也怕走漏风声。那时协会办公室在罗山会馆，会馆是一家综合性的社区服务机构，有敬老院、儿童活动中心、社区学校等，社区学校的教室就在协会办公室对面，教室朝南，有一个阳台，堆了些杂物，很少人来。我们偶然发现了这个被遗弃的阳台，立刻视为宝地，和会馆的人商量了，需要开会的时候，我们就每人搬一把椅子，凑到小阳台上，膝盖碰着膝盖，吹着风晒着太阳，讨论协会发展大计。虽然条件艰苦了点，现在回想，也是一幅温馨的画面。

因为搭先生的车，段慧霞每天提前一个半小时就到了办公室，趁我们不在，她可以坐在桌子前，理理一天的工作思路，等我们来了，就可以一条一条布置给我们。那时我们几个还年轻，正处在晚上不睡、早上不起的年纪，因为她来得太早，我们压力很大，不敢迟到得太多。我们进来时，常看到她埋首在笔记本上写写画画。她看到我们到了，就让出座位，歪着身子，坐回她的过道。

我们拿下了市民中心“政社合作平台”项目，这项目不仅给协会带来收入，更重要的是把协会推上了市民中心这样一个受人瞩目的平台上。中心专门划出一些场地，由协会组织更多的社会组织、社工机构开展活动，提供服务。协会的局面一下子打开了，越来越多的政府部门和社团组织认识了

我们。不过我们几个年轻人心里最清楚，之所以拿到这个项目，与其说是领导相信社工，不如说是信赖段慧霞。

那时的社工协会正处在艰难的转型中，过去协会致力于专业推广和职业化研发，更像一个学会，墙内开花墙外香，协会在国内社工界有知名度，在浦东本地倒没多少人知道。段慧霞到来后，借由内外环境的变化，协会将发展重心转到实务领域，着重于项目开发和会员服务。她曾是浦东的父母官，又有长期基层工作经验，正好能发挥她的专长。

她熟悉政府做事的规则，知道什么时候去更容易获得政府资助。她有一次教我们这些小年轻说：你五六月份去已经没有用了，你必须八九月份去，然后他接受了你的方案，就会把你排进下一年的工作计划，十二月份上面一批，第二年三四月份，钱就来了。

到协会后的第一个春节，段慧霞想组织一次社工会员联欢，可当时浦东总共没有多少社工，而且很分散，结果通知发出去，应者寥寥，最后只好把乐群社工服务社的社工们拉上，草草聚了一下。那场联欢真有点强颜欢笑，我们几个年轻人站在前面唱歌，面前的观众稀稀拉拉，我们一边唱，一边嘴角忍着笑，几次险些笑场，因为场面实在冷清，连自娱自乐都称不上。

协会办公条件差，打印机常出故障，复印机更加没有，我们要大量复印材料时，段慧霞就带我们去妇联。她是妇联老领导，她去了，一个楼的人都和她打招呼。她在办公室里应付那些领导，我就去复印室，开动机器，加足马力，一个上午，把人家的复印纸都用光了。

我们经常要去区政府汇报工作，区政府所在地非常高大上，周边净是音乐厅、科技馆、世纪公园、五星酒店，但是没有公交车。大概因为乘公交车的人都不去那里，去那里的人都不乘公交车，社工协会可能是唯一一家常去那里而又要乘公交车的单位。段慧霞很节俭，除非急事，很少打车，我们就一起乘公交车。辗转几趟车后，我们被扔在源深体育中心或建平学校附近，需要再翻过几条马路，其中包括著名的杨高中路，这条马路没有路口，也没有天桥或地道，我们要按一个手动的红绿灯，把那些飞来飞去的重型卡车当街拦住，在司机们愤怒的注视下，快步穿过去。红灯只有五六秒，我们争分夺秒，这时候，段慧霞也跟着年轻人一路小跑，全没有局级领导的风范了。

她的节俭，既是因为协会账户还不宽裕，也是她这一代人的生活习惯。她成长的年代，吃豆渣都要限量供应，她和父亲生活在一起，两人算小户，一个月只能分到五个鸡蛋，二两肉。她儿子出生后，一直穿她亲手缝制的衣服，穿到十二岁。她经常指着自己的一件风衣或羊毛衫说：这件穿了八年了。或者：这是浦东开发那年买的。

二○○六年，政府官员里了解社工的人还不多，为了向他们宣传，我们想了不少办法，包括一些上不了台面的办法。有一次浦东党校组织干部专题培训，内容与社会建设、社区发展有关，段慧霞与党校领导很熟，她出了一个主意：往培训资料里加塞一份有关社工的宣传材料。领导碍于她的面子同意了，但要求材料不能太多，务必压缩在一张纸内。段慧霞马上召集我们准备材料，我们奋战几个晚上写出来，她一字一字修改，将那些专业术语改成领导听得懂的语言，最后终于将材料浓缩在一张正反面打印的A4纸上。开班前一天，我们先去妇联，把材料复印好，再去党校，段慧霞和我们一起，把那些文件袋一一打开，将那张材料夹在中间。我们干得很兴奋，感觉像在发放小广告。

05

总有人对社工持误解和猜疑态度。二〇〇七年协会策划组织了第一届浦东社工节，是国内第一个社工主题的节庆活动，社工节开幕前，我们想邀请香港社工界代表参加，没想到邮件发出的第二天，国家安全部门的人就找到了我们。此事惊动了市区两级领导，段慧霞是机关出来的人，知道外事无小事，因此格外紧张，待弄清事情原委后，她又感觉委屈和气愤，我们与香港同行的交流纯粹限于专业，并无其他任何牵涉，更加不可能知道对方在专业身份以外的其他角色。但国安的人不这样认为。为了澄清此事，一天之内，她带着我几次往返办公中心，写材料，当面汇报，接受不同人员的轮番质问。其中一次下楼途中，因为等不及电梯，我们直接去走安全通道，楼梯间昏暗，她眼睛又不好，结果在最后一个台阶处一脚踏空，重重摔下去。她后来脚上打了三个月的石膏。

在其中一次质问中，段慧霞对年轻的国安人员说：我也是机关退下来的，我以一个老党员的党性保证……对方打断她，说：党员怎么了？谁谁谁不是党员吗？不也跑美国去了吗——他说了一个大贪官的名字——段慧霞拍案而起：那我没话说了，你们来调查我吧！

二〇〇六年，协会还被另一桩更棘手的事情缠身：乐群社工服务社的董事会纷争。二〇〇三年，国内第一家社工实务机构乐群社工服务社注册成立，社工协会作为“举办方”出资60%，北京、香港两位社工专家出资30%，刘晓芳从社工协会辞职，专职投身乐群，自己也出资10%。二〇〇六年，一场旷日持久的审查之后，刘晓芳远走他乡，留下一个乐群也并不太平，更激烈更漫长的争斗才刚开始。乐群究竟是谁的？是民间的还是官办的？是董事的还是举办方的？是董事所在单位的，还是董事所在单位背后的主管政府的？董事们各怀心事，各守立场，社工协会派出的董事们也各为其主，董事会变战场，文争武斗轮番上演。段慧霞才从政府出来，又成协会当家人，迎面遇上这样一桩历史遗留问题，她的立场不言而喻，但毕竟是后来者，夹在当中，言语交锋之间，难免受些误伤。她有几次忿忿不平，会场出来，一路与我评说，我那时也正年轻，身上满满的都是自以为是的正义感，两人越说越同仇敌忾，俨然真理在握。董事会休会期间，争论并不停止，来来往往的邮件里，个个引经据典，不让分寸。我作为协会的一支小笔头，少不了要代笔起草，在董事会上我没有发言资格，于是躲在邮件背后激扬文字，写出了我青年时代最精彩的一批论战文章。可惜，这些文字到了段慧霞手里，统统被删改得婉转和气，不得罪人。我醒悟，这是政治斗争，不是文学创作。

这段公案绵延一年多，最后的结果是，社工协会进一步坐实了乐群“举办方”的角色，重新主导董事会，段慧霞不但增补进董事会，还受董事会委托，主持乐群日常事务。这使段慧霞的退休返聘工作变得更加繁忙琐碎。不过，似乎也是受乐群事件的激发，在随后的几年里，社工协会相继孵化出了乐耆、乐家、乐爱、乐业等一系列乐字辈的社工师事务所，占领了浦东社工的大半壁江山。受前车之鉴，这些后成立的社工机构，治理结构都非常清晰。

二〇〇八年汶川地震后，社工协会组织浦东各个社工机构，成立浦东社工服务联队，段慧霞亲任领队，九赴灾区。在都江堰，她多年来养成的务实、亲民的工作风格，加上社会工作的专业包装，在震后板房社区大获成功。去四川之前，社工协会总共策划了六个项目，到达当地后，她做了实地考察，果断砍掉了其中四个，剩下的两个，“火凤凰”妇女绒绣项目、爱心加油站项目都成了灾区品牌服务，被很多地方复制推广。她也经受了两大考验，一是吃辣，一是洗冷水澡。她住的那间板房，一下雨就漏水，她腰伤复发，不得不裹上厚厚的防潮垫。在四川，她也收获了人生的新朋友，这些朋友有老的有小的，年龄跨度很大，直到现在还经常收到他们的短信。有一年三八节，她收到四川那边发来的祝福短信，她高兴地一条条数，足有十条。有一个朋友家境不好，女儿来上海读研究生，她帮着联系儿子所在的航空公司，为她买到便宜的机票。

社工协会的影响力越来越大，灾区归来后，很多社工跳离了原来的机构，流向更有专业前景的去处，其中也有一些进了社工协会。此时的社工协会正处在高速扩张期，年轻人越来越多，培育的机构一家家成立，办公室也换到了金桥一座写字楼的十八层，段慧霞有了自己单独的房间，再也不用坐过道了。二〇〇八年年底，我从都江堰回到上海时，车子经过峨山路，我从车窗探头出去张望，由一家厂房改造的浦东公益服务园也在筹划装修中，用不了多久，协会就将成为这里最早入住的房客之一……

二〇〇九年，单是协会的专职工作人员就有三十多个，开会时要借公益园最大的一个会场，大家围坐在会议桌四周，有几个新来的年轻人，连我都不太熟悉了。有一次开会前，段慧霞让我想一个社工特色的方法，让大家快速熟悉，也活跃一下气氛。我用了社工的经典破冰游戏：每一个人先介绍右手边的同事，再自我介绍。一圈下来，单是互相介绍就用了近一个小时，会场气氛非常热烈。

我想起几年前那个冷清的春节联欢，心里感叹，协会真是做大了。

06

协会在壮大，年轻人与段慧霞之间也开始有了分歧。那时候，在社工协会的周边，一大批公益机构也在快速成长，以恩派、映绿等为代表的机构正迅速成为新的公益明星，与社工协会相比，他们更年轻，更有活力，出身更干净。我有一次去庄爱玲老师的映绿公益事业发展中心参加活动，回来后非常兴奋，绘声绘色地向段慧霞描述见闻和心得，说我们协会也应该如何如何，大概说得有点太高兴了，段慧霞听了有些生气，说：映绿这样的机构，要有庄老师这样的人，我们有这样的人吗？反正我不是，你也不是。

一些年轻人有了活动的心思，协会的“海归”蒋亦凡曾是段慧霞很喜爱的一位小伙子，他后来辞职了。走前我们一起吃了一顿饭，他在饭桌上对段慧霞说：段老师，你要提高自己的工资，你提高自己的工资不光为了你自己，还能带动底下的年轻人，你想想看，你不提，我们怎么提？

后来的年轻人已不太清楚，或许也不太在意她之前的那些职务，只称她段老师。

很多人来了，很多人又走了，协会的大办公室被一面面高大、工整的隔板隔开，不开窗帘的下午，整个办公室阴暗，昏沉，每个人都躲在自己隔板的阴影下面。二〇〇六年的小阳台，三四个人凑在阳光下开会的情景，再难出现。

自二〇〇五年那次辞职未遂后，我也有过几次更好的发展机会，但因为一些原因都没有去成。二〇一〇年，浦东公益服务园已正式开园，园区管家公益促进会也正需要一个当家人，我动了心。此时的社工协会，人员布局已和前几年不同，这一次，段慧霞在听完我的想法后，很冷静地放我走了。

搬来公益园之后，我和段慧霞一直在一个单独的小办公室里，隔桌相望。很多次，我们热烈地谈论某个话题，互相被对方激发出新思想，相约今后要经常这样交流；也有几次，我们互不理睬，整个上午都对着各自的显示屏。现在，这一切看来真的要结束了。我从那个小办公室里收拾出几大包的东西，有七年来的工作笔记，有几大盒名片，有工作资料刻录的光盘，有都江堰期间从闵江内河捡回的石头……我离开了那间办公室，再没有回去。

我们仍是公益园里的同事，在电梯或餐厅里，抬头不见低头见。也常在外面的一些会议上遇到，隔着很多人和座位，我们的发言仍有默契和呼应。

公益园的场地很紧俏，经常要协调各机构的使用时间。有一晚，我接到一个机构的电话，他们受政府委托，明天下午要举行一个重要的启动仪式，上午就要安装背景板，但上午的场地已被借掉，问我能不能协调一下，电话里，他非常着急，说：两边都是领导，反正我是搞不定了，只能麻烦你了。挂了电话，我问了下同事，上午的机构是社工协会。

一整个晚上我都在打电话，先打给段慧霞，再打给那个区领导，来来回回，反反复复，把手机的电都打没了，中间还充了一次值。那个领导和段慧霞平日里就有些不对付，一开始他们还强调客观原因，希望对方配合，慢慢地就互相不客气起来。但无论如何，他们不肯直接对话，一定要我在中间传话。他们像两颗钉子，借着我这把锤子，你一锤我一锤，越钉越死，再无任何松动的余地。我那晚正好在岳父家，手机信号不好，只能打开窗户，把手机举到外面，伸着脑袋通话。估计全小区的人都听到了。

我费了些口舌，但并不真生气。后半段，我多少有些旁观者的心态。

很多事情都在发生。老同事白老师有一次对我说：你领了证，记得告诉段主席，不然她先知道了不高兴……有一天我接到段慧霞的电话，她说：听说你去大学了……我的婚礼上，段慧霞和一群老同事都赶来参加，我们在鲜花扎成的拱门下合影。还有几次，在别人的婚礼上，我和段慧霞分到了同一张桌子。徐金凤也从协会辞职了，又被段慧霞劝回来。我搬了家，有人告诉我，段慧霞生病了，癌症……很多事情，我已经记不清它们的前后顺序和因果关系。原本也没有那么多的因果。

二〇一三年，春暖花开的时候，我带着学生小周去段慧霞的别墅新家采访她。之前她一直说：你还用采访我吗？你还不了解我吗？但其实，有些事情我也是隔开一段时间才了解和理解。采访最后，她说自己有两大愿望，一是希望儿子早点结婚，她能早点抱上孙子或孙女，二是希望活到八十岁。“以前没有这些想法，得了这个病就有了，我现在在过两年的难关，两年一过，盼五年，五年一过，盼十年。”

整个采访过程都很顺利融洽，只是在谈到社工的坚守与流失时，她突然有些激动，她说：我跟你说小周，你们都是以生存为目的，但其实生存已经不是问题了，你们就是想比别人更好，所以没办法坚守在这里，但反过来说，到了我这个年纪，坚守的人会过得更好，到时候你就会后悔……

回去的路上，小周很紧张地问我：她为什么那么生气？她是针对我吗？

07

二〇一四年六月，我与段慧霞相识的第十个年头，我又见到了她。在公益社工师事务所的理事会上，我们正讨论申报5A级社会组织的事，关于如何应对督导组的现场审查，几个董事都不是很有经验，我说：等一下段主席来了，听她讲讲，她有经验。

段慧霞迟到了，她从松江赶来三林，地铁下来后打不到车，她一着急，跨上了一辆摩的。她进来的时候，头发被风吹得朝后飞着。

会议结束，大家自动分组，我负责送吴铎老师和段慧霞。吴老师去地铁站，段慧霞去社工协会。她平时多在家休养，不太出门，出门一次就多安排几档事情。在车库，他们交相称赞我的车：真大，真漂亮，适合你开。车一开起来，她就先道歉：收到你的短信时我在日本，没来得及祝贺你当爸爸，祝贺啊！我问她喜蛋拿到没，没拿到的话，我今天还给她带了一份。她连说拿到了拿到了。送下吴老师后，我往公益园开，她在后座，一路上讲乐群和董事会的事，一路生气。二〇〇六年那场笔墨官司，如今又有了新剧情。这一年我三十六岁，也算经历过一些事情，立场上，思想上，都与当年不同。但这一年，我也多少学会了妥协，学会了安慰别人。我一路上帮她出气，也适时劝导她几句，我们又聊得很热烈，险些闯红灯。感情上，我们仍是“一伙的”。

或者只是因为我此时置身事外吧。这一次，我们好像互换了角色，她成了愤青，我负责把她的愤怒修改得婉转和气，不得罪人。

我把她放在公益园门口，等她开门下车，我按下车窗，说：段主席，我就不进去了。

西院二宝

01

向素云个头矮，站着不起眼，坐下去几乎要消失，面貌倒是凶，一说话牙齿就漏气，气里带出些东西，医学上称飞沫。医院负责招募义工的是一位年轻女社工，她和向素云对了几句话，就说：向阿姨，你就别在咨询台了，去科室吧，你想去哪个科室？向素云脱口而出：小儿科！

向素云虽然个子小，年轻时却是开“龙门吊”的，就是码头上、造船厂里，轨道架在空中的那种桥式起重机。四十五岁那年，厂子搬到嘉定去，她家在浦东，早晨五点就要出门，骑自行车，转公交，换轮渡，再转公交，折腾三小时才到。她去了几次，就不高兴去了。她心脏本来不好，而且她就一个女儿，拼什么拼？她办了早退，去小区附近一家糖厂包糖，挣够自己的饭钱就下班，下班的时候，兜里装着没达标的糖块的边角料，回去逗一家老小开心。她有一家老小需要逗，她的母亲，年轻时胃疼，听人讲抽烟治胃疼，就学着抽烟，结果从十八岁抽到今年九十一岁，胃没抽好，肺也坏了，现在整天躺在床上哼哼。除了照顾母亲，向素云还要照顾外婆和外孙。前年外婆去世前，她家一度五世同堂。

如果不算她那个不学无术的母亲，向素云家其实是典型的“学习型家庭”，一家子都好钻研，做事也认真。她父亲自学财会，做了三十年会计，没出过一分钱差错，厂里给她父亲颁布了财会荣誉证书，至今还在墙上高挂着，激励着一家五代人。她继承了父亲的认真好学，年轻时学裁剪，自己做衣服，直到现在，她还常穿着一些造型稀缺的衣服来医院，材质挺好，样式却不入流，看不出什么品牌，知情人透露：是她剪了女儿不穿的衣服，自己缝的。

因为认真好学，她看不上不认真不好学的男人，结果嫁了一个比她还认真好学的丈夫。丈夫是学机械制图的，又对电器感兴趣，下了班就钻进屋里，把一个收音机拆成一床零配件。一九九四年丈夫第一次接触电脑，立刻被吸引，在阁楼里鼓捣了几个月，竟组装出一台电脑，跟真的似的。一台还不够，又照方抓药，组装出另外四台，送给四家亲戚，带领全家人率先进入了办公自动化。丈夫还自学医学，买回家一大本《人体解剖学》，墙上贴着皮开肉绽的人体图，每天对着图练，也不知道练好了给谁用。那时候上海二医大的学生到工厂来学工学农，向素云所在的厂搞工宣队，也要去二医大，她就跟着一起去，人体器官标本室里没人敢进，只有她敢，她把那些瓶瓶罐罐里的恐怖器官端详个遍，还做了笔记，回来交给丈夫。他们像一对偷师学艺的野郎中。他们不但自学，还学以致用，拿自家人开刀，直到现在，她还把女儿的健康成长归功于他们夫妻俩的自学成才——女儿直到工作后第六年才因为生孩子第一次住院，第一次挂盐水。

不过，向素云自认为她最擅长的领域还是教育，尤其早教。纵观其大半生，她好像一直在带孩子，带大自己的，又带别人的，带完一轮又一轮。上世纪七十年代末的一天，她收到宜兴表弟的来信，信上说《解放日报》登了，儿童六岁半就能读书了，想让儿子来上海读书，让向素云帮忙报名。后面附了表弟夫妻的证件和儿子的出生证。向素云去打听了，七月十五日报名截止，还有几天时间，赶紧拍电报回去，让表弟火速带儿子来上海。表弟来了，向素云带着他们父子走了卢湾区的五所学校，没一所学校要这孩子。孩子虽然六岁半，但自小在田里野惯了，没人教文化，到现在只会举着两只手，从一数到十，而且只能从左往右数，倒过来不会。向素云向学校求情，学校方面说：来也行，能通过我们的考试就行。

向素云借来教材，熬了一个通宵，把整本书的知识点捞出来，记在小本子上，第二天起，她开始手把手教孩子。有一个邻居在淮海路中学当老师，她向邻居借来很多试卷，让孩子做，一天一张数学卷子，一张语文卷子。花了一个多月时间，愣是把孩子从一个纯文盲教得认了字、识了数。学校专门为这孩子组织一次考试，就在教导主任办公室里考。向素云等在办公室外面，比孩子爹妈还紧张。考试结束，主任出来，向素云迎上去，还没问，人家先笑了，说：行的，你家孩子聪明的，语文93，数学97，来吧！

向素云却来了劲，非要看数学卷子，说：语文93就算了，数学怎么会97的，哪里给扣掉3分？人家让她看了，结果是因为试卷是油印的，一个小数加一个大数，中间加号少印一竖，变成减号，孩子就傻了：小数减大数，怎么减？姑姑没教啊，纠结到最后也没减出来，扣了3分。

向素云从此出了名，她用一个多月时间，补足了一个乡下孩子的全部学前教育，创造了教育界的奇迹。她逢人就讲：要不是那一竖，数学满分！

02

向素云初做义工，是在政府下面的一个单位。她老来无事，一身绝学无处施展，又怕不接触社会，学习跟不上，就跟着朋友来这单位做义工，一周来一天，帮人家理理材料，还算轻松。但是年底，因为要评一个先进，里面人闹起来，闹得大家都不开心，向素云就不高兴去了。另一位钟阿姨给她打电话，说：跟我去医院做义工吧，医院里好玩。

向素云说：医院有啥好玩的？我不喜欢医院，每次回来，要从上洗到下，麻烦吧？我家里不是只有我一个人，家里老的老小的小。

钟阿姨说：哪里有你讲得这样可怕，你陪我去一天，不好你就回来。

向素云于是去了医院，第一天就逃回来。钟阿姨电话追过来，说：好好的怎么说跑就跑了？

向素云说：我是开过两次刀的人了，我站在那里，手扶了下后面的玻璃，垫了一下腰，他们就说我，哎哟你怎么这样站？这样站难看吧？我说我本来就是来做义工的，累了乏了，就是坐下来坐一会儿也没关系的，干吗这样说我，我不去了。而且你说，站在那里像个木头牌子，人来人往都看你，难受吧？

钟阿姨说：你也真是的，就是说了你一句嘛，而且你穿了这身衣服，就代表医院形象，要站有站相嘛，他们其实人蛮好的，因为和你不熟才这样，你回来吧，我跟管义工的人说说，看能不能给你换个工作。

向素云说：我不去的，我跟他们说了我死也不去的。

钟阿姨说：又瞎讲，什么叫死也不去，真要死，可不就得去医院吗？好了，我请你去，你看我这张脸好吧？

向素云就笑了，说：我要不是看你的脸，我要不是看你的脸比我的脸好看，才不去。

钟阿姨说：我的脸好看？我的脸还不如那谁的脸好看呢——哎哟我不跟你讲她了，你肯定也看不上这种人的，你知道吧我们院里有故事的人多的来，好白相来，你来了我再讲给你听。

向素云第二次来医院，选了小儿科。社工问她：为什么想去小儿科？她说：我喜欢小孩，我会带小孩，我带过很多小孩，带出来一个硕士生，一个本硕连读，三个本科生，一个明年高考……社工说：小儿科又不是学堂。向素云说：我还学过医，我爱人也学医，我们家全是医学书，我们看病都不要来医院的，我女儿比你还大，你相信吧，她就住过一次院，挂过一次盐水，我跟你讲中国人动不动就挂盐水，这不对的，人家美国人……社工说：那好那好，你懂医，又喜欢孩子，那就去小儿科吧。

到了小儿科，向素云算是活过来了。作为医学界和教育界的跨界人才，向素云在这里很有市场。很多人来医院不单为了一纸药方，还想有人说话，尤其想和医生说话，医生一句顶千金，多和医生说一句相当于多赚一千块。偏偏医生是世界上最不爱讲话的物种，不看到检验数据不说话，看到了也惜字如金，只说报告单上有的，不说报告单上没有的，你想让他多说点，至少多听你说点，他决不容许，喊一声“下一个”，就把你赶出去。这个时候，向素云的作用就显露出来，她专门负责说话，那些医生没空说不便说的话，全让她说了。

她对一个年轻爸爸说：医生跟你讲什么？是不是就讲了两个字，正常？你跟他说什么，他都说正常，是不是？可你呢，觉得什么都不正常，是不是？这就对了，我跟你讲，你自己别想七想八，刚出月子的宝宝，几天不大便也正常的，你只要看两点：一看体重长不长，二看肚皮胀不胀。体重在长，肚皮不胀，就说明正常，说明宝宝吸收好，懂吧？我自己带过八个孩子，我自己的，我女儿的，我舅公家的……

她对一个年轻妈妈说：哭？哭怕什么？不哭才怕！我跟你讲，宝宝不会说话，宝宝所有的需求都是靠哭来表达的，你要学会观察哭，哭分两种，病理性的哭和生理性的哭，饿了困了躺得不舒服了哭，是生理性的哭，这种哭响亮，但你只要满足了他，让他吃饱喝足躺舒服了，他就不哭了，你满足了他，他还哭，你就要观察了，可能是病理性的哭，可能要来医院了，我跟你讲，我带大了八个孩子，我女儿当年哭得最响，结果怎样，我女儿最健康了，我生了我女儿，一直到我女儿再生女儿，她才第一次住院挂盐水，我跟你讲中国人……

一个妈妈从门诊出来，亲孩子，嘴对嘴地亲。她冲过去，对妈妈说：小妹妹，我提个建议，你这样做不对，大人的口腔里面有细菌，小孩子口腔可能没这个细菌，你大人口腔有细菌不生病，你亲到小孩嘴里面小孩就生病！

一个孩子咳嗽，吃了医生开的药，副作用比正作用还明显，爸爸妈妈带孩子来复诊，结果不但开了同样的药，还加了量。她对这对爸妈说：食疗当然好，你们说的生梨冰糖，也可以试试，但我说这不是最好的，我推荐白萝卜，长的白萝卜，又便宜又好。你们买回来，把它洗干净，切成一片一片的，放在水里面，咕嘟咕嘟煮，再加一点点冰糖。不加糖孩子就能吃最好，他不能吃，你就加一点点黄冰糖，记住不要买白的，白的又贵又不好，还是黄冰糖的营养成分好。你们记住，这也是方，咱们祖先不是早就讲了吗，冬吃萝卜夏吃姜，不劳医生开药方……

小儿科等候的时间长，向素云有的是时间来做宣讲和普及。她也看人，觉得对方好沟通的，或者格外焦虑的，病急乱投医的，她会重点关照，主动搭讪。时间长了，有些熟悉的人也会主动来找她，护士台的人被问烦了，也转介绍给她，说：这个问题你别问我，去问那边义工阿姨，喏，穿蓝马甲站在饮水机旁边和病人家属聊得正开心的那个。

有的人慕名找到她，牵着衣角把她带到消防通道的僻静处，说：阿姨，您在这里时间久，您见识多，您说，哪个医生最好？

向素云说：不能这样讲，哪个医生都好，政府办的，二级甲等大医院，不好的医生能进来？但是呢，每个人都有心情好的时候，也有心情不好的时候，心情好的时候跟你多说几句，心情不好的时候就认为你烦，你也有心情好心情不好的时候啊对不对？那怎么让医生心情好？阿姨年纪大了，经的事多了，告诉你办法只有一个：你自己先心情好点，你好了，对他笑了，他哪怕不太好，也会好一点，是不是这个道理？

来人被她说得没话讲，千恩万谢准备随便去挂个号就行了，向素云还不放他走，牵住对方衣袖，说：还有一点，你不要认为年纪大的就好，年纪小的就一定不行，不是这样的，年纪大了他觉得他资格老了，就可以马虎一点，我一看知道了，就可以开药给你，年轻的呢，他自己正在钻研的时候，反倒好的。

来人一边答应，一边就往外走，向素云跟出来，从消防通道到签到台，她一路上还在讲：喏喏喏，要我说，给孩子看病，不在乎医生好不好，在乎你这个做家长的有没有本事，这话怎么讲？阿姨讲给你听：孩子小，不会说，你给他吃了什么你给他做了什么，他什么时候发病病情怎么样，都得从你嘴里讲出来，你讲对了，医生就对症下药，你不了解不观察，讲得不对，再好的医生也没办法，对不对？对不对？你说我说得对不对？

她差点追进门诊室，非逼着来人连说几句对对对，才放他进去看医生。医生护士们旁边看着她，已经有人嫌她话多了，但更多的人则默认她的话痨。有医生私下里聊天，说有她在，等于消灭了很多潜在的医患纠纷。

她一做四年。四年里，她只请过一天半假。一天是因为父亲去世，半天是因为牙疼。

03

去年冬天的一个中午，向素云正靠在屏风旁打盹，一个爸爸找到她，急急地说：我们昨晚也去了，今天又来了，昨晚他们说不像肠套，今天来了又说肠套，到底是不是肠套？什么叫肠套？是不是就是肠子打结，像绳子一样系上了？

向素云还没醒透，说：你慢点说，一个一个说，什么来了又去了，到底谁说肠套谁说不是肠套？

爸爸说：昨晚我们在附近地段医院看的，人家说不是肠套，叫我们来大点的医院看看，我们来了，这里医生就说是肠套。

向素云说：先给你纠正一下，肠套不是肠子像绳子一样打结，肠子怎么能像绳子呢，绳子实心的，肠子是空的，肠套就是——她拿两根食指比画——上面一截肠子掉下来，把下面一截包住了，你炒股票你知道的，套牢了，这叫肠套。

向素云开始现场坐诊，她问爸爸：吐了吗？吐了。拉了吗？拉了。大便里面有血吗？没血。你把孩子举上去又放下来这样玩过吗？没有。向素云确诊了：不是肠套，肯定不是肠套。

爸爸说：那是怎么回事？

向素云掂量一下，说：吃了凉的东西，是不是？

爸爸拍大腿：对了！昨晚给他吃了西瓜，冰箱里拿出来的西瓜！

向素云说：你这样不是害孩子吗？十一月了，吃冰西瓜？

爸爸不吭声了，又说：您太厉害了，您怎么知道的？

向素云说：刚才问你那些情况，基本断定不是肠套了，然后你一开口跟我讲话，我知道你是上海人，上海人一般不会吃坏，因为上海人比较讲卫生，我不是看不起外地人啊，但外地人有个习惯就是不大讲卫生，上海人不会，所以我断定你是吃了凉的东西。

爸爸说：那医生怎么说是肠套？

向素云说：医生肯定看错了，你去跟医生——要么我去跟医生讲！

爸爸说：那不要，已经很麻烦您了，我去。

爸爸去了，一去不回。过几天，医院的人来了，找向素云谈话，先是肯定和感谢她的贡献，然后就说到正题，说：义工的职责呢，招募的时候讲得很清楚的，还是辅助和引导，我说的引导是指带路啊，指引一下哪个科室在几楼啊等等，检查诊断的事，那当然还是医生，专业人士做专业事情，您说是不是？现在医患矛盾尖锐啊，我们要想办法化解，而不是激化，我也不避讳，那天的话您说得不大合适了，肠套的形成机制非常复杂，尤其这几年，又有新的变化，不像一般人想得那样简单，按医生的说法，还可能是淋巴腺肿大，还可能是肠壁长息肉，甚至还可能是肿瘤，弄不好要出人命的——我不是管业务的我也不大懂啊，医生还说……医生责任大，所以说话比较着急，有些话可能说得不大好听，我就不引用了啊，反正呢，总之呢，就是说，是不是……

向素云神色肃穆，说：是不是以后就不让我来了？

那人倒怔了一下，马上放松，说：哪里哪里，来还是欢迎您来，也需要您来，但是呢，做好义工本分，不介入医院其他流程，听说您对孩子教育问题很有研究，那就多和家属聊聊这方面的话题，不是更好？您说呢，向阿姨？

向素云的话，一下少了很多。人也没精神了，每天午觉多睡半小时，下午提早半小时就想走，连个头也好像又矮了一截。自言自语倒是多了，过去她的话多，再多也有听众，现在这听众只有她自己。她靠在玻璃门上嘟囔：言多必失，多做多错，还不如像那谁，啥也不干，直直站那里，像个木头牌子，专给人指路，指东指西，永远指不错，指错了也没关系，大不了再指一回，出不了人命……

小儿科来了一个混血儿，爸爸法国人，妈妈上海人，引得左右都来看。混血儿眼睛生得漂亮，哭起来也吓人，他听懂了要打针，哭了两小时，护士也没找到机会把针扎进去，爸妈也不上心，还嘻嘻哈哈的，举着手机给孩子拍照。护士叫来保安：去，到底楼，把向素云叫来。向素云驾到，围观人群自动分开两侧，闪出中间过道，向素云立在中间，有点王者归来的气势。刚近了身，还没揽到怀里，混血儿睁眼看到她，竟不哭了，还改回了中文，清清楚楚说：奶奶，要奶奶！这下众人可乐了，一片赞叹声。向素云就势抱起混血儿，找个椅子坐下来，熟练地颠着脚哄他。人群外那个长得像齐达内的光头大个子突然冲进来，挥舞双臂，冲向素云大喊大叫，也不听懂他叫什么。混血儿听到法语也激动了，又哭闹起来，向素云和护士还没明白过来，怀里孩子就被她的中国妈夺走。人群外，齐达内还在跺脚，晃着光头，好像要拿头顶人。护士长用英文跟他交流了，过来扯向素云衣角，说：阿姨，你先出去，出去。

事后大家才明白，混血儿看到向素云，突然有了逃避打针的新灵感，他要奶奶，可不是向奶奶，是正宗的法国奶奶，法国奶奶到了，他才肯打针，法国奶奶在法国，肯定到不了，他就不用打针。也不知为什么，坏孩子非用汉语说，搞得中国奶奶自作多情了。齐达内爸爸冲过来，是因为他一向反对在孩子哭的时候哄孩子，认为只有在孩子不哭的时候才能哄他，要哭就让他哭去，坚决不哄，他尤其反对奶奶哄孩子，尤其尤其反对中国奶奶哄孩子……

这件事后，向素云的自言自语又多了新素材，她不再提美国人，常提法国人，她说：法国人教育孩子，是你想怎样就怎样，这样不对的，法国孩子也是孩子，哪能这样教呢？哭了不哄，不哭了才哄，这叫什么理论？不哭了要你哄？！

总之，继医疗领域受挫后，向素云在教育领域也接连受到挑战，不但混血儿，她那本土的外孙也让她头疼。有一次女儿从家长会上回来，对她说：妈，你以后别教孩子写字了，现在的笔画顺序和我上学时都不一样了，和你们那时更不一样了。向素云说：瞎讲，都是中国字，笔画怎么会不一样。女儿说：我也想一样啊，可现在书上就是这样教的，我又没办法。向素云把语文书丢给女儿，说：你随便找几个字出来，我写给你看，看看我写得对不对。女儿给她找了四个字，她写了，一对照，两个写对了，两个写错了。女儿还安慰她，说：妈你不容易了，还写对了一半。她却心里暗惊：看来很多事情真的不一样了，还得不断学习啊。

她和女儿带外孙出去，外孙不去，女儿把他从卧室拖到门口，他就站在门口，拖到楼下，他就站在楼下，女儿命令他：我数到三，走！外孙说：我不走，我爬。数到三，他真的趴在地上，像个蜥蜴似的，肚皮贴地，两手两脚伸出去，爬起来。向素云跑过去抱他，女儿说：别抱他，让他爬！向素云说：不好爬的，衣服脏了还好，手要磨破的。女儿说：都是让你给惯的——爬！爬！我让你爬！

向素云的话越来越少了，有时说到一半，自己先否定了，说：不说了，都是老掉牙的了，现在什么都变，现在连肠子都跟过去的肠子不一样了，你说还有什么好说的……真要说的话就一条，还得学习！

她回到医院，看门诊大厅里人来人往，熙熙攘攘，大千世界，不知从何学起。不过看得久了，也还是有所收获。有一次她遇到一个刚当了奶奶的老人，她把最新的学习成果跟她分享，她说：你看出来没有，来小儿科的人，妈妈越来越少了，比爸爸还少，现在不是有个电视节目叫爸爸去哪儿吗，我看不是爸爸去哪儿，是妈妈去哪儿了。现在都是谁在带孩子？是我们。

有个爷爷，边排队挂号边从口袋里掏药吃，她对他说：我外婆活到一百零五，前几年才过世，为什么？就一条——她天天看《养生堂》！每天下午五点二十五分，北京台的《养生堂》，她一直看，看到死。我现在也看，我不光看《养生堂》，我还看央视的《健康之路》，上海广播电视台的《名医大会诊》，浙江卫视的《健康零距离》，湖南卫视的《百科全说》。我全看，老话说活到老，学到老，我看现在是学到老，才有可能活到老。

有个外婆，女儿刚离婚，她带外孙来看病，护士出来叫号，说：王童泽，王童泽小朋友的爸爸在吗？旁边一个爸爸噌一声站起来，这位外婆却眼泪掉下来。向素云劝她：单亲怎么了？我爱人十五岁就没了爹妈，一个弟弟一个妹妹，全是他带大的，现在怎么样？不也蛮好吗？也没犯法啊。

还有一个外婆，女婿有外遇，她逢人就讲，讲得整个小儿科的人都知道。向素云说：丈母娘最好别插手，丈母娘一插手，没事也有事，我现在也长记性，不管他们的事，我说多了，他们会吵架，真吵分了，还不是我烦？你说对不对，还不是我们烦？

她说：我年轻时是开天吊的，就是那种横在天上的起重机，也叫龙门吊。你想不出吧，天吊多高？十五米，我呢，一米五！我还恐高！我沿着铁梯往上爬，腿抖啊，上去就不敢喝水，怕上厕所，而且你知道吧，上去就算了，下来的时候更怕！但是没办法，你就是干这个的，后来我也总结出办法，现在我告诉你，你也能用，就一条：眼睛看远处，别看脚下！

04

冯家慧的脸好看，她站在门诊大厅的问讯处，脸上有一种天生的镜头感。来来往往的人，不管匆忙或是麻木，眼里总有她。从后面看，她是一个标准意义上的美女，绕到前面，她也不让人失望，如果不考虑她的年纪，以及她脸上那层像被粉底覆盖的悲戚底色，她仍不失为一个美女。她给一个贸然闯入大厅的病号指路，姿态优雅，连伸出的指尖都富有诗意。身旁一位年轻护士，不管从哪个方面讲都比她更胜任这工作，偏偏没有人问她。据说，有一种人天生容易被人问路，冯家慧属于这一种。

按医院义工宣传手册上的说法，她是医院的“一道风景”。悲伤使她更加动人。

七年前，她的老公查出得了肠癌，九月二十六号开刀，第二年七月四号走掉。冯家慧再难忘记这两个日期，比她老公生日记得都牢。说到底，老公的生日与她无关，只与她婆婆有关。而老公的死，与她有关。

她还记得夹在这两个日期中间的一天：第二年四月五号。那一天，她的检查结果也出来了：乳腺癌。那天，东院门诊值班的正好是给她老公开刀的那位医生。医生看到她，还笑，摘下口罩的一边，说：咦，你怎么来了？

那时她老公还在化疗，情况已非常危险，每天挂盐水，抽腹水，人瘦成一条，走路都困难。她像往常一样来到病床前，从包里掏出检查报告。她必须要带报告来，白纸黑字地宣布这个消息，否则，她怕老公说她开玩笑。那天刚过完愚人节没几天。

东院不是专门治疗乳腺癌的，有人建议她去中心医院开刀，中心医院的乳腺癌科室全国有名。但是女儿听到这个消息，说了一句话。她说：就在这里开吧，否则我一会儿跑这个医院，一会儿跑那个医院，跑得过来吗？

她不说话。女儿就是这样，在她的眼里，爸爸永远排第一位，她自己排第二位，如果冯家慧能有幸排进女儿的视线，也是排第三位。但是这时，她老公又说了一句话。

他说：咱们在一起开吧，这样，我还能去看看你，你真要到别的医院，就怕我……

冯家慧意识到，这不仅仅是在选择一家医院，更可能是生死之别。

几天后，她在东院开了刀。她老公在五楼，她在十一楼。她老公其实在四楼，但所有标识都写五楼。

她老公挂完这一天的盐水，摇摇晃晃起来，去十一楼看她。她还在昏睡中，老公坐在床边，摸她的头，说一句“前世作孽啊……”，眼泪就掉下来。

他坐到她醒。醒过来后，她看到老公的笑，他拍拍她的头，说：你没事的，你这个小毛病，我比你严重呢。

女儿在一旁哭，她听得出来，这哭并不全为她，即使全为她，也比不上刚知道爸爸生癌时的哭。刚知道爸爸生癌时，女儿曾脱口对妈妈说出：都是因为你！

她也想哭，竟没有泪。她想，死就死吧，活着也没意思。

她也开始了化疗，像在重走老公的路。此时，老公已经病危，东院不再需要他了，他被急救车拖走，好腾出昂贵的床位，留给下一位更需要的人。他被送进了高架桥下面的一家舒缓疗护中心，那里是火葬场的前站，进到那里的人，很少再出来。

化疗的间隙，冯家慧又做回到一个病人的家属。早晨六点，她去舒缓疗护中心替女儿，女儿抹把脸，乘第一班地铁去浦东张江上班。上午九点半，老公的妹妹来替她，她回去路上买点菜，回到家里，一样一样地烧。过去，这些事都是她老公的，她完全不擅长，每次放盐都要用勺量，恨不能一

粒一粒数。下午三点，她再去医院，带去饭菜，也替下老公的妹妹，直到晚上女儿下班回来，再替下她。有老邻居在她经过时迎上来，抚她的衣袖，仰望她，不阴不阳地笑说：啊哟，家慧勤快嘛，一天两趟医院。

早晨，她老公捏住她的手，说：最好你一直陪着我，晚上也陪。

晚上，女儿回来了，就把所有人赶走。她两颊陷进去，瘦了近二十斤。

死神并不想一下收走他和她，而是慢慢咀嚼他们，不让冯家慧错过任何一个痛苦的细节。到后期，她不敢看她老公的脸。即使在患病前几个月，他也还保持着魁梧、英俊，他们走出去，仍是让人艳羡的一对。而现在，他黑瘦得像一截木炭。只有眼睛仍恐怖地明亮着，每当有穿白大褂的人走过来，那眼睛就烧起来，好像看到了又一个救星。那眼神让医生都难面对。

医生趁冯家慧和女儿交接时来，很随意地聊起来，说：有一种冬眠针，现在有些病人和家属都用，你不要误会冬眠针不是安乐死，不是打下去就走掉了，冬眠针是让他慢慢地睡，慢慢地……她有些心动了。

女儿说：不。

说完看了冯家慧一眼。这一眼，她有意保持了三四秒的时间，眼神由挑战、决绝，渐渐变成忿恨。医生看一眼体温计，去了下一个病床。

冯家慧第二次化疗时，老公走了，才五十九岁。女儿为爸爸准备的六十岁生日礼物，最终送进棺材里。

老公走前的三四天，冯家慧早晨去中心，女儿没去洗脸，眼睛肿着，端坐着，向她宣布了一个消息。或者也不单是向她宣布，是向全世界宣布。

等爸爸走了，我也走。

你走去哪里？

印度。

05

家家一直被人追，她的跑道上从来不缺人，但她一直把他们远远甩在身后。直到高三,一个男生追上了她。或许也不全是他追上她，她也有意放慢步伐，等他追上来。这是一段被普遍祝福的恋情，同学老师都知道了，连爸爸都知道了。他们也挺争气，直到大学快毕业，他们的热恋仍没有要疲软的迹象。直到有一天，妈妈也知道了。

妈妈神通广大，居然暗中搞到了男生的生辰八字，等家家知道时，检测结果已经出来：她和他八字不合。不是一般的不合，是你死我活、有你没我的那种不合，用妈妈的话说：谁嫁给这个男的，谁就要死掉！

像一切电视剧的惯常情节一样，妈妈成功地拆散了他们。男生远走新加坡，在那里娶妻生子，彻底杜绝了再来骚扰家家的可能性。但是多年以后，这恰恰是让妈妈最难堪的一点，妈妈开始逢人就讲：蛮好当年该让他们结婚的，我女儿眼光不错的，他后来去新加坡，一去月薪就五千块，五千新币哦，换成人民币，五五两万五呢！

妈妈没说的一点是，男生的妻子并没有死掉，人家健康得很，小两口幸福得像电视剧一样。

家家在那一年发了很多誓，把一辈子能发的都发了。她从小个性强，大多数誓言她都说到做到了，除了一点：迷信。

家家也开始“迷信”了。不过她不信妈妈那套被她称为“邪教”的东西，她要追随的是佛教的起源地：印度。爸爸手术结束后，有几个月病情相对稳定，十二月，家家飞往新德里，参加第二届华人宗门实修法座，同时也是印度十七世大宝法王的祈愿法会。在印度，她花了整整两天的时候，接受了法王噶玛巴的胜乐五尊大灌顶，又用十五天时间，去了玄奘曾到过的所有佛教圣地，去了佛祖当年在菩提树下成佛觉悟的佛陀伽雅，第一次向五位门徒宣扬佛法初转法轮的鹿野苑，佛祖涅槃之地库什那伽……

这同时也是一份旅行团的标准行程单。她为此交了一万五千块钱的团费，并将两万块钱在指定账户冻结了四个月。

她在每一处圣地流下眼泪。她的团友与其说是被法王震慑，不如说是被身边这位胖姑娘莫名的虔诚所打动。自从与初恋分手后，家家一直把自己养得很肥，最近半年多，她的肥胖与爸爸妈妈的消瘦形成鲜明对比，像是另一种贫病。

十七天的行程里，除掉必要的交涉，她坚持不与任何人说话，不拍照。

行程结束，她从五千公里外的异国佛乡，直接飞回到上海的病床旁。

她每晚为爸爸诵经。谁要想留下来陪她一起，定会遭到她的怒斥。她把黑暗的、充满死亡气息的病房，变成她密修的暗室，变成她和爸爸相互加持的宝地。

但是法王并没有格外开恩，爸爸的死期，仍精确遵循了医生和检验报告的预言。她把这归罪于自己的业力不够。爸爸后事一了，她立刻飞去印度。她的行李箱早就收拾妥当，里面装满了她舍不得丢的全部旧物，不包括妈妈。

她没想过再回来。

在她最艰难的时刻，一个印度男人帮了她。只过了两个多月，她就嫁给了男人的弟弟。一年多，她生下了混血女儿。

上海的一切，都被她远远地丢在了上海。她几乎脱胎换骨，生完女儿后，她甚至想过重新减肥。

但是，在女儿出生的那一夜，她惊觉竟没有一个人可以报喜。在同学朋友同事眼中，她几年前就失踪了，虽然她留有所有人的联系方式，但她不敢贸然露面。她不知道该如何解释这逆转的剧情，怕吓着他们。

微信上，一条加好友的请求已经亮了很久，她一直没同意，也没删除。这一夜，趁着这辞旧迎新的历史时刻，她给了自己一个理由。她点了同意，然后，以妈妈的身份，给另一个妈妈发送了一张宝宝照片。

06

冯家慧的老公去世前一年半，她的父亲先去世了。在一年半的时间里，她先是失去了父亲，又失去老公，紧接着又失去女儿。

她自小被宠，家里有一个父亲，四个哥哥，后来又有老公。她一直被不同年代、不同风格的男人宠，却与女人搞不好关系，甚至女儿。

他们给女儿取名家家，是从她的名字里取出一个字，也寓意家。现在，这个家变成阴阳两隔，中印两国。

但是，生活仍然滚滚向前，冯家慧把与老公和女儿有关的一切都清理进一个房间，一把锁，锁死了。她新烫了头发，把侧面几绺染成酒红色，买了新款的太阳镜，遮住她的黑眼圈，也遮住人们内容各异的眼神。她的胸前空洞，碗口大的刀疤时刻拉扯着她，使她不能走得更优雅，但她仍然把高跟鞋踏得笃笃响。她想，她活着回来了。

她重新开始唱歌跳舞。她的那些来历不明的老搭子们，全都识趣得很，没人提那些扫兴的旧事，好像她只是外出旅行了一圈，错过了几场聚会，如今她回来了，随时可以归队。他们都喜欢唱卡拉OK，冯家慧仍然负责去网上团购优惠券，只需29元8毛，就可以让这群没心没肺的老头老太们唱六个小时，从上午九点唱到下午三点。有时他们也从浦东到浦西，去四川路上的一家，走大连路隧道，两站路就到，那里价钱还要便宜，但音响不够好，歌也不全。在昏暗的包厢中，冯家慧妖娆地唱着，她不喜欢怨妇式的悲情调调，也不像退伍的老黄一样只唱红歌，她喜欢男女对唱的情歌，她仍然可以把其中的女声部分唱得甜美，而且不管谁来唱男声，她都觉得那首歌是专为她写的。她每每唱得很动情，但是音乐声和哄笑声太吵，淹没了她。

有一天，她接到东院的一个电话。她熟悉那个噩梦般的号码，近几年来，她们家几乎每一个噩耗都是由这个号码来宣布的，但是现在，她不怕这个号码了，她身边没人——除了婆婆，婆婆最近也病重，但这与她何干？她按了接听，是东院的社工，问她愿不愿意再回医院来。

……还有很多人，几乎每天都有，正经历您当年的病痛，您愿不愿意以一个过来人的身份，给他们讲一讲，告诉他们癌症并不像想象的那样可怕，您的一句话，可能比我们十句话更管用……

社工解释了很久，她从一开始就听明白了，她老公住院的时候，也曾有癌症康复者来做过他的工作。她突然打断社工，说：你们是东院，那一定还有个西院了？

是的，还有一个西院，不过阿姨您离东院更近，肯定更方便来东院，西院太远了，而且西院条件差，我们三甲他们二甲……

我去西院。如果西院也需要我的话，我去西院。

冯家慧成了西院的一名义工，每星期去一天半，其中一天在肿瘤科，半天在大厅做导医。

一旦变身旁观者，她就有更多机会来感受医院，这个与卡拉OK厅一样掺杂了喧闹与绝望的地方。她款款立于来往人群中，落寞与淡雅，混合着敷在她的脸上，让她看上去如此与众不同。即使那件义工蓝马甲，套在她的身上似乎也比别人更得体些。

她发现肿瘤患者竟然这么多，比她想象的还要多，他们不分年龄、性别、贫富或地位高低，前一天他们还活蹦乱跳，对世界不屑，一朝被宣判，立刻缩下头，眼神恢复到初生婴儿般的无助与惶恐，甘心接受死神与医生的联手拨弄。她突然就有了强烈的表达欲。

她讲她和她老公的抗癌故事，一个成功了，一个失败了，悲观者和乐观者各取所需，都能从中得到论据。生或死，概率仍各占一半。那些枝蔓茂盛的故事，每多讲一遍，悲伤的水分就被拧干一层，到最后只剩下干硬的情节，像别人的故事。

义工们来路各异，有的人能迅速与所有人打成一片，有的人能准确计算出每个人的家底，还有人热衷于传播别人的家事。冯家慧因为参与得很少，因此被议论得最多。她听到过几耳朵：外面花头多的……女儿都不要她了……美女本不易被女人堆接纳，有故事的美女就更容易招惹非议。她坦然听着，并不辩解。也没什么可辩解的。

不到万不得已，她不和别人一起吃饭，都是自己吃。多数时间在外面吃，偶尔也回家，烧一到两个小菜，吃一到两顿。老公住院期间她练就的一点手艺，如今是她仅存的生活技能。

外孙女27个月大的时候，女儿携全家回上海过年。她当然高兴，但有保留，也透着小心。那个眼窝深陷的女娃，已经与照片完全不一样了。她盼着能听到一句“阿婆”，女儿说：她叫过了，你没听懂。

她和那个手臂爬满汗毛的印度男人没讲几句话，看都没看几眼。他和她，不是一个世界的人。

她坚持和女儿讲上海话。其实她知道，即使讲普通话，印度男人也听不懂。

她一眼就看出来，女儿过得并不好。印度男人没有正式工作，基本全靠哥哥家接济，还懒，从不插手家务，和上海男人比起来，简直不是一个物种，女儿好像嫁了一个外星人，可是，女儿是当上海女孩养的啊。她能想象到女儿的辛苦，有一年国航在印度招人，女儿去应聘，本来人家已经看上她了，月薪开出一万也不错，但得知她的孩子才三个月，人家又改口了。

而且，那个男人还吃素！一胳膊毛没褪尽，还好意思吃素！女儿还好说，原本荤菜吃得就少，只可怜外孙女，每天跟着吃斋，饿得精精瘦。

她隐约怀疑，印度男人可能还打过女儿。

不过，她什么也没说，过去的、现在的都不说，假装所有人都很幸福。

女儿这次回来，还帮上海一位亲戚带了点药，顺便赚点差价。印度的药便宜，880块钱的药，可以吃一个月，放在上海，880块只能买到一粒半。看女儿点钱的神态，她已经把宗教和法王扔得远远的，彻底投身到火热的世俗生活中。

一家人吃好饭，冯家慧洗好碗，就去换上皮裙，长靴，宝蓝色的收腰羽绒服，波点围巾，犹豫拿哪个包。女儿说：妈，你去哪?

我去……唱歌，他们等我。

妈，你能不能不去。

他们等我……

妈，你能不能不去，能不能陪陪我。

我不是天天……

妈，你能不能不要一吃完饭就走，要吃饭了再回来。

你回来，我一天三顿给你们烧好，吃好，洗好弄好，你还要怎样？

妈，我多少年没回来了？我回来，就为了吃你烧的菜吗？不吃你烧的菜我就活不到今天吗？

你多少年没回来了？你知道我这些年怎么过来的？没有他们陪我唱唱跳跳，我能活到今天吗？

她随便抓一个包出门，免得听到女儿的下一句话。看上去，这一轮她赢了，但她比输了还难受。

她并没有去唱歌，这一天不是唱歌的日子，她去了医院。市卫生系统要评优，医院请了记者来宣传造势，要她临时去一次。

换上蓝马甲，坐到一个患者的床边，冯家慧又讲起她和她老公的故事。这故事像黑硬的木耳，被晾晒了太久，不期然与她一腔苦水相遇，蓬勃发胀起来。她讲得声泪俱下，一个摄像机的镜头捕捉到了她。

人群中，她总是第一个被镜头捉到。据说，正是因为这一组镜头，她和另一位义工，喜获全市优秀志愿者称号。

她赶回家做饭，一进门，女儿把手机举到她脸前，说：

谁把我的微信号告诉他的，你？

她看着女儿手机上的头像，一时没反应过来。

女儿说：你为什么把我的微信号告诉他？你想干什么？

冯家慧想起来了，女儿回来前几天，她的高中女同学打电话来，问她的联系方式。那时候，冯家慧正沉浸在女儿即将回家的巨大喜悦中，她以为一切即将回到正轨，于是毫不犹豫地告诉了女儿的同学。挂断电话前，女同学问了一句：阿姨，这个微信号，其实是他让我向家家要的，我能告诉他吗？

女同学说了一个名字。冯家慧不会不记得，是女儿那个八字不合的初恋男友的名字。

她想，不管她怎么回答，结果其实是一样的。女同学不聪明，或者太聪明了，才多此一问。当初女儿辞职时，向那家银行推荐了这位女同学。如今她混得多好，一个月两万六。

她含混一句，挂了电话。

她没想到，几天后，这含混一句竟如此发酵，变成女儿的咆哮。当着她和印度男人的面，家家摔了手机。新买的、八千多块钱的iPhone5，飞得满屋都是。

你凭什么告诉他我的号码，你凭什么说让我们断就让我们断，说让我们联系就让我们联系？你凭什么！

她想：家家，我错了，我不该透露你的号码，不该在电话里跟你的女同学说你如何不好，如何不快乐，我并不知道这些话等于间接说给那个男生听了，家家，我不该拆散你们，我鬼迷了心窍……

你这个霸道的女人，你对我爸霸道，对我也霸道，你对所有人霸道，你看看现在有没有人愿意理你！我烧饭怎么了？做家务怎么了？难道像你一样，什么都要爸爸给你做？你从来就不会照顾爸爸，你这个又懒又笨的女人，爸爸累死了，你还想让我也围着你转吗？你休想！我就是要让你孤独，让你寂寞，我宁肯伺候印度阿三也不伺候你！

她想：你说我不关心他，不照顾他，不心疼他，那我的癌症怎么得的？还不是他得癌后我伤心伤的？辛苦累的？你能说和这个没关系？我原来身体多少好，可知道他得癌，我哭了多少次？才过半年，我就得了癌，瘦了十几斤，要不是你爸提醒我去检查，我自己都没意识到……

女儿说一句，她在心里应一句，也轻微地驳一句。但是，她的驳终究无力，终究无凭无据。而且，她没说出口，女儿的反驳已经来了：

你早干什么去了？我爸得病了你开始伤心了？我爸要死了你开始难过了？开始学做饭了？你这个坏女人！我爸死在你手上！我一辈子毁在你手上！我的前程、我的幸福，全毁在你手上！

她想：女儿还是她的女儿，她依旧精准，每一句都命中。

她想：这迟到的清算，终归还是到了。

外孙女一直睡着，竟没被吵醒，或许她不会被她听不懂的话吵醒。这个混血儿暂时不会知道，两个女人间的仇恨，大于两个国家间的仇恨。

她们最终和好了，至少在表面上。在机场，印度男人给老中幼三代女人拍了合影。照片里，至少有三分之二的人在笑。

她找到社工部，要求换一个岗位。医院方面说：等市里评选结果下来，再考虑。她说：评不上还好，评上了，不是更不让换？医院想一想，说：那不会，毕竟只是义工，不是社工，你想换，医院自然会考虑。后来她果然换成了。

她去了聋哑科。

市聋哑学校每周有三个老师过来指导，她只负责简单地指引，为此也学了一些简单的手势。她喜欢上聋哑人，愿意与他们无声地交流。慢慢地，她的话也越来越少。

终于不再开口。

07

其实西院里的老年人义工很多，都挺尽职，说起来，也都有自己的故事，不比冯家慧她们少。但是，因为最初她们二位以微弱优势被评上了西院优秀义工，等到区里再评时，她们就顺理成章被报到区里，等到全市卫生系统再评时，她们就被报到市里。市里开明得很，不打击下面积极性，报一个批一个，反正通知写明了要求下面配套资金，上面就是多印几个证书多敲几个章嘛。再加上西院宣传有方，结果出来，报了两个，评上两个。

西院的院长擅长即兴表演，到了谁的场子，就把谁捧成一朵花。西院与关心西院各界朋友恳谈会暨优秀义工表彰会上，院长前呼后拥地来到获奖义工前，突然举起双手，扭着身子，表情悬疑，像魔术师附体。他对左右说：别讲，你们都别讲，你们也别自我介绍，让我来猜一猜，您是……冯阿姨，对不对？您是向阿姨，对不对？对不对？

冯家慧和向素云，仿佛院长刚刚大变活人变出来的，并排站着，接受众人对院长鼓掌喝彩。冯家慧妆容得当，亭亭玉立，向素云身子紧一下，扯一下衣角，众人每鼓一次掌，她就向冯家慧靠一靠，向冯家慧的腰后面躲一躲。

最后，按照惯例，院长开始了即兴演讲。院长干行政出身的，文化不高，都是秘书给他写稿，他有一次把如火如荼读成如火如茶，从此秘书就只挑简单的字写，有时也用些民间谚语一类的。院长虽然识字不多，但领悟力强，又会表演，每次都搞得好像即兴演讲一样。

俗话说得好，家有一老，如有一宝，我们西院有二老，有两个宝！都说我们西院不如东院，我们西院确实不如东院，可是我们西院有两个宝贝，东院没有，人无我有，我们就要好好宣传一下，今天我们还请来了一位作家——院长指指我——来我们西院体验生活，写写我们医护人员的喜怒哀乐，写写我们西院人的光荣与梦想，我跟他讲了，也给我们两位义工阿姨写一篇文章，文章题目就叫——我建议啊——西院二宝！

甜河

汶河的水到黄泉。那时候人们形容某样东西深，就说“到黄泉”。汶河的水深到黄泉，河滩上的老白沙被河水淘洗多年，掬一捧在手心，白净细软，恨不能吃一口。沙滩上挖个坑，水就泉出来，趴下就能喝。那时的河水干净啊，现在呢，蝌蚪都没了。

那时也没有现如今的各种建筑工程，对沙的大规模杀伤性开采还未开始，沙的主要任务就是静静躺在河底河滩，成为河的一部分。偶尔被农人挖出一些，派作其他用途，对大汶河这样的河来说，几无损伤。

沙的其他用途也不少，比如“垫栏”。那时村里家家都有“栏”，圈养牲畜，也用来蓄粪，沤肥，这时就要用到沙：把沙和灰土掺在一起，撒在粪里，一来显得干净，二来也让粪松散一些，方便出粪，上到地里不板，不结，有空隙，利于作物生长——都说庄稼要靠粪当家，可庄稼也要喘口气啊。

沙还可以铺路，雨后的泥泞地，铺上一层沙，立刻干净不少，人走在上面沙沙响，不沾鞋。修路盖房子当然也少不了沙，日伪时期有过混凝土，用的是日本的技术，中国的沙。居家过日子，沙也不可少，比如炒花生，花生掺在沙里一同翻炒，熟得更均匀。花生原本喜欢沙质土地，用沙炒出的花生，清香暖热，似乎更有一种原汁原味。

当然，汶河老白沙的主要工作还是待在汶河里，千年如一日地过滤水。水和沙是相互过滤的关系。经白沙过滤的水，水质优良，味道清甜，泡茶爽口，而且不管多少年，壶里无水垢。

所以，村里称汶河的水为“甜水”。汶河是一条流满了甜水的河。

有甜水就有苦水。村里原有一道水脉，人们在场院或自家院里挖一口井，将水脉引至井中。井水再清，本质上也是泥水，有泥的味道，如果井挖得浅，只引来地表水，就更不好喝，人称“苦水”。

乡人们没有那么多形容词，无法形容苦水到底怎样苦，但他们发明了很多名词，所以就干脆说一股子“苦水味”，可用来泛指很多同类的怪味。

水有苦甜之分，混淆不得。甜水下饺子，饺子不粘，饺子汤有甜口。做豆腐用甜水，一斤豆子可出三斤豆腐，味也足。换了苦水，饺子豆腐都吃不消。拿苦水蒸馒头，事后锅底都要留一层碱，长时不刷，铁锅会腐蚀掉。苦水碱性强，浇菠菜倒是好，菠菜喜碱，盐碱地里种出的菠菜，叶肥厚，熬汤浓，价钱也要贵上几分。

苦水不但喝不来，洗头都不行，苦水洗的头，头发梳不开。家里女孩们拿甜水洗头，要背着大人，尤其要避开我姥爷。姥爷脾气大，看到了要训人：“洗个头还用甜水，又不去挑！”或者，“讲究的你！抬都抬不上喝！”姥爷随口就说出了甜水的两个主要获取方式：抬或挑。汶河离家不近，抬或挑，都不容易。

因为甜水珍稀，苦水就必不可少，洗衣洗菜，饮骡子饮马，夏天泼场，能用苦水的一定用苦水，可不用甜水的，一定不用甜水。酒精兑水，不知道为什么，据说也用苦水，大概酒味重，遮得住苦味。甜水与苦水的区别度，要超过如今的纯净水和自来水。

农户人家，院里一般都备有大瓷缸，专放甜水，如果家里没井，要备俩，一甜一苦。瓷缸总有一个七八岁小孩那样高，两头略收，中间一个鼓肚子，容量很大。冬天，瓷缸埋地里，缸口与地面平，缸底垫上麦秸，缸口盖上盖垫，再铺一层麦秸，为的是防冻；夏天要把瓷缸挪到树荫下，甜水怕晒，晒久了会变质。

人们小心供奉着甜水，浪费甜水，罪名仅次于糟蹋粮食。

我姥娘是小脚，不会挑水。挑水时扁担两端一颤一颤，要扇起来，人与扁担形成和谐共振，要求人的下盘稳，小脚可不行，小脚自己走路都不稳。姥娘小时，家里算富农，又是独生女，两位母亲才生了她自己——她的“大娘”不生育，父亲又娶一房，单传好几辈，总算生了她，因此全家宝贝，从小念书识字做女红，可没挑过水。

姥爷虽是壮劳力，但壮劳力是属于生产队的，每天天不亮，姥爷正酣睡，生产队长就在街上吹哨子，喊：上工了！姥爷爬起来就下地。锄草，推车，打石头，样样不轻省，放工回来，常常累到直不起腰，如果家里水都没备好，甚至还要他去挑水，那就是“找挨骂”了。

姥娘在家，负责“办生办熟”，也就是做饭，还要料理家务，还要带孩子。他们有四儿四女共计八个孩子，鼎盛时期相当于村里一所中等规模的幼儿园。姥娘里里外外，也算一把好手——只是弄不来甜水。

于是，该轮到这八个儿女上场了。

八个儿女不是一起来的，总要排个大小，我妈是家里大姐，这样的活自然先落到她头上。

姥娘正在灶前添火，见我妈散学回来，就喊她的小名，“你爷这就回来了，快拿上咱家的长柳杆子，和你兄弟抬水去。”

河边林子里，一棵柳树死了，三四米长一根粗枝，中间一个弯脖子，姥爷拾柴时把它砍回家，截掉两端，削去碎枝，用来抬水，弯脖处正好挂水桶，唤作“长柳杆子”。姥娘家里每样东西都有个名，一叫名，都知道。“名词”是他们一生的重要财富。半个多世纪过去了，我妈还记得那些物件的名字，记得它们常放的位置。现在家里的东西她倒是经常放忘地方。

那时候，上学是件奢侈的事，女孩上学，简直就该负罪，因此，散了学的女孩要抢着做家务，算是补偿脱产上学

的亏欠。我妈得了命令，就去哄我舅，“长地，”长地是我舅的小名，“我抬沉的一头，你抬轻的一头，行吗？你那头可轻哩，你拿手扶一下就行。”长柳杆子一头粗一头细，弯脖子靠近粗头，所以粗的那头沉。我妈用这样的条件来哄我舅，我舅说：“不去不去！”

那一年我妈十岁，我舅五岁。

姥娘在灶间说：“长地，上回你兄弟去，这回该轮到你去了。”

忘记说了，我有两个“五岁的舅舅”，他们是双胞胎，所以家里所有与他们哥俩有关的事都要一分为二，绝对公平才行。他俩长得一模一样，只靠右眼皮上一小块疤来区分——今天该轮到眼上没疤的哥哥长地去。

哥俩两三岁时打架，哥哥在弟弟眼皮上抓出一道疤。好像故意做个记号似的，那疤既隐蔽又显眼，一天天在弟弟上眼睑上固定下来。哥哥从此确立了哥哥的身份——猛一看，哥俩还是一个模样，可只要掌握了方法，一眼就能分出大小。

此刻，他们却连自家人都分辨不出了——哥俩光着屁股在地上玩泥巴，脸上身上都是泥，像一个模子里出来的小泥人，互相指着对方说：“你去你去，今天该你去！”

姥娘一边拉着风箱一边说：“孩儿，甭管谁去，快去一个吧，谁去了，回来给谁做疙瘩汤喝。”

哥俩还在争辩：“上一回该你去你没去最后是我去的，

这一回……”

姥娘停下来，说：“再不去，看你爷回来不揍你！”

一听到姥爷，他俩就老实一些，也分出了大小。小的正追着大的跑，大的顺势抢了大姐手里的长柳杆子，跑出大门外。

“衣裳呢？穿上件衣裳再去！”姥娘朝大门喊，大门那里早没了人影。

我这俩舅舅，从小就讨厌裤子，能光着就光着，不得已才穿，后来他们都上学了，还常被老师训回来：“穿上裤子再来上学！”他俩讨厌上学，主要是因为上学要穿裤子。好不容易熬到散学回来，一进大门，他俩就比赛似的拿两脚交替踩另一边的裤脚，手也不动一下，像虫子蜕壳一样，把裤子脱在大门底下，光着腚进屋。

这会儿，我舅光着腚，舞着长柳杆子在街上跑，我妈提着捅在后面追，“长地，长地，等等我！”。我妈追不上我舅，但我舅也跑不远，因为他经过石碾就要围着石碾转一圈，遇到高崖子就要跑上去再跑下来，跑过谁家的大门就跳上去再跳下来，看到一只鸡就挥着长柳杆子撵鸡，来来回回多跑出几倍的路。后来他遇到一群土狗，嫌长柳杆子碍事，就丢了杆子，拾起一块石头，我妈喊：“长地，你又——！”石头已经扔出手，狗跑得精光。

我妈也不追了，过去拾起长柳杆子，把桶挂在弯脖子处，撅在后背上，慢慢地走。桶一左一右，在她背上滚。供销社门前几个闲人，看我舅跑过去，他们就说："光腚猴子，就知道玩儿，你看看你姐！"我妈走过去，他们就说："像个小大人，你娘得你多少劲！"

村皮上有个湾，路从湾上跨过去，湾里水多了，路就被淹掉一些，水少了，路就宽出一点。湾旁边是学校，早年间有个男学生在路边玩水，掉进湾里，拉着一筐草浮上来，湿淋淋家去，他娘问，喝水了？他说，喝了。他娘说，吐了吗？他说，吐了一些。湾里的水是死水，不干净，按老理说，在哪里淹了，就要从哪里盛一碗水，烧开了喝下去，免得肚里积了脏东西。他娘正忙活着，看他吐也吐过了，就没往心里去。当天他娘去泗水城走亲戚，两天后回来，儿子死了。

这故事经久不衰地恫吓着村里的孩子和大人们，我妈走近那湾，少不了也要喊几声："长地，别往水边上走……长地，前面到坝了，咱比比看谁先跑上坝！"

我舅先跑上了大坝。那坝由黄土夯成，坝顶被无数人和车踏平，成了路。这是一条高架路，曲曲弯弯地没进两侧的天边，此时人、车、鸡、狗都不见，世间像是没有一个活物。向坝两侧张望，一边是村子，一边是林子，都密实地排列着，像是密不透风，然而风习习地吹，人仿佛站在天边，世界的分界线，心里空落落的。我舅回头，看我妈并没有跑，就喊："姐哎，你再追我啊，你快追我！"

我妈把桶提在手里，另一手拄着长柳杆子，上了坝，一抬头，我舅又不见了，声音从大坝另一侧的林子里传过来。

“姐哎，你追不上我。”

“长地，你看看这个树窠子里长出个什么？”

“姐哎，渠道里的水都满了。”

“长地，这个桶可沉来，你也不和我抬抬。”

“姐哎，我逮到个蚂蚱……”

姐弟俩远远地说着话。风从树行子间吹过来，无数细小的事物在耳鬓厮磨，发出琐碎而宏大的声响。人在林间小路上，不由得就加紧了脚步。

“长地，快别乱跑了，先过去占个泉子，晚了就排不上了。”

“姐哎，到桩桥了，我不敢过桩桥，我等你过来牵着我过。”

半个多世纪后，我带爸妈在北京旅游，有一天在故宫——我记得就在故宫后门附近一棵古树下的公厕门前，我妈接了一个电话。我舅病重。送到市医院，医院都不敢收了（后来我姐和姐夫连夜开车接他去省城医院，据说车都不敢开得太快，怕一颠，血管崩裂，用医生的话说，“全身血液两分钟流光”）。我妈站在斑驳的树影下接听电话，人就定在那里，脸上明一块暗一块。头顶那么大的太阳，那么宏伟的宫城，那么多人，好像都不存在了。我们看她神情，知道事情不好，就厕所也不上了，站在她近旁，将她与来往游人稍稍隔离开，也不敢问。我妈站在那里，一句一句地听，偶尔插问一句，声音都变了。听完我舅妈的电话后，再打给我姐和姐夫，叫他们安排车辆。这期间她一直站在原地，在方寸间小心腾挪，好像动作稍大一些就会挣破什么，会让什么东西一瞬间流光。这一年我妈六十四岁，我舅五十九岁。

桩桥顾名思义，河床上树桩，桩上架梁，梁上铺木板，成了桥。这桥仅维持最低限度的使用价值，完全顾不上审美，反正每隔几年总要被冲垮一次。桩桥初架好时，桥面上还填一些灰土，时间久了，灰土碾磨尽了，一条条木板就露出来，接缝很大，人走在上面，忍不住要往下看。下面，大汶河像一头绵延的巨兽轰隆隆开过。那河水第一眼看很清，越看越黑，人就脚底发软，眩晕起来，手里想抓样东西，偏偏那桥光秃秃的，除非爬，不然手里没什么可抓。人靠近河时，还会评点几句水势，或是预测一下这桥的寿命，一旦登上桥，就都收了声，一步紧一步地走，直到脚面踏上对岸松软的老白沙，才暗出一口气，重新说笑起来。

我妈赶上来，把桶挂在长柳杆子上，杆子细头交给我舅。我舅不要。杆子没有大姐的手牢靠，他要牵住大姐的手。

我妈还把桶撅在后背上，牵起我舅的手上桥。和那架粗陋的桥身比，姐弟俩的身子都小小的。和大汶河比，桥也小小的了。

我舅跟在我妈身后半步，紧拉着我妈的手。那时我舅比我妈要矮一头，他长成一米八的宽肩粗腿的汉子，还要等到十三年以后。十三年以后，我妈生完我姐，就是我舅用独轮车推着我妈我姐还有满天风雪，从三十里外的镇医院回到家的。

过了桩桥，河滩上的老白沙就来到眼前，人也多起来。我妈我舅出村后，有段时间没遇着人了，因为人都在这滩上聚着，打水的，洗衣裳的，拾柴的，放牛放羊的，本村的邻村的过路的，都愿意打着赤脚，在这沙地上多逗留一阵。自然也少不了孩子。还差几步到岸时，我舅就大了胆子，甩开我妈的手，飞跑进那群孩子间。

“别跑远，一霎就到咱！”我妈喊。喊也没用。

泉子边已经围满人。所谓泉，其实是人工挖的沙坑，远近分布着几个，那位置大概是经测算和实践检验过，是位置最佳，水质最好的，所以一直就是那几个坑，排着大体相等的人数。排队的人会互相谦让，“你先刮你先刮”，“我不急我不急”，推让中就大致排定了顺序。刮水用瓢，就是一个大葫芦一劈为二做成的瓢，圆大的一端盛水，窄小的一端作柄。坑深不足一米，人蹲下来，探探身子就能刮到。刮水要一层层刮，瓢不能入水太深，免得刮到坑底沙石。水刮掉一层后，立刻又泉出一层，时间刚够你把上一瓢水倒进桶里。虽然泉得快，但坑里永远只有一瓢水，因为受制于汶河的水平面高度。所以这坑挖得讲究，不深不浅，不大不小，刚好够一瓢水，以保证每一瓢水都是最新鲜的。

有人刮满了桶，立刻就着瓢喝起来，咚咚咚灌下一满瓢，“啊”一声叹，人就精神许多。

人们口中说“刮水”，“刮”字用得极贴切，如果用“盛”“舀”“摝”，动作就太大，坑里这点水怕是经受不住，只能小心、节制地“刮”。从远处看，人们排着队，依次在坑前俯首帖耳，一次次躬身，像是对甜水充满敬意，不肯一次取光。坑内那一小方水面被刮得直晃荡，反出一小片碎光，像一件出土的宝物，永远都保留着刚面世时的鲜亮与耀眼。这样一瓢一瓢刮着，回身一看，桶已经满了。

我妈一面挨号（排队），一面就转着头找我舅。还没轮到她刮水，她就先喊起来：

“长地！快回来！马上轮到咱了！

“长地！咱娘嘱咐了，快点回去，用急添锅！

“长地！咱爷家去揍你我可不拉着！

“长地！长地！长地你上哪去了？”

我舅这会儿正和一群孩子在奔跑，跳跃，追逐，打闹，摔跤，打滚，扬沙，上树……小屁孩见了老白沙，真比见了亲娘还亲，一个个扎进沙里，像泥鳅扎进泥里。我舅一身黑皮沾了白沙，也像穿了衣服，和那些孩子没区别了。

野归野，经过泉子时，他们都不敢造次，再皮的孩子也不敢把手脚伸进甜水里，别说手脚，就是手脚扬起沙子掉进泉子里，也得挨一顿胖揍。人们对这甜水的出处有一种宗教式的敬畏，不但人，连植物动物都知道避让——这些坑都建在远离树的地方，因为有树就有叶，有叶就有虫，难保不掉到泉子里。至于洗澡洗衣裳的，饮骡子饮马的，更要远远地绕开这里，到河下游的浅滩上去。一九六一年有人精神恍惚，两眼昏花，看到一只红顶白足的巨鹤从天而降，那鹤瘦得皮包骨头，像用麦秆扎起来的，有点仙风道骨的意思，该是一只“仙鹤”。仙鹤正降在一个泉子旁，看样子是渴了，中途下凡到人间来觅水，但渴成那样人家都没乱来，在泉子边上考虑了一会儿，就扑拉扑拉飞到河边，单腿立地，将头拗进急流中，痛饮几口就飞走，从此再没回来。

我舅跑过这处泉子时，我妈正跪在坑边上刮水，身后有大人互相努着嘴，悄声说：“喏，这就是那谁家的孩子……”他们连名带姓提着我姥爷的名，然后是窃笑。姥爷家也被划为富农，一家人在村里抬不起头。我妈趴着，头垂进坑里，脸涨得通红。起身看到我舅，发狠喊他：“长地！你再不过来……”我舅好像听到了，回一下身，眼里像在冒火，远处传来孩子们的尖笑，他立刻又跑掉，向着这一侧堤坝的一排树。我妈改口：“……那你去折个树叶子回来！”一瓢水倒进去，桶已经满了。

一桶水，盛满了有三四十斤，抬的时候水会晃出来，不懂方法的话，到家能晃出大半桶去。方法是把一片叶子洗净了放在水面上，一片轻薄的叶子能压制住三四十斤躁动的水，再晃也晃不出去。我妈刮满了桶，树叶还没折回来，我舅也没个人影，想喊，不知道喊给谁听，一张嘴，嗓子就有点哑。

我妈到现在都这样，一着急，嗓子先哑。

泉子边上的人不多了，日头正西垂，汶河的水面像刀片一样杀人眼睛，河滩上老白沙粒粒金黄，揉揉眼再看，近乎血红。

坑边的水桶，一桶一桶地少了，轮到用扁担的，一下就少掉两桶。我妈想把自家的桶挪开一些，旁边一只手搭上来，说："小闺女，我给你提吧……"我妈一把将提手揽进怀里，说："不用，自己！"她两手提桶，屈着腿，一步一放，把桶挪到旁边平整点的地方，再过去取了长柳杆子和瓢回来，站在桶边上，挺直了腰，背着光，看河流的方向。桶里水一左一右地晃，已经晃出一些，她等泉子边上没了人，又过去刮几瓢，把桶里水补满，然后就倒净瓢里的水，让瓢浮在水面上。慢慢地，一个轻薄的瓢，压制住一桶躁动的水。

一个挑担子的人远远地折过来，喊我妈的小名，我妈认出他，说："五姥爷！"五姥爷走近了，担子不下身，腾出一只手给我妈，说："怎么你自己来打水？来来来，我和你抬着。"我妈赶紧把长柳杆子穿过桶的提手，五姥爷那只手还在不耐烦地招呼着，"粗头给我！"我妈把粗头交到他手里，细头刚握在手里，桶就离了地。

五姥爷身板好，一前一后挑两个筐，一手扶着扁担，一手抬着水，我妈还追不上他。

"你爷也真是，也不来打水。"

"我爷上工还没家来。"

“你娘也真是，叫你来打水。”

“我娘烧火做饭来。”

“你俩兄弟也不来打水。”

“我兄弟来了。”

“你兄弟呢？”

我舅这会儿正在一棵树下面，一手掂着一块石头，抬头望着树。树上趴了一个孩子。

我舅说：“你再不下来？你再不下来我拿石头撄死你。”

树上的孩子说：“你撄我干么？又不是我先叫你小疤瘌眼。”

我舅说：“你再叫一句小疤瘌眼……试试！”石头扔上去，没砸到那孩子，掉下来反倒差点砸到自己。

那孩子再往上爬一下，一只脚攀住一根粗枝，说：“你不是小疤瘌眼，那你怎么不把脸上泥巴洗净了叫我们看看？”

我舅丢掉另一块石头，也往树上爬，“你等我上来，揍不死你。”

那孩子说：“你上来啊，你上来我就把你蹬下去，把你的腚摔成两瓣。”

我舅爬了几下，树皮硌得蛋疼，只好下来，满地找石头。“哈哈哈，小疯子早就说过你不敢爬树，所以叫我们都爬到树上，”那孩子在头顶上说，“小疯子第一个叫你小疤瘌眼，有本事你找小疯子去。”

“小疯子呢？”

“在别的树上啊。”

我舅丢下这棵树，朝下一棵树走去。下一棵树上也趴了一个孩子，他检查一下，继续走，每棵树上都趴了一个孩子。

“你怎么不走了？”五姥爷回身问我妈。他们快到桩桥了，我妈慢下来，身子往后撤。

“我等我兄弟。”

“叫他自己回去！”

“不行，我兄弟自己不敢过桥。”

“桶放在这里，你去喊你兄弟回来。”

“那五姥爷你给我看着桶。”

“我可没工夫给你看桶，我用急家走，再说一个桶有什么看头？谁稀罕恁家的桶——你走不走？”

我妈不说话。

“那我可不管了？”五姥爷一屈膝，像是轻巧地行了一个礼，就把水桶和我妈丢在桥边，“我现在家去都晚了。”

五姥爷过了桥，我妈才小声说：“我不走，我等我兄弟。”

“小疯子！小疯子呢？”我舅对着每一棵树叫。小疯子其实叫小锋子，再过十七年，小锋子娶了我三姨，两年后离婚再娶，儿子归他抚养，很快过继给小锋子的大姐，改姓刘。我舅带着我三姨去小锋子大姐家抢过一次孩子，未果。又过三十七年，因为养殖场的纠纷，小锋子带人和我舅打了一架，小锋子赢。我舅被打断两根肋骨，并被拿走五万块钱，拉走一车皮活毛鸡，当夜我舅突发心脑血管疾病，血管险些崩裂。此刻，我舅像是预见到了未来的一系列仇恨，他手里揣一块石头，一棵树一棵树地找下去。

“小疯子！小疯子！”

最后一角太阳像是挤不进天边那一片山坳了，脸憋得由红到紫。汶河上起了风，老白沙依然颗颗灼热。我舅守着一排树，我妈守着一座桥，天黑下来。再过一年我妈就将辍学，跟姥爷去三十里外的集上卖鱼，卖菠菜，再过九年她将出嫁，出嫁的路线与打水相仿，都是从家出发，经石碾、供销社、湾、学校、河坝、树林、渠道、桩桥、大汶河、老白沙，再往前走五十里地，到达我爸家。出嫁三年后我妈将生下我姐，又过四年生下我。此刻我妈对这一切一无所知，她满心等我舅回来，一人一头抬起长柳杆子，我舅在前，我妈在后，我妈比我舅高一头，一路上我妈都将腾出一只手抓紧桶的提手，免得桶往我舅那边滑，他们将从这一地老白沙出发，经河、桥、渠、林、坝、校、湾、社、碾，回到家。

路与桥

01

我凌晨四点半起床，乘地铁赶到上海虹桥火车站，装修奢华的高铁车站里，乘客倒没有多少，和新闻里一票难求的春运背景不太相符。上了车，我这节车厢里竟然只有五个人，可以躺在座椅上。七点钟，列车准时出发，十点四十分就到了济南，还赶得上午饭。我的姐姐和姐夫开车来接我，回家简单吃点饭，接上姐的两个女儿，直接出发。我的行李箱放在车上，动都没动。

路上，我们才试着一点点谈起姥娘。姐夫隐约记得，农村好像有一种习俗：老人过世前子女必须到场，否则对子女不利，反之，平时哪怕再不孝，只要老人临终前几天守在跟前，就可以抵消前面不孝，换一个美好的下半生。我们用这一理论来解释众多姨、舅这几天的表现。

爸妈前几天已经回去了，原本想等我一起，怕万一有事，所以先赶回去了。一路上，他们的电话不断打来。在其中一个电话中，我爸交代给我姐两点要求：一，不准再就老人赡养问题和姨、舅们起争执，要主动和他们说话打招呼；二，不准再哭。

从城市到农村的路，比我想象的更艰难。没买车的时候，我们家任何人去姥娘家都是一项大工程，那里不算偏僻，也不是山区，路修得也算好，却没有直达的车。那是被交通冷落的死角，被高铁和动车遗忘的不毛之地，似乎没有更大的经济利益驱动，仅仅为了探亲的话，车马们永远不屑于经过那里。

小的时候，从我家所在的周城市到姥娘家，还有一列绿皮火车。铁路是日本人在时修的，为了方便运煤。这一带煤矿资源丰富，却没有给当时的人带来财富，只引来了更多的日本鬼子。后来，煤矿和铁路收归国有，煤车终日气喘吁吁地奔波在这条轨道上。在运煤的间隙，一列客车也得以保留，那时候，第一批年轻人正离开乡村，脱去那件穿在家族身上多年的身份外衣，来到城里，成为一名光鲜的工人，这列绿皮火车承担了他们衣锦还乡的重任。我的爸妈即是其中一员。

很多次，爸妈拎着大包小包，拽着欢天喜地或哭哭啼啼的我，去赶那列火车。至少有两次，我们错过了检票时间。那时的火车站很简陋，四处透风撒气，不像现在这般严密，我妈带着我从小道穿进了站台。站台上已没了乘客，火车就要出发了，冒着蒸汽、一声声叹息的火车头，红彤彤的车头巨轮，一节一节长不见底的绿色车身，显示出这个庞然大物的威严与不近人情。我妈向站台上举小旗的乘务员求情，乘务员也没办法，火车随时要开动，而车门却开在另一侧。于是，让我终生难忘的冒险开始了——我妈拉着我去钻车底。我害怕，怕那具浑身微微颤动的铁皮怪物，怕他看不到身子底下的两只小蚂蚁，一冲动碾过我们。我越怕，拖的时间就越长，拖的时间越长，我就越怕。最后，我妈几乎是强行把我拽进车底，我们弓着腰，摸索着轨道上的枕木和石子，躲闪着车底各种面目狰狞的设备，一点点往对面爬，漫长得像爬过整个地狱。我觉得我随时要死，蒸汽喷在我脸上，一声声催促我，威胁我，比我做过的所有噩梦都真实，比后来好莱坞大片中的生死时刻更惊心。这两次经历中，第二次并不比第一次更有经验，反而让恐惧更具体更翻倍。万幸的是，两次我们都爬过去了，那火车有着冷硬的外壳，却仍包含着一颗恻隐的心。我们来不及擦汗，在列车员的训斥声中，刚踏进车门，火车就动了。

直到现在我都很难理解我妈当年的这一举动。那颗归乡的心，带着那个年代特有的彪悍与奋不顾身。

当然，如果理性分析一下，事实也可能是这样的：那是上世纪八十年代，那个年代仍被人情统治，即使庞大威严如火车，也仍被人统治，而不是被电脑、程序、自动化以及背后那套冷冰冰的规则统治。所以，尽管乘务员训斥我们，但他们的眼睛仍看着我们，他们手中的操纵杆仍牢牢握在掌心，直到我们安全登上车，列车员挥起绿色小旗，他们才肯发动火车。所有的惊险或许都只源于我童年的胆怯和成年后的想象。

不管怎样，我们赶上了火车。但这并没有结束，才刚开始。那时的火车极慢，见站就停，五十公里的路，它要漫不经心地晃两个小时，才肯把我们送到。当然不是送到姥娘家门口，而是镇上的火车站。从镇到村，还有最后十公里路。这十公里路才是整个回乡之旅的高潮。

有时二舅三舅会骑自行车去车站接我们，一般要出动两人两车，否则载不下我们娘俩甚至娘仨。如果人手不够，就只好出动一人两车，这时候就要考验舅舅们的车技了，他要骑一辆，再拖一辆。方法有两种，比较笨的办法是把第二辆的前轮捆在第一辆的后轮上，第二辆的前轮悬空，人骑在第一辆上，远看像加长版的豪华自行车，或者现在游乐场里两人骑的三轮自行车。如果车技好，就直接骑一辆，顺手再牵一辆，一手握住一个车把，两辆车并驾齐驱，那样子也是相当拉风。

后来我上初中后，班上男生差不多都掌握了这种技术，不但一人骑两车，后座上还可以再带一个人。我们经常这样骑着两辆自行车在女生面前风驰电掣，然后在前面摔得人仰马翻。

不过，这种情况并不多见，倒不是难在骑车，而是难在通信，那时没有手机电话，没法约定时间接站。所以更多的时候，我们只能自行走完最后十公里路，然后突然出现在姥娘面前。这增加了重逢的惊喜。想想古人描写的那种生离死别与久别重逢，之所以如此动人，多半要归功于交通通信的不便。

下了火车，我妈从镇上的老乡家里借一辆自行车。她的工友中，有不少来自这个镇，只要敲开家门，说我和你儿子或闺女在一个厂里，老人就会慷慨借车，而且一借几天，也不怕我们携车潜逃。那时的自行车可是相当贵重，但再贵重，贵不过人情。

就这样，我妈骑上自行车，前面坐着我，后面坐着姐姐，出发了。

那年代，骑自行车是中国人的一项基本素质。有时正常的骑法满足不了交通和运输的需要，就花样百出地骑，那年代的很多中国人都是花式自行车高手，刚才说的一人骑两车就是一个例子。我妈当年三十出头，一个瘦弱女子，要驾驶一辆二八式自行车，还要载上一儿一女，难度可想而知。

为了抄近路，我们常绕开大路，走一条小路。所谓小路，其实是一条拦河大坝的顶部，那坝是防洪用的，为了加固坝体，坝两侧的土坡上种满了树，后来，有人走路图方便，就从坝顶上走，慢慢踩出一条小路。大坝顺着河道修建，河道转一个弯，大坝就跟着转一个弯，大坝上的小路就要跟着转几个弯。因此，这小路虽然近，却弯弯曲曲，崎岖不平，并且地势险要，正是考验车技的地方。我妈载着姐姐和我在上面骑车，往前看，小路影影绰绰看不分明，往两边看，一左一右都是十几米深的沟壑，虽然有树挡着，心也像走钢丝一般提着，一旦冲下去，恐怕就是车毁人伤。

麻烦才刚开始，这辆载了三个人的自行车如何启动呢？我相信自行车刚发明时，它只是一个供单人使用的代步工具，万没料到中国人的家庭结构如此复杂。我妈载着我和姐姐，首先考验她的就是上车技术。如果换作我爸，这个问题比较好解决，他可以先跨上自行车，然后用一条腿支在原地，我姐和我或爬或钻，上了车，各就各位，他再发动起来。可是，一条腿支在地上的骑法仅限于男性，而且是不良男性，在那个年代，这种骑法是“流气”的表现，是流氓的标志性动作，好男人不到万不得已不会这么干的。文雅的骑法一定是左脚踩在脚蹬上，像今天青少年玩滑板一样，先把车子“遛”起来，再伺机从前面或后面上车。

因此，留给我妈的办法只有一个：硬上。

我和姐姐一前一后坐好了，我妈先把车子遛起来，然后屈膝从前面上车，她要把右腿尽量抬高，大小腿折叠，脚尖绷直，像现在的某个瑜伽动作。每当这时候，我妈就不停喊我：你往前点！再往前点！我只好努力缩小自己的屁股，尽力往横梁前端坐，都快坐到车把上了，好在身后腾出更多空间让我妈做动作。这动作成功率低，很难一步到位，经常要上上下下很多次，车子被溜出去几十米了，我妈还没上去。姐姐坐在后座上干着急，嫌我碍事。

总算上去了，可是下来更难，并且下来之后没法保证还能再上去，所以我妈选择中途不停，一路骑到家。这种只会上不会下的骑法，民间也有说法，叫“骑死驴”。可是死驴也是驴，那就死驴当活驴骑吧。

到了姥娘家，总要下来了，好在家里人多，舅舅们远远看我们来了，早早就一左一右站好，摆开架势，等我们落网。我们到了，他们像拦住一头疯跑的牛一样，把我们连人带车摁下来。如果赶在农忙时节，村里见不到人，我妈也有办法：找个麦秸堆，连人带车摔在上面。

后来，这个办法也行不通了，因为我越长越大，把我放在横梁上，横梁就被我的屁股占满了，再也腾不出迈腿的空间。我妈当时一定很气恼，气我们两个既不够小，又不够大，害她每次回娘家都这么折腾。可是，她想见姥娘，姥娘也想见我们，这个代价就必须要有。我妈想到了新办法：折返法。

这办法又原始又野蛮：我妈先随便带上一个，比如我，往前骑几百米，放下我，让我原地等着，她再骑回来，这时姐姐已经自己往前挪了十几米，我妈带上我姐往前骑，追上我以后并不停下来，继续往前骑几百米，然后放下姐姐，再回来接我，这时我可能也往前挪了几米，她再带上我，去追姐姐……就这样来来回回，十公里回家路，被我们走成了多倍。

这办法颇有风险，每时每刻，我妈都只能带上一个孩子，丢掉另一个孩子，这可真考验一个当妈的心理素质。好在那时的人口贩子还不多见，否则像我和姐姐这样长得白白胖胖人见人爱的，被我妈丢在这荒郊野岭，可能已经被拐走了。到了姥娘家，我妈累得腿抽筋，埋怨我的舅舅不去接她，埋怨姥爷把她嫁得太远。

在这场折返运动中，我是最不争气的那一个。因为我胆小又自恋，总觉得有人要偷我，我被落在后面的时候，还会往前挪几米，可我被放到前面的时候，我不但不往前走，还往回倒，而且还倒得特别快，看到妈妈骑车往回走，我就开始追她，嘴里哇哇哭着，越跑越快，等我妈带上姐姐骑回来时，我已经往回跑了三四十米，比姐姐还快。这让这场折返运动的效率大打折扣，我妈教训我：你往后跑什么？往前跑啊！我不听，我分不清前后，我只往有妈的方向跑。

再后来，姐姐长大了，个子高一些了，这个问题得到了划时代的解决。我妈可以不用管姐姐了，她先把我抱到横梁上，然后像男人一样从后面摆腿上车，把车子骑稳了，姐姐再从后面跳到后座上。姐姐会“跳车”了！这极大地提高了我们家的出行效率，在我们家的交通史上，这简直不亚于蒸汽机的发明。

“跳车”本身有很高的技术含量，你要观察车速，预估车的位置，然后往侧前方跳，并在空中扭身、翘臀，最后抓牢扶手，整个动作要一气呵成，容不得失误，像艺术体操。跳车也分男女两种姿势，男孩一般两腿分开，跳鞍马一样，直接骑上去，女孩则两腿并拢，空中转体，斜坐在一侧。

姐姐个子小，为了学会跳车，她吃了不少苦头，在她身高还不够跳车的标准时，我妈就像个急着拿金牌的狠心教练，让她提前开始练习。一开始姐姐不行，追出去一百多米了，胯骨撞得生疼，还没跳上去。后来，她竟发明了一个

“苦肉计”：直接扑上去，肚皮着地趴在后座上，像一袋面粉搭在上面，然后就这样一路趴着，头脚朝下，趴十公里。到了家，一见姥娘，姐姐的眼泪就下来了，掀开上衣，让姥娘看她肚皮上被后座硌出的一格一格的红印。

尽管路途艰辛，但只要见到了姥娘，吃到姥娘做的发面饼和疙瘩汤，那路上的一切就都只是甜蜜的插曲。我记得那时候我妈骑着自行车，我和姐姐一前一后，一路上唱歌。

作为家里的老大，姐姐比我更早学会了自立，胆子也比我大。上小学的时候，十来岁的她就曾独立回过一次姥娘家，那一次，爸妈因为什么事情离不开，就派姐姐自己回去，还在她身上塞了三块钱，那个年代，这简直是一笔巨款。姐姐下了火车，眼睛不乱瞟，不声不响上了河坝上的小路，一步紧一步地走。一个骑自行车的男人在后面跟着她，她快，他也快，她慢，他也慢。姐姐确认了被跟踪的事实，紧张到耳朵支起来，后脑勺的头发都要竖起来，一路想着怎么脱身。那男人紧蹬几下追上来，说：小闺女，我带你吧？我的小姐姐听了这话，撒丫子就跑，一路跑到姥娘家，跑进姥娘怀里，这才哭出来。这时大门被推开，那个男人进来说：表嫂，这是你家的小闺女？我在路上就看着有点像，我说我要带她两步，她就跑，你说说，她跑什么跑？

回乡的路还没结束。下了大坝，穿过一片树林，村子就近在眼前了，但是，我们还要经受最后一关考验。姥娘村子外面有一条大河，这河没有名字，来历却不小，它是大汶河的支流，而大汶河是黄河在山东境内的唯一支流。所以，这河算是黄河的近亲，没出“三服”，它继承了黄河的雄浑壮阔与喜怒无常，在枯水期，它干瘦成一条浅浅的溪水，人们挽起裤脚就可以蹚过去，到了汛期，它携带暴躁的声势与危险的漩涡，滚滚而下。村民们砍倒成片的树林，在河上自架了桩桥，架起一个，它就冲垮一个，好像执意要把这村子和外面的世界隔开似的。

我们回姥娘家，一般选在水势平稳的季节，但走在那架木桩桥上，透过木条的缝隙看下面深黑色的水，腿就发颤。桥也并不总是在那里等着我们，有时千辛万苦赶到河边，发现桥已经被冲得七零八落，只剩几个桥桩还竖在水里，好像是大河留下的最后几个活口，好向人显示它的嚣张。这时候，我们只好在河边等。慢慢地，河边等待的人多起来，大家眼望着河面，好像能把那河水等干似的。直到最后，等来一个身材高大的男人，大家才动起来。男人多半是本地人，自小在这河里游野泳长大的，他下了水，先把自己的自行车提过去，遇到水深的时节，他要把自行车扛在肩上，走到河心时，水都没到他的胸了，远远看去好像一辆无人驾驶的自行车正施展轻功，在水面上漂。男人把车扔在对岸，再回来替其他人运自行车，运各种包裹行李。

最后，他开始运人。

运男人容易些，一次可以运两到三个，他只要搭把手就可以，男人跟在他左右，他主要起一个壮胆的作用。运女人就麻烦些，一次只能运一两个，他搀着她们，像搀着两个伤员，她们依偎着他光光的脊背，像依偎着一块黑硬的礁石。这时候，男人已经试探了深浅，对河床有了更准确的把握，会带女人走稍浅的地方，避开那些水底的陷阱。当然，最重要的是运孩子，孩子不能放在第一批，也不能放最后一批，要放在中间运，保证两岸都有大人照看，方法是让孩子骑在他脖子上，一次运一个，其实以男人的体格，一次运两个也没问题，一个胳肢窝夹一个就行了，但是为了安全，他一般只运一个。

这样来回折腾十来回，抬头一看，好像河岸对调过一样，所有人、物，都到对岸了。

没轮到我时，我觉得这事很危险，不亚于钻火车底，轮到我了，我高高在上，骑在男人脖子上，俯瞰着身下的河，就多了些狐假虎威的豪气，似乎我正踩在巨人的肩膀上，迟早变成另一个巨人。而且，我又多了一个向姥娘炫耀的沿途经历，想到姥娘听我讲故事时的笑脸，我恨不得再惊险些，以换取她加倍的怜惜与疼爱。因此，当我缓缓移过大河，脚上凉鞋擦过水面时，我总假设姥娘正在什么地方看着我，一举一动就带了表演。这种被人旁观的潜意识一直持续了很多年，直到成年后我才冷不丁发现，我也不过是个人群中的普通角色。

一路上我都以为我没怕，但是上岸以后，男人摸摸脖子，脖子被我掐出了红印。

在河心，我的心空落落的，我有一种错觉，好像河水没动，而我们正逆流而上。水拖着我们的后腿，前路漫漫，比一生还要漫长。

在我童年记忆中，那河水始终是黑的。这应该是另一个错觉。那年代，对河流的大规模污染和毒害还没开始，河水仍保留着它最后的清白，是我的恐惧让它变成深黑。另一个证据是：姥爷常去河里打鱼，那鱼味道鲜美，不像是喝黑水长大的。河水真正变黑，变得一条鱼都打不到，是我长大以后的事。

人凑齐了，大家重新上路，各奔东西。其实先到的人可以先走的，但大家都等着，好像我们是一个团队，一个都不能落下。我不记得这整个过程中有什么多余的对话，一切都是默默地、水到渠成地开始和完成的。在一条共同的河流面前，人们不需要对白，语言永远是下策，是最后实在没办法时才使用的。

老桥被冲垮、新桥还没修好时，村里的青壮年们，尤其是体格高大、水性好的，会自动在这里集结，帮助来往的人过河。前提是，河水还没有暴涨到不能过的程度，如果水势过于凶猛，也没人敢冒险。这是一条每年夏天都淹死一个人的河，谁也不想做今年那一个。

我们走在大坝上，遇到迎面而来的人，会先问一句：河里还有桥吗？水大吗？能过吧？得到“过来人”肯定的答复后，我们才敢继续往前走，如果不行，我们就早早调头，绕远去走公路。

有一年冬天，刚过完年，河水还没上冻，我们一家四口来姥娘家。因为我爸也在，姥娘家的接待格外隆重，因为他是“客”，严格说，我妈自从出嫁后也是“客”，不比儿子，永远是自家人。那天，舅舅们也来陪客，姐夫见了小舅子，酒是少不了的。喝酒到很晚，我和姐都想赖着不走，但爸妈要走，我们只好启程，二舅骑自行车送我们。这群酒后驾驶的男人们，带着我们出了村，上了桥。我爸骑在后面，那车轮和他的腿脚一样软，刚上引桥就歪倒了。二舅带着我骑在前面，本来没事，听到后面的事故，也慌了，车把一歪，掉进河里。

大家七手八脚把我从河里捞出来，棉袄棉裤都湿透了。这下好了，不用我和我姐赖皮，他们自动决定不走了，回姥娘家再住一晚。我冻得牙齿打架，心里却挺乐。还没到家，我先声夺人，大哭起来，姥娘迎出来，一边骂二舅，一边手脚麻利地把我剥个精光，小屁股上拍一巴掌，把我塞进暖烘烘的被窝里，再用热水灌两个“盐水瓶子”，用毛巾裹了，一头一脚让我搂着。姐姐站在床沿下逗我，我们意外获得了一个额外的夜晚，这一晚，是我对劫后余生、失而复得的最初体验。

整个童年，回姥娘家是我和姐姐最大的福利。后来，我们长大了，回姥娘家的次数越来越少，与姥娘朝夕相处的机会再也没有，偶尔去一次，也力争一天内来回，重逢的欣喜，再也熬不过夜，姥娘要在一天内交替领略相见与别离，她的小屋子，越来越容不下我们长大的身心了。亲情的最终结局，大都如此吧。

那列绿皮火车见证了全过程。到后来，这一带的煤挖光了，地下都挖空了，很多路面坍塌，建筑开始下沉，这个城市开始艰难地寻找下一个生机。最直观的反映就是铁路。铁路闲下来了，货车彻底空置，轨道生了锈，那列绿皮客车被一再截肢，剩下短短的几节，仍孤独地跑了好几年。据说，每跑一次都要赔很多钱。再后来，它跑不起了，时代开始变得越来越精于计算，乡情正被其他各种更让人激动的事情扯得越来越远，也因为汽车的兴起，终于在九十年代的某一天，那列火车迎来它最后的终点。它被依法取缔了。

02

姐夫车上的GPS只引导到村，进了村，就全靠我们的记忆了。但是，这村子现在的格局早与记忆无关，它的房屋整齐划一，道路横平竖直，显示出对城镇面貌的急切模仿，以及行政指令的蛮横与无个性。每家人的房子都一样，却没有路名和门牌号，让初来的人摸不着门路。这不是我们的故乡，只是故乡遗址上重建的一堆房子。

姥娘家所在的这个村叫石楼，据说过去村里挺富裕，到处可见石砌的小楼，因此得名。不过，在我的童年记忆中，上世纪八十年代的石楼别说楼，连石头都难见到，只有土坯砌的草屋。进入九十年代，石楼的日子好过了，开始“通排”，也就是推倒原来随地搭建的草屋，建起新的成排的砖瓦房，很多家庭甚至建起了二层小楼，石楼终于又名副其实了。同时，传统的大家族聚居被新的村政建设打破，地段有了好坏之分，年轻人家的漂亮小楼被集中在村子“主干道”的两侧，老年人则被赶到“村皮”，也就是村子边缘，与农田相邻的地方，在这里盖起更小的房子，俗称“老人房”。姥娘家就在老人房。

我对老人房没有感情，那里没有老人的味道。我记忆中的姥娘家在村中央，三间屋，一个紧致的院落，一道漆黑的大门，门口有一根焦木电线杆子，一个放倒的石碾，石碾下半身埋在地里，上半身则被全村人的屁股磨得锃亮。五十米外有一家供销社，是全村的商业中心，里面高大、阴暗，永远冷飕飕的，孩子们每次经过都赖着不走，一手拉着大人，一手指着货架。再往前走，就到了进村的大路，无数次，爸妈的自行车上，前面放着我，后面放着我姐，欢笑着来了。转过石碾，先就闻到姥娘做的饭菜的香味。

姐夫常开车，会记路，姥娘病危这段时间里，他跑前跑后，甘当司机，没少来这里。进了村，我和姐还在认路，姐夫已经七扭八拐，凭着一个老司机的直觉，直接把车开到姥娘家门口。

进了大门，迎面遇见小舅，他笑着叫我，我冷冷应了一声，穿过小院，进到屋里。

一屋子人，各种姨、舅，表情愁苦，面目模糊，颜色黯淡。因为凳子矮，他们都像是盘踞在地上。不看床上的姥娘、姥爷，只看地上这些，已经是一屋子老人。

年轻人们的到来，搅和了满屋的冷清，他们像沉在水底的沙石，慢慢升起来，围上来。我是这漩涡的中心，因为我回来得少；而且，我仍穿着来时的那件枣红色羽绒服，在一屋子的灰暗色调中，我鲜艳得有些不合时宜。

不过，我的行李箱里还备了一件深黑色的羽绒服。

简单的寒暄后，我们不约而同地涌向了床。我被推在最前面。

床榻上，姥娘穿戴整齐，她上身大红，下身宝蓝，脚上是崭新的小鞋。如果她不是这么躺着，而是坐着或站着，那就是穿戴一新、随时准备出门的样子。事实上也差不多吧。

我惊讶于姥娘的瘦。她双颊凹陷，嘴缩成一角，但很快我就被告之，这是拿掉了假牙的缘故，她其实没有看上去这样干瘦，甚至比平时更胖一些，脸色更红润一些。我摸摸她的手，她的手暖热，比我的还热，似乎仍有一腔活力，但很快我又被告之，这是发烧的表现。姐一下就哭了。

姨、舅们都上来拉她，说：别哭，眼泪掉在身上，不好。

又一个关于死亡的禁忌。

昨天，大年初三，姥娘已经没有任何反应，除了体温、呼吸、心跳这些最基本的生命体征，看不出她和我们这些活人还有什么联系。现在，我们赶到以后，她竟然睁开了眼，嘴唇不时抽动，眼皮也一眨一眨。她仍能认出我们吗？

他们把我拥到跟前，提着我的小名，争相介绍：娘来，你睁开眼看看，娘来，你看看谁来看你了。

这像是一种极有分寸的礼节，让人想起那种懂事的管家，向主人提醒客人礼物的贵重。姥娘仍然眨着眼，没有更多的表示。

他们让我叫叫她。在众人笑吟吟的期待下，我觉得这很假，像演戏。有一刻，我感觉床上躺着的不是一位濒危的老人，而是一个新生的婴儿，我们像是来道贺的亲朋，在主人的簇拥和引荐下，象征性地逗弄一下孩子，以对孩子的兴趣来表达对主人的尊重。我叫了几声姥娘，仿佛隔空呼唤，那种明知等不来应答的呼唤。在我有些不自在时，姥娘似乎有了些反应，但很可能只是生理性的本能反应。过一会儿，姥娘的眼皮又合上了，呼吸沉重，像在鼾睡。

姥娘在生死间。姐说，她生大小丫时打了麻药，进入深度迷幻状态，她觉得自己好像在海边，空旷无物的地方，或者就是天边吧，然后，她听到亲人们从很远、很远的地方叫她，一声一声。她想答应，但发不出声，她像裹在深海中，任凭一腔气力无法施展，渐渐地身心绵软，随时就要放弃。那种感觉她到现在一直记得，姥娘现在的状态，或许与此相似。

我多少能想象出那种状态，我童年生病昏迷时曾经历过，后来也曾向人描述过，但那一切都还只是模拟，是基于理性的复述，不是真的。我不能确定的是，姥娘对这种状态的感觉是什么？痛苦、无奈？超脱？还是无法用人类语言描述的另一种感觉？

姥娘头发也花白了，但盯着看久了，仍看出原来的样子，与上一次见她时相比，她现在的模样仍在可接受、可预测的范围内。从我有记忆起，她就是一个老人，现在，她仍是一个老人，并没有和以前有本质的区别，似乎只要推推她，她就会醒过来，絮絮叨叨地去生火做饭。但是谁都知道，再也不可能了。

我不悲伤，悲伤不起来。看到姥娘的第一眼，我曾有过悲伤的一瞬，但我很怀疑，那可能不是因为姥娘，而是因为姐。姐一哭，我的鼻头就酸，眼泪在眼眶里挤压。但也只是一瞬。然后，看着一屋子黑漆漆的活人、老人，我再也唤不回悲伤，好像有无形的导演叫了停，我从角色中醒来，再难入戏。

我为此很愧疚，惊异于自己的冷硬，甚至上升到人品。小时候姥娘经常带我，我童年和少年的很多回忆都与姥娘有关，姥娘疼爱我、期待我的故事，甚至在我未出生前就已在流传。那是有据可考的亲情，而不仅仅基于血缘或后天的灌输。我没有不悲伤的理由，可是此刻，我为什么悲伤不起来？

姥娘旁边躺着姥爷，他在午睡。

终生的伴侣，现在到了弥留之际，姥爷仍然可以和她同床共枕，在咫尺外例行午睡，我想象不出这又是一种什么感觉。这次姥娘病危，大家普遍觉得姥爷不够好，说他冷漠、不公，似乎他早就等不及了，希望姥娘不要这么拖拖拉拉。对处理后事、选坟地这些事情也缺乏基本的耐心，按他的观点，所有这一切都没用，尽快了结才重要。

姥爷醒了，人还在被窝里，隔着姥娘和我拉拉手。小舅和小姨趴在他耳朵上，大声对他说：你不睡就起来！姥爷耳聋得厉害，张着嘴说：什么？小舅和小姨再喊：你要不睡就赶紧起来！他们嫌他躺在一边碍事，所以粗声大气地呵斥他。姥爷听懂了，挣扎着起来。我们过去扶他，主要是怕他倒了砸在姥娘身上。

姥爷下了床，挪到八仙桌旁的椅子上，那是他多年来的老位置，正对着屋门，他终年坐在那里喝茶、打盹，人进到屋里，第一眼就看到他端坐在前方，像庙里供奉的佛爷。姥爷坐下来，等气喘匀了，问我：多咱到的？我说：姥爷，我刚到。姥爷说：打上海来？我说：是，姥爷，我刚从上海来。姥爷说：饭，吃了吗？我说：姥爷，我吃了。他说：

啊？我说：我吃过了！他迟疑一下，说：噢……我在一边站着，等他下一句话，他拉住我的手，喘一会儿，抬高嗓门，好像别人也耳聋一样，说：这一回，你姥娘，白搭了！

白搭了，就是不行了。我握着姥爷的手，不知道该怎么回答。小姨过来给我倒杯茶，然后再倒一杯，搡到姥爷跟前，说：快喝点水，少说点话吧，耳朵又聋，还这么好说话！

我的理解是，他们并不是真心对姥爷无礼，只是觉得在这样一个时刻，姥娘才是公认的重心，对姥爷的适度粗暴，更能显示他们对姥娘的偏重。

姥爷的所谓冷漠、不耐烦，更像是代表姥娘表达一种歉意。本质上他把自己和姥娘视为一体，不愿意因为自身的死给子女带来太大的麻烦——既然活不了，就快快地死，简单地死。他代表姥娘，也代表自己所表达的那份速死的决心，我们要再过一些时日才能领悟。

关于身后事，姥爷这两年最常说的话就是：等我和你娘百年之后——这是文雅的说法。恶俗的说法是：等我和你娘死了以后，你们什么也别麻烦，拉到火葬场炼（火化）了，找块报纸包吧包吧，挖坑埋了就是！

这时候，小辈们总斥责他，认为他亵渎自己的后事，实则诋毁晚辈的孝心和声誉。

姨、舅们给我搬来一个高点的凳子，说这样坐着舒服，坐矮的怕我不习惯。他们和我聊天，问我坐什么车来，路上人多不多，上海冷不冷，工作忙不忙，媳妇好不好，什么时候要孩子。我一一回答。我爸妈坐在他们中间，也跟着和我说几句，我看着他们，好像刚认出他们。我平时回来得少，路又远，算是稀客，姨、舅们一见我，总要问些问题，但问来问去，总是这几个问题，缺乏深度与更新。我记得有一年二舅甚至脱口问出：这一回考试……？然后自己也意识到了，改口说：哦，你早就毕业多少年了……

等这些话题聊完，我们就陷进沉默中，互相等着谁先进入主题。终于，二舅开口了，说：你姥娘，哎……

二舅喝了酒，用的是典型的醉汉式的黏稠语气。整个下午他都靠在墙上，眼神迷离，一说话就动感情，我猜这感情主要不是因为姥娘将死，更多是因酒而起。我们坐在一间屋里说话，没几句，他脑袋就耷拉下去，别人叫他，他就抬一下头，咧一下嘴，报以一嘴酒气。

我不知道他要说什么，或许只是觉得这个时刻该发出这样一句感叹。我也不知道和他们说些什么，我还没经历过这样的场合，况且我心里仍记着他们的种种不好，预备了一路的愤怒，想当面抛给他们，可等到见了面，他们立刻向我展露出历史悠久的亲情，他们眼巴巴地望着我，咂着嘴，找不到合适出口的那一句话，那种想亲近我的眼神，近乎乞求，让我没办法面对。妈走过来，小声说：去，到你姥娘那边去，和她说说话。

我回到姥娘的炕边，握住她温热的手，这温热只代表她生命的最后抵抗。姐拉开姥娘的衣袖让我看，皮肤上全是磷片一样干燥脱落的皮屑。

除我之外，姨、舅们重点要招待的是我姐夫，按照习俗，他是异姓中的异姓、客人中的客人，算是真正的贵客了，何况还在城里做官，所以尽管是晚辈，更加怠慢不得。这次姥娘病危，姐夫奔波的身影看在他们眼里，让他们更有理由客气。有一点他们还是非常清楚：养老送终是子女的责任，对隔代的小辈，这不算本分，隔代小辈的女婿，就更是情分了。

姐夫和姨、舅们坐在一起，小声聊些无关的话题。炕沿这边，姐向我说起姐夫的母亲去世时的情景，那是她上一次亲历老人过世。当时，姐夫守了三天三夜，母亲身体没有任何反应，第三天凌晨，母亲突然剧烈抽搐几下，鼻子一歪，然后就没了。想那一刻真是惊心，任何一个儿子都会终生不忘。

现在再回想、重述，这事多了一些喜剧元素。姐说，发丧的时候，竟然围上来几个农村妇女，对姐说：你是城里的人，不会哭，俺替你哭吧，一百块一个小时，你要俺哭成啥样俺就哭成啥样。姐夫听到，气坏了，怒斥她们：滚！她会哭！

姐夫当时很不能理解的是，母亲弥留，村里亲戚聚在屋里，有说有笑，群口相声一样，玩笑和包袱一个接一个，气氛相当热烈，像开新春团拜会。姐夫发了火，要赶他们走。

大丫、二丫在角落里，识趣地沉着脸，即使斗嘴也压低声音，一个回合就停下，互相做无声的鬼脸。没有人要她们真正地悲伤，她们还小，而且已经是第四代了，她们愿意来，让这间屋子里子孙满堂，辈分又增加一级，就是最大的孝。至于她们，她们只看着自己的妈妈，跟随妈妈的喜怒哀乐。其实，我和我姐，我们所有的第三代，又何尝不是呢?

姐捅捅我的胳膊，叫我出来。我们出了屋，站在院子里，大丫二丫也跟出来。姐说：出来透透气，里面太憋屈——也不想看他们的脸。

院子比我记忆中更窄，似乎每来一次我就变大一点，姥娘的家相对又变小一点。屋门旁边、窗户下面是一个压水井，怕被冻住，压水机上包着布和毡；靠院墙处有一个简易的棚，里面是柴火和炉灶，冬天之外的季节，以及来客多的时候，那里就充当厨房；靠近院门的地方是“栏”，墙上贴着“六畜兴旺”，那是饲养牲畜和蓄粪的地方，也是人的厕所，它对内开一扇门，对外也留一个窗，平时封着，方便需要时往外出粪。看得出，这院子虽然小，仍是农村院落的标配。一根晾衣绳贯彻南北，像一根纤弱的提手，似乎这整个家随时会被一只大手提走一样。

大小丫一出来就要玩压水井，被我姐训住。我们出了院子，到外面走走。

姥娘家在村子边上，出了大门，迎面是一个高高的陡坡——正是那座沿河的大坝，它蜿蜒几十里，最后从村子边缘掠过，像一道土制的围墙。墙的外面，就是当年那条大河，只不过河里早没了水，只剩下一个“河”的概念。村里人仍会说起它，别人问你去哪，你说：去河里转一圈。其实就是去河的遗址去转一圈。在没有新名字前，人们仍习惯这样称呼它。不过迟早有一天，后辈们会为它重新命名的。

一条小路通向坡顶，小路的右边是一个井，左边是一个碾，都是村民生活必需。那井朝天洞开着，冒着阴气，没有井盖，只在井口四周砌了石块，防止脏物滚入，也为安全。大人们常指着那井，向小孩子发出最恐怖的警示，好像那是地狱的入口。相比之下，另一侧的碾就阳光得多，磨盘上架着滚圆的石碾，在冬日暖阳下泛出青石特有的光泽，磨盘上还残留着黄豆扁平的尸体。与姥娘老宅家门口那具半截身子已入土的废弃石碾不同，这是一架仍在壮年的碾，它的石面光洁，不像人力所为，更像是机器打磨出来的。

大小丫冲上去，作势推拉，我姐掏出相机，给她们拍了一张照片。碾纹丝不动。

翻过土坝，就到了那条无水的河。河水多年的冲积让这块地更加肥硕，村民在这里搭起塑料大棚，种上了蔬菜，从坡顶往下看，大棚连成白茫茫一片，风力下大规模地起伏，像是另一条人工的河。现在，水灾早被旱灾取代，那大坝仍不识时务地卧在这里挡路，多余得有些可笑。站在这一面看，那大坝矮了许多，坝身上的土一点点被村民挖出来，填充了耕地，坝顶的路也被行人越踩越低，越踩越宽，当年一辆自行车勉强通过，现在可以跑汽车了。再过一些年，它或将彻底被夷为平地。

一切都将消失得无影无踪，变得和过去毫不相干。

我们又回到老人房。我们回来前，屋里人正商议姥娘的后事，我们一进屋，他们就停下来，努力找些家常的话题和我们聊。看得出来，他们刚才的讨论并不愉快，事情仍没有得到解决。

焦点是墓地选址的事。姥爷的四个儿子中，大舅和三个弟弟同父异母，人还在东北，家里也没他的地，所以先把他排除在外。剩下的三个舅中，小舅早年当兵在外，没要家里的地。姥爷姥娘年纪大了以后，就把自己的地分给了二舅三舅。三舅家的地在村南洼处，容易积水。小舅去看了，说那块地看不到“前景”，是个“填不满的坑”，对老的不敬，对小的当然更不利，否决了。二舅家的地有两块，一块在池塘边，“鸡不来拉屎，鹅就来排粪”，另一块在家北，背山望水，是块宝地，老姥娘当年就葬在那里，大家一致看中了这块地，协商的条件是，埋在二舅那块地里，但是灵棚设在三舅家，这样两家算大体扯平。问题是二舅这块宝地给了儿子大升，大升懒得种，又租给他小舅子种了菠菜，小舅子只听他娘的话，事情就复杂起来。用大升的话说：“我奶奶能不能埋在我的地里，得听我丈母娘的。”

十一天前，腊月二十三，姥娘还在周城，我妈的家里。我妈早晨起床后，发现姥娘额头上的皱纹全部展开。我妈大惊，立刻叫来小舅，小舅又把电话打给石楼的二舅，二舅当天就送来了寿衣。众人七手八脚帮姥娘穿上，开始商议对策。我妈这次也算长了记性，不再事事以大姐自居，招人反感，况且农村早有传统，这种事要儿子拿主意，女儿跟着执行就是。果然，这个时候大家好像都挺有主意，对相关风俗和流程都颇有研究，意见很快统一下来：立刻送姥娘回石楼，万不可让姥娘死在我妈家里。农村习俗，老人如果死在女儿家，是要被人笑话的。

当夜，姥娘和姥爷被紧急送回石楼的老人房。

小姨出钱叫的车，二舅也跟着一起回来，到家时三舅已经在老人房等着，二姨闻讯，也从邻村赶来。几个人正收拾屋子，大升来了，进门就说：谁不想过个清净年？都腊月二十三了，又给送回来了，知道么？你们伺候一年，也比不上我们过年伺候一天。

大升平时赖赖巴巴，关键时刻，总有惊人言论。大家忙着安顿老人，知道他喜欢胡咧咧，讲话没大没小，还不能戗他，只能顺毛捋，就不去睬他。这晚他进门时，大家看他难得带了些吃的，待要夸奖他长大了，懂事了，不想他把吃的往桌上一摊，说：谁带的谁吃。

老人房快一年没住人了，又是冬天，屋里冷得能结冰。小姨当晚要跟车赶回周城，第二天一早还要上班，二姨也要回家，她们交待本村的二舅三舅：赶紧买点煤，屋里好生火。

七天后，大年初一，小姨回来，煤还没买，屋里结着冰。

三姨也来了，给三舅带来了工钱。三舅平时跟着三姨夫在宁夏打工，年前结算了钱，没来得及领，叫三姨夫帮忙带回来。一年的工钱，厚厚一沓递到三舅手里，小姨看到了，对三舅说：三哥，这么多钱，还不给咱娘买点炭。三舅手一沾钱，脸上就笑嘻嘻的，说：哎哟，这些钱还得留着办正事呢。

小姨叫上二舅，去供销社买暖气——小姨事后向众人反复描述了这一过程，从腊月二十三那一夜讲起，跨过农历新年，讲到大年初一的供销社——供销社的暖气一组二百五十块，二舅不掏钱，小姨掏出来三百，老板说找不开，小姨翻包，也找不出零钱，二舅的手在兜里摸了半天，摸出一张二十块，说：二百二行吗？老板看看他俩，说：行。

二舅把暖气扛回来，倒上水，通上电，屋里很快暖和起来。

姥爷平时喜欢当着别人的面夸奖自己子女，尤其是夸奖儿子，那几天他逢人就说：你看看，你二舅（或你二哥、你二大爷）给我买了个暖气，二百五十块钱，灌满水，一插电，满屋里暖和！

这话不知怎么传到二妗子耳朵里，初二晚上，她冲进老人房，揪住二舅衣领，把二舅从墙角提起来，说：你别回家了！就天天在这里吧！你就死在这里吧！

众人都劝她，小舅也站起来说：二嫂，老的都这样了，我们兄弟几个不该天天守着吗？不算咱大哥，我二哥就是家里最大的，这种时候，他能离开吗？

二婶子没理小叔子，仍揪着二舅，说：有点钱烧得你！

小舅明白了她的意思，阴着脸不再说话。

二舅的眉眼、口齿可能还有大脑都已被酒浸泡得绵软无力，他扭几下身子，想从二婶子手里挣脱开，再缩回他的墙角。二婶子回过神来，一把把他捞起来，往屋外扯。

小舅说：郑秀兰你想干什么！

郑秀兰愣了一下。大升跳出来，指着他四叔说：郑秀兰是你叫的名吗？

我妈很久插不上话了，这时候想说一句，还未开口，大升察觉到，先指着她说：轮不到你说话，你是嫁出去的人。

二舅被人提着，嘴咧开一角，眼也瞪起一只，说：熊玩意儿，怎么和你大姑说话？

我妈、小姨都上前，搀住郑秀兰，把她和二舅分开，劝他们出了门。站在屋门外，郑秀兰又丢回来一句：别想埋在我们家地里！

我妈立刻松手，退回屋里。小姨却跟出去，把他们一家三口送到大门外。二舅和大升先回家了，大冬天，冷风里，小姨和郑秀兰站在门外，手握着手，说着掏心窝子的体己话，说了四十多分钟。听不清说了什么，只听得小姨一句一个“嫂哎，我的亲嫂哎！”，回来后，小姨逢人就说：我没跟她客气！我狠狠说了她一顿！

趁二舅一家不在，兄弟姐妹们连夜商量对策，结论是，干脆把话挑明了，姥爷的地让二舅家白种了这些年，租金就算了，现在为了埋姥娘，必须把地收回来，按当年大队的分配计算，姥爷姥娘的地至少有两亩，这两亩地收回来以后，既不种菜也不养鸡，就做墓地，把它修得漂漂亮亮的，砌上围栏，种上花花草草，弄得跟烈士陵园似的，看他们怎么办！

话传过去，初三上午，二舅家来了意见，同意把家北那块地腾出一块，但是只埋一个骨灰盒，立个坟头，占地不能超过二十平方，而且要选地头，靠近路的那一块，不能在地中间，不然影响播种，还要拆掉一间大棚。

靠近路的那块地，雨天容易塌陷，鸡鸭牛羊常路过，少不了拉屎拉尿，但是管不了那么多了，大不了买点石头，砌一下地基，管不了牛羊，至少和常来放牛羊的人家打个招呼。这边见好就收，双方算达成了一致。小舅私下说：好个大升，把你奶奶顶到地头上，一点余地不留，我就不信了，等他爷娘死了，再往哪埋？三舅说：人家大升早就说了，等他爷娘死了，埋到八宝山。说完大笑。

初四一早，大升那边又有说法：埋在地头，地头那一间大棚也得拆，那一畦菠菜也得毁，所以要埋也行，赔两千块钱。两千块不算多，知道今年菠菜都什么价了吗？两块钱一斤！

这边又跳起来了，说你们家用老人的地用了这么多年，一分钱不出，你怎么不提？既然要算钱，干脆就一笔一笔好好算算，还不定谁给谁钱呢！

初四下午，我和姐姐一家来到老人房时，事情还没有结论。

还好，不急，姥娘还活着。

大家这样讨论的时候，姥爷就坐在一边，人们并不在意他的反应，只当他耳聋。

他们尽量将这话题限定在第二代人中间，等到屋里出现第三第四代人时，他们就打住话头，找些不相干的事聊聊。

四妗子带着圆圆也来了，直腰坐在炕沿上。屋里更挤了，大家终于找到一个无害的话题，开始讨论晚上住宿的问题，说姥娘家住不下，二三舅家里可以分摊一部分，实在不行大升那里也可以。我们一家人也聚在老人房的大门外面，商量今晚的去留问题，七口人，每个人都有不同意见，衍生出各种排列组合方式：

爸说：依我看，咱们全走，去周城。看现在的情况，三五天内没事，待这里没意思，还要听他们风言风语。

姐说：妈，你不能走，你得留下。

姐夫说：要不看这样行吧，妈你还是留下，其他人先走，但是别去周城，去济南。

大家停下来，盘算各个方案的利弊。过一会儿，姐又说：要不这样，咱们都走，妈也一起走，去济南，明天我再把你们送回来。

爸说：那么远，来回折腾什么？再说，明天要没事，回来干什么？

妈没了主意，她又想留下，又舍不得我们走。她来回看着我们每个人，希望能从哪个人的眼神中看到一个两全的方案。她尤其想和我多待一会儿，我们半年多没见面了，上一次见面是我们回周城结婚时，那时，我和妈都处在各自的忙乱中，话都没正经说几句。下午我刚到，走进姥娘屋里时，妈抬头看到我，眼睛一下就有了光。那是一种复杂的眼光，她即将迎来人生中第一次重要的死亡，她将成为一个没有母亲的人，这时她看到了自己的儿子，她的儿子也刚进入人生中一个全新的阶段……没有什么语言能形容那一刻的眼光。

过一会儿，爸和姐夫又提出一个方案。爸对我说：要不这样，你和你妈留下，万一有什么事情也照应照应，我们先走。

我已经把行李箱从车上拿下来了，姐把我拉到一边，对我说：如果你不和我们一起走，我们就不管咱爸了，我们回济南，他爱去哪去哪。

姐和爸一直不对付，没法单独待一起。我把箱子放在地上。我们又陷入沉默。

大小丫晃着我妈和我姐的手，撒娇说：姥娘，妈妈，咱们都走吧，都去济南，去我们家吧。

姨、舅们见我们拿不定主意，也凑过来说：你们要想住一晚，就住在我们那里，挤一挤也住得下，要是急着回去上班呢，那也赶紧走，那么远，路又不好走，就别再磨蹭了——反正你们也来看过你姥娘了……

各种身影、声音在眼前晃，人在恍惚中，心就像那个行李箱，被提上又提下。

最后的方案是：妈留下，其他人回济南，这边一有消息，我们再全体回来，这样人员集中，来去也方便。爸又悄悄对我补充说：你姐夫和姐上班忙，请假不那么及时，要是他们没办法第一时间回来，你可以自己先回来。交通不是问题，长途车坐到镇上，打电话叫你超哥接你！

妈不能离开。这是我们家唯一的共识。我们不放心把姥娘留给他们，之前我们就多次听闻过丧葬上的各种闹剧，说谁家老人不行了，都被子女抬进棺材了，老人突然起身，要水喝。

这几天，在他们当中争相流传的一句话是：行了！八十了！语气中带着大功告成的达观，外加些许的不耐烦。

他们已经给这场呼之欲出的葬礼定了性：是喜丧。

我把行李箱又搬上了车。我后来一直后悔，如果这一刻我没离开，而是留下来陪着妈，那么，后面的事情或许不会那么糟糕，那么不可挽回。

刚要走，三舅来了。他笑嘻嘻和我拉拉手，解释说：刚才去地里浇了浇菜。我还是不知道该做出什么样的表情，整个下午我都拿捏不准自己的表情。在这样沉重的一件事面前，我们所有人都显得过于轻佻了。

他们都偎过来送我们。我们在忙乱中上了车，按下车窗，不知道该和谁打招呼。我甚至没来得及再看一眼姥娘。

此刻，老人房里只剩下姥娘和姥爷，小辈们的喧嚷在门外，恍若隔世。

车启动了，才开出村，天就黑了。

后排座上，大丫二丫说：咦？怎么我二舅姥爷和三舅姥爷长得一个样？

我姐说：他们兄弟两个是双胞胎，和你们两个一样。

大丫二丫说：那为什么我们俩长得不一样呢？还有，为什么小舅姥爷和他俩长得不一样呢？

两天后，姥娘去世。

一年后，姥爷自杀。

小舅安顿

01

大年初二晚上，安顿赶到石楼。他是喝过酒，骑着摩托车来的，一路的寒风也没能让他醒酒。他、二哥安家、三哥安富，兄弟三人连夜算起了账。安顿“说话不使劲儿”，总讲些大而无当的话，惹得人烦。这天晚上，他借着酒劲教导二哥的儿子大升，说：过两天，等你奶奶走了，你把这间老人房买下来，一万块就行。大升直接说：一千我都不要。安顿又开始数落他的二三哥，嫌他们不够孝顺，直到安家说：前面买寿衣订棺材都是你三哥出的钱，咱们算算，平摊吧。安顿才不说话了。后来，他又要啰嗦，安家对安富说：走，把老四弄出去，揍一顿。

安顿是兄弟姐妹中唯一的党员，却也是最迷信的一个。这些年，他越来越成为一个坚定的有神论者，曾有“神汉”指示他：你的财运在西北方向。他于是跑去宁夏打工。神汉又指示：你命里和父母犯冲，你不能管（孝敬）自己的父母，否则自己就难翻身。安顿深信并恍然大悟，认为找到了自己多年不能发达的原因。

马安进到姥娘家的小院，迎面先遇到了安顿。安顿向他露出笑，唤他的大名，说：你回来了。那笑容和声音，透着小心，让马安不知道怎么面对。自从马安结婚后，安顿马上识趣地改口叫他大名，拿他当大人看。而马安，再不能无顾忌地叫他“小舅”了。

安顿的脸依旧方正、英俊，但他的头发已经露出灰白。衰老、黯淡，心服口服的失败感，已经无可争议地占领了他的脸。

小时候，马安常听大人说：马安，长得真像你小舅！这时候，马安的母亲安民就在旁边说：外甥随舅，外甥随舅。上中学的时候，马安有一次在车站等车，一个陌生女人径直走向他，说：你是不是安顿的弟弟？马安很惶恐，说：不、不是，他是我小舅。

再后来，马安长大了，安顿变老了，马安的脸阴郁下去，安顿的脸铺陈开来，两人开始向不同的方向生长，再没有人说他们像了。

02

马安和姐姐马丽小的时候，安顿是他们唯一的偶像。他们家族每一户人家的墙上，都能看到安顿的照片。照片往往摆在相框的正中央，安顿在上面自信地笑着，把周遭那些照片映得灰头土脸。在一张最广为流传的照片中，安顿穿着飞行员的皮夹克，头上戴着飞行员的皮帽子，帽子上还有两片硕大的挡风镜，和电影里的飞行员一模一样。在他的身旁，一架货真价实的飞机正乖乖等着他，驾驶舱的舱门向上翻开着，好像刚拍完这张照片，他就骑上飞机，威风凛凛地上了天。那年代，没有人见过真正的飞机，飞机只属于电影，连电影都很少能看到，安顿却亲自拥有一架飞机！

从马安记事起，姥娘家的一整面墙就是为安顿预备的，除了他的照片，还有与他相关的各种荣誉。逢年过节，大队一定要上门慰问，送来挂历和猪肉。猪肉被吃掉，挂历却可以挂一整年。还有各种与拥军优属有关的画报，新的压着旧的，为这个农家小屋增了光彩。马安今年回姥娘家，有一面墙上还留了两张画。一张是骑马的十大元帅，一张是毛主席和刘副主席在机场迎接小平同志出访回国，两张画上都有“军属光荣”的字样。不过，看这些画的内容就知道，这都是多年前的事了，后来，当安顿以不那么光彩的方式离开部队后，那些荣耀也戛然而止。

除了军装照，安顿还有另一类照片：他架着墨镜，穿着时髦的衬衫，领口开到胸膛，身后是某个旅游景点。有时候，他身旁还有一位妙龄女郎，女郎穿着连衣裙，依着他，自豪地笑，似乎有照片作证，身边的安顿就算是归她独有了。只可惜这样的照片有很多，照片上的女郎有很多位，每一位都有类似的笑。与军装照相比，这些照片更引人遐想，它向乡人们展示了另一种生活，另一个世界，人们除了发出意味复杂的咂舌声，更不知道说什么了。

那些照片上的女郎，没有一位成为马安的妗子，也就是舅妈。

安顿每一到两年才回家探亲一次，这让他显得更加神秘。在马安的童年记忆中，安顿属于遥远、神圣的另一个地方，尽管他后来得知，安顿的驻地不过是另一个同样贫瘠的省市，甚至是一个更加封闭的山沟沟，但他仍认为安顿属于另一个世界。照片上的那架飞机明确告诉他，安顿甚至根本不属于陆地，他在天上。

当安顿不在家时，他是人们的传说，当他要回来时，“他要回来”的消息早早在亲朋间流传，人们张灯结彩，像迎接一个重要的政治人物一样迎接他。在马安印象里，安顿总在过年期间回来，这时候，过年的喜悦要让位于安顿归来的喜悦，似乎正是因为他的到来，春节才成为一个节。

安顿真的回来了，像直接从照片上走下来，人们摸到了他皮夹克上的毛领子，确认他并非只是传说。安顿还带来了各种新奇玩意儿，他有一个大行李箱，从里面出来的每一样东西都那么让人惊叹：他的手套是鹿皮的，他的腰带上带着能砸死人的铁扣，他有一个砖头大小、按一下就能唱歌的录音机，他带回的空军专用巧克力又黑又硬，咬一口，苦中带香，直到现在马安也没再吃过那样地道的巧克力；他带回的强化麦乳精，冲水就速溶，左邻右舍都能闻到香味；连他的两只袜子都能被卷成南瓜饼一样的圆圈，直到他把它们展开来，人们才相信那确实是一双袜子。

有一次安顿去亲戚家拜年了，马安、马丽和姥娘在家里摆弄他的小录音机。一开始他们总也按不出声音，又不敢乱按，后来，不知道碰了什么机关，那东西突然“嗷嗷”嚎叫起来，把他们着实吓了一跳，失手把它扔在床上，远远地跳开去，好像它要咬人似的。然后等他们缓过劲来，就开始笑话安顿，说：这叫什么歌啊？这也叫歌？哑巴嗓子不说，还一惊一乍的，他怎么听这种歌呢？

那应该是马安第一次听到八十年代的摇滚乐。对他幼小的心灵和纯洁的耳朵来说，那无异于一声惨叫。真不知道他后来怎么又喜欢上它的。

最让马安记挂的，还是安顿带来的压缩饼干。从前，马安只在电影里听说过压缩饼干，现在，安顿把它从电影中带到了眼前。每次安顿还没回来，孩子们已早早预订下各自的份额。为了不引起纠纷，大人们常吓唬他们，说压缩饼干不能多吃，因为它是压缩的，比方说，本来是一铝锅的馒头，可供全家人吃三天，现在为了打仗时方便带饭，把这些馒头使劲压缩，最后压缩成一个饼干，刚吃下去觉不到，可是，只要一喝水，压缩饼干就在肚里泡开了，泡出一铝锅馒头，人就得撑死。马安因此总不敢多吃，每天只掰一小块，含在嘴里慢慢化。有一次，马安没把握好自己，一下吃进去大半个，大人们又开始吓他了，他躺在床上，一圈圈打转，真觉得肚子有点疼，整整一个下午不敢喝水，连口水都不敢咽。

安顿是这些新奇事物的主人，人们毫不怀疑，这些东西只有他能带来。他自小生得白净，招人喜爱，那些关于饥饿和贫穷的故事似乎与他无关，全家人都宠着他，把最好的饭菜留给他，甚至他的小妹妹也要让着他。母亲安民常给马安讲一个故事，说小时候他们全家人一起吃饭，还没吃完，安顿就抱起桌上唯一的那盘菜，放进橱里。二哥问：干什么？安顿说：再吃，下一顿我就没菜吃了。气得二哥拿筷子戳桌面，说：这一顿还没吃完呢！

安顿读高中时，每次快开学那几天他就赖在床上，哼哼唧唧地说：又要开学了，又没什么好吃的拿。姥娘就忙活起来，摊一捆煎饼，再去姥娘的娘家讨几口白面，蒸几个馒头，馒头放在煎饼上面，用包袱皮包好了，安顿这才肯去上学。到了学校，当着同学的面，安顿打开包袱，白白的馒头先就露了出来。

一九八二年，安顿高中毕业，部队来招飞，安顿被录取了。体检的时候，他两眼二点零，脱掉衣服，全身上下“连个米粒大的疤都没有”。据说全县只有二十个名额，安顿是其中一个。这话传到村里，变成：全县只有两个名额，安顿是其中一个。

他就这样一下跃出了这块土地，跃到了云端。人们即使仰视他，都很难凭肉眼看得到他。

安顿走的那一天，马安的姥爷破天荒地出动了，要亲自送他去镇上坐火车。他的大儿子安国逃荒去东北的时候，也没见他这样兴师动众。一出家门，姥爷就给自己围上一条大围巾，把头脸包裹得严严实实。姥娘说：天又不冷，又不刮风，你围个围巾干么？姥爷不听，黑着脸往前面走。安民后来对马安说：他是要用围巾挡住眼泪。

很多年以来，马安受不了送人，不管是送别人还是被别人送。这时候，他总会想起姥爷的围巾。

姥爷的眼泪，一是因为舍不得小儿子离家，二是因为激动。姥爷家原有几亩薄田，被定为富农，“文革”期间，富农的子女不准升学，不准参军，不准提干，不准与贫下中农交往，不准和成分好的姑娘谈恋爱。为着这个“富农”的虚名，安民安家安富都早早退学，安国干脆一天学也没上，安民的二妹则不但没上过学，连个名字都没有，只叫二妮。那时候，姥爷常对天长叹：这不是完了吗？一代一代都不让出头，这得什么时候才是个头啊？

姥爷的四个儿子，取名叫“国家富强”，所以安顿大名叫安强，但是到他出生的时候，姥爷多了份私心，给安强多取了一个更实惠的小名，叫安顿，意思是国家富强，不如个人安顿。

安顿当兵的这一天，姥爷好像终于看到了噩运的尽头。围巾下面，他的眼泪再也忍不住了。

他是他们全家翻身的唯一希望。事实上，安顿也确实没让他们失望。每一次回乡，他都花样翻新地刺激着人们那贫乏的物质和精神世界。第一次从部队回来探亲，他就学会了

"撇腔"，也就是说普通话，这让家人和乡亲们觉得又新鲜，又尴尬，听着听着，连自己都不会说话了。有一年，他甚至烫了一头卷发回来，要知道，那年代即使刘欢烫头也会引发众人争论。据说姥爷对安顿的新发型很不满，关起门来狠狠地教训了他，让他赶紧把这一头卷毛剃了。

安顿是那个时代的宠儿，是名副其实的"天之骄子"。那时候，国家队运动员的生活费标准是一天十块钱，而他们飞行员已经达到了一天十三块钱。十三块钱？家乡的人们咂摸着这个天文数字，怎么也想不明白，这得吃什么东西才能吃够这些钱？

他是作为那个年代最优秀的人被挑中的，他理所当然地认为，他将一直这样优秀下去。他的漂亮脸蛋，他的油嘴滑舌，都被他视作老天额外的恩宠。他觉得他终将获得所有他想要的东西，而现在，因为这额外的恩宠，他可以更快更讨巧地获得这一切。他人生的另一条线索，开始隐隐埋下伏笔。

03

一九八八年，安顿的肱二头肌开始出现无规律的痉挛，查下来是运动神经元受损，长时间高空作业所致。领导很重视，一直上报到北京，批准他停飞。随后，他被送进了石家庄的空军疗养院。他从此住在鸟语花香的大院里，吃着昂贵的疗养餐，却没有表现出一个病人该有的做派，他和执勤的战士打篮球，和护士谈恋爱，还学会了抽烟喝酒。他像一个公子哥，安然享用着体制的慷慨。他仍是这里最受欢迎的那个人，在一次联欢舞会上，政委的女儿向他伸出了邀请的手，而他竟然拒绝了。

这一年，安民开始酝酿去石家庄看安顿。她是以大姐的身份，同时也代表父母去看望他的。那是一次隆重的出行，因为在马安和马丽的眼里，石家庄太远了，太大了，它是北京的邻居，是人们去北京的必经之路，是全中国除北京外最大的大城市，所以他们又替妈妈担心，怕她在大城市迷路，怕她买不到回来的火车票，从此再也回不了家。后来，他们开始了疯狂的羡慕嫉妒，因为他们都在学期中，没机会跟着同去，姐弟俩为此哭闹了很多次。最后，马安所有的胡搅蛮缠都化作一个愿望，或者说一个交换条件：可以不带我去，但一定要给我带回一件礼物，而且，他特别要求，是小舅亲自在石家庄给他买的、周城买不到的礼物。

整整一个学期马安都在期待那件礼物，想象它会是什么样子。

最终，他得到了一个“万能画板”，就是在一块板上写写画画，然后一掀，板上笔画全消失，干干净净等你重写。

这真是个宝物，是周城儿童所能得到的最高礼遇。马安差不多天天捧着它，画了掀，掀了画，创作了不下一万幅作品，还拿画板自配的各种小工具在上面印出齿轮、小脚丫等图案。因为它，马安在小朋友中的地位迅速提高了，快和“神笔马良”齐名了，没过几天，院里小孩都听说他有一个永远用不完的画板，来参观体验的人络绎不绝。这局面持续了很久，直到几年后的某一天，这玩意儿突然大面积占领了周城百货大楼的柜台。

更大的福利还在后面。安民决定第二年再去石家庄看安顿，这一次，时间定在了暑假，马安和马丽都去。这真是天大的喜讯，姐弟俩像迎接北京亚运会一样迎接那一天的到来。整整一个学期，安民都拿这事来管教马安：不听话？不听话就不带你去石家庄了！

那年夏天，安民带着一对儿女离开周城，先乘长途汽车到省城济南，在济南火车站那个又大又挤又脏的候车大厅里等了一整天，才搭上一辆北上的列车。在车上，他们连站的地方都没有，只能靠在卫生间外的过道里，一路忍受翻滚的恶臭，每过来一个上厕所的人，马安就让一让，告诉对方里面有人或是没人。他们这样站了一天一夜，凌晨时到站，挤出车厢，石家庄清凉的夜色里，安顿在站台上等他们。

那一年，他们有更大的野心，他们的目的地还不是石家庄，是北京。石家庄距离北京只一步之遥，安顿答应带他们去北京，去天安门广场。但当他们见面时，安顿才宣布了那个消息：他们去不成北京了，谁也去不了北京。那一年，正是一九八九年。

在石家庄他们也玩得足够开心，人生中众多的第一次都是在这里发生的。他们第一次乘了有轨电车，第一次光顾了由防空洞改造成的地下商场，看到那条通往地下的长长的台阶，马安甩下他们第一个冲了下去，他的小姐姐在后面兴奋地喊：瞧他跑得多快！可事实上他差一点就要摔下去了。他们还在公园里遇见了第一架真正的飞机，那是一架退役的战斗机，老实巴交地靠在墙边等人拍照，但在安顿的专业讲解下，那飞机好像刚刚还在战斗。马安和马丽爬进驾驶舱，安民站在舷梯上，他们留下了兴奋又羞涩的一张照片。

他们还去了刚刚拍完《红楼梦》的大观园，去了大佛寺。马安在寺里又得了两件宝贝，一个是孙悟空提线木偶，另一个是小木鱼。孙悟空很快被他玩成了残废，小木鱼却一直陪伴他多年，木槌一敲，声音清脆悠远，仿佛又回到那个夏天。马安和马丽还第一次穿着戏服拍了照，马丽扮的是穆桂英，马安扮的是小和尚。马丽身披五彩服，头顶雉翎盔，一只翎子被她高高捏在手里，颇有些英武之气。轮到马安了，他穿起小袈裟，手持小木鱼，端坐下来，眼睛里也是一片空净，连围观的游客都赞：瞧这个小和尚，真像！

那一年马安十一岁，马丽十五岁。日后，人们常会说起：你们姐弟俩，就像这照片里的两个人。

去大佛寺那天，还有一个时髦女郎跟着安顿。马安和马丽都不喜欢她，嫌她还不够好看，尤其嫌她馋。安顿给姐弟俩买了两个冰棍，她居然在一旁娇声说：我也要！马安听到，立刻就鄙视她了，要知道，她可是大人！

第一天早晨，安顿来车站接他们时，他的旁边也站着一位女郎，另一位女郎。这些女郎，同照片上的那些女郎一样，没有一个成为马安的舅妈。

与此同时，安顿和安民却在密谋更大的事情。安顿的病情没有好转，他之前去北京复诊，空军466医院的主治医生说：高空作业造成的运动神经元障碍，不好治，也治不好，还怕是肌无力，也就是“渐冻人”，现在这种情况，可以评残，以保障今后的生活。过一会儿，又说：结婚以后，不一定有生育能力。

安民在家里得到消息，当时就吓傻了，她从没想到“残疾”“肌无力”“无生育能力”这些可怕的词有一天会找到她弟弟头上。她不敢告诉父母和家人，直接跑来找安顿了。马安和马丽自然也不知情，他们只为去不成北京而苦恼。两代姐弟，各怀心事地度过了一个快活又不安的夏天。

当时，466医院军医处做出了“二等甲级”的诊断结论，并将有关数据转至空八师二十二团，不知道为什么，结果迟迟不出来。这时候，安民和安顿已经商量好了：不能评残，怕影响分配，毕竟谁愿意接收一个残疾人呢？尤其是，落个残疾的名声，以后可怎么找媳妇？别看那些女孩子今天都上赶着追他，到时候可都要躲着他了！

很多年后，安民后悔了，说：早知道今天这样，当初还不如评个残，摆地摊做个小买卖还能免税呢。

04

一九九〇年前后，因为停飞，病情也稳定，安顿被批准回家休养。他于是更多地出现在了家乡，成了一个“闲人”。他不用上班，却可以每月拿近千元的工资，那是九十年代初，市场经济到来前最后一段宁静的日子，人们还很少有机会见到大把的钞票。即使将来离开部队，安顿也将进入机关事业单位。他和那些“待业青年”有着本质区别，他刚从天上降下来，暂时寄居在地面，人们有理由相信这是临时的，他只是在等待另一次起飞。

安顿每次回乡都有一个重要任务：相亲。那时安民一家在周城长途汽车站门口开小卖部，常有人来柜台前搭讪，不买东西，只问：你们家是不是有个飞行员？有对象了没？为了帮着照看生意，安民把父母接来周城，租住在南关一处民宅，安顿回来了，也扑着父母住在这里。他一来，立刻搞活了这一带的相亲市场，远近的姑娘们都动起来了，听说这里空降了一个大宝贝，都赶来试试运气。安顿的日程排得满满的，常常一天要赶几个场子。有一次，安顿似乎看上了周城一户人家的女儿，两人谈了一阵，已经谈婚论嫁了，安顿根据当地习俗，给姑娘买了一辆永久牌自行车，这在当时可算作一件奢侈品。可惜那恋情却并不像自行车“永久”，两人很快吹了，那姑娘不甘心，几次堵在姥娘家门口，要见安顿一面，情急之下，有一次家里人居然开了后窗，让安顿翻窗逃了。

这成为大家传颂的笑话，虽然狼狈，并不丢人。人们谈论这事时，语气中仍带着赞许与艳羡，毕竟安顿是被人家倒追着才逃跑的，与当时流传的妇女被流氓追着逃跑的事完全不一样。

那辆“永久”自行车，最终也被要了回来，姥娘把它擦得锃亮。这样一件奢侈品，理应属于未来真正的儿媳妇。

姥娘所住民宅的房东也不甘落后，给安顿介绍了他的一个亲戚，一位女老师。见面前，女老师和室友说悄悄话，室友还劝她，说：要我说，找谁都可以，就是不要找当兵的！后来，女老师还是和安顿见了面，安顿送她回宿舍，她那位室友看到了安顿。只一眼，两人的命运由此逆转。

半年后，女室友嫁给了安顿，成为马安最终的舅妈。半年前她亲口说给室友的那句话，被她忘得干干净净。可能要到很多年以后她才会重新想起来。

她摧枯拉朽般地爱上了安顿，完全不顾及室友。安顿这边的情况也差不多，也完全不顾及房东了。马安记得他们刚刚约会时，安顿回来得意地对外甥说：嘿，这个不错，这个是大学生。舅妈叫肖佩真，是那年代还比较稀有的大学生，她毕业于师专，学的是体育专业，专长竟然是跳高！等见到肖佩真本人，人们明白她为什么能跳高了，因为她长了一对修长的腿，高挑的身材，而且还戴了一副眼镜。她综合了人们的所有期待，既有运动员的健美，又不失女大学生的文静。如同一部爱情悬疑片，人们目睹了全过程，设想了无数种结局，却唯独没猜中这个女主角。

女主角是全地区女子跳高的纪录保持者。那纪录保持了很多年，直到她嫁给安顿。

那个冤大头房东和他幽怨的女亲戚，很快就退出了安顿的生活。姥娘家又搬到另一处民宅住了。至于那辆永久自行车，也终于有了女主人，永久地归属肖佩真了。

一九九〇年，马安目睹了身边的爱情。很多次，他在茶几上写作业，安顿和肖佩真在沙发上亲嘴。当天，马安的作业做得心烦意乱。有时候，安顿会带上肖佩真和马安出去约会，马安被看作一个无害的开心果，一个称职的灯泡。肖佩真的学校在市郊，要翻过一个大上坡，他们都嫌这段路难走，马安那时正急于在大学生兼新舅妈面前表现，就向他们出主意说：小舅你不是有一个大皮箱吗？底下带轮子的那个，你们俩骑在大皮箱上，一路滑下去不就到了吗？安顿听了，就模仿骑大皮箱的样子，逗得肖佩真哈哈笑。还有一次，他们带马安和马丽去看电影，那天放的是香港武打片，叫《海市蜃楼》，看进去，才发现是一部凄美的爱情片，主人公于荣光和徐小明在沙漠里看到海市蜃楼，画面是一个绝世大美女，于是决定去现实中寻找这位美女。后来找到了，徐小明爱上美女，美女爱上于荣光，于荣光却不爱美女，于是一通乱打，最后赔了夫人又折兵，看得马安十分的揪心与感叹。身边的现实，加上银幕上的传奇，让十二岁的他初识了爱情的美好与不可捉摸。

05

九十年代在人们面前徐徐展开，很快就超出了所有人的预料。一九九一年，安顿的女儿圆圆出生。背着所有的人，安民先长长地松了一口气。她为侄女取名圆圆，是感谢“泰山老奶奶”暗中保佑，圆了他们家的梦，破了北京军医冰冷的诅咒。

长兄如父，大姐就像妈。安民这个大姐，很多年来都在弟弟妹妹面前扮演姐和妈的双重角色，她的成败与悲喜都与此有关。

圆圆从小就特别爱吃肉，人们常笑说她继承了大姑的口味，将来一定脾气暴。但可怜的圆圆，在她最喜欢吃肉的年纪，他们家却处在最买不起肉的时期。那时候，安顿天天嚷着要做生意，常在马安面前滔滔不绝地讲他的生意经，什么“一本万利”“黑白通吃”，听得马安心惊。据说他认识道上的大哥，大哥很赏识他，大手一挥，给他的生意投了不少钱，安顿摇身一变，有点老板的派头了。但没过多久，大哥不见了，带着所有人的投资消失了，安顿被赤条条扔在原地，当月就没了买肉的钱。那个他勘察过多次的厂址，连一块砖头都还没盖起来。

他和合伙人也闹翻，他们互相指责，把责任推给对方。安顿腰里别着刀子，晚上去找人讨债，他在部队学过擒拿格斗，常吹嘘一个能打八个，但那天夜里，没有人知道发生了什么，他喘着粗气回来，人躲在灯影下，从此再不提起这事。

连圆圆都讥讽他，说：有本事你也去骗他们啊，骗来钱给我和我妈花。

来年，安顿租下学校正对面一处临街的房子，开起了饭店。开张那天，家里好多亲戚来帮忙，肖佩真下了课也穿过马路来饭店端菜，从体育老师变身老板娘。马安才上中学，那天中午也骑着自行车穿过市区，翻越那座大上坡，不远万里来蹭饭。安顿把马安拉到一边，先给他撕下一条鸡大腿。

街对面的学校领导、来往的卡车司机以及安顿在江湖上新结交的狐朋狗友，成为饭店的主要食客。安顿周旋于他们当中，人们仍对他另眼相看，知道他曾有不凡的来历，将来或许还会有不凡的前程。安顿在酒桌上演讲战斗机的故事，跳降落伞的故事，仍能博得众人的喝彩。但是，热闹过后，人们并不就势掏出钱包，安顿赔上了故事，还赔上了饭菜和烟酒。他新招聘的女服务员，穿着粉红或翠绿的短裙，蹲在后院的地上杀鱼择菜，公然露出印花的内裤，周边不三不四的男人们，闻着腥味上门来了，饭店充斥着酒色之气。不到一年饭店就关门了，而赊欠的吃喝钱还得讨要很多年。

记不清从什么时候起，安顿不“撇腔”了，只在电话里偶尔讲起那好听的普通话。他从天上降下来了，成为人们身边的一个凡人。人们很快就发现，他的强项仅在天上，他并不怎么胜任地面。

他开始尝试各种生意，他通过一个亲戚的关系向医院倒卖过医疗器材，通过肖佩真的关系向一所学校倒卖过校服。倒卖校服时，他重金贿赂了校长，校长硬逼着还差三个月就毕业的学生又换了一套新校服。因为有余货，马安也有幸收获了一条大红色的运动裤，穿着它走在初中校园里，非常招惹眼球。这些生意大多是“一锤子买卖”，安顿大概赚到了一些钱，但都没法持久，并很快赔在另一桩新生意上。有一天，马安正穿着大红裤子在教室前和男同学打闹，有人过来报信，说：你哥，还是你舅？来找你了。马安站在原地，看安顿远远地走过来，走向那条红裤子。他说：生意赔了，人家要钱，我要退货。于是，马安被要求当众脱下那条光鲜的红裤子，换上安顿带来的另一条旧裤子。这真是马安中学生涯里最没面子的一次。

他四处折腾着，钻营着，利用一切能利用的关系。马丽结婚后，小黄刚刚有了一官半职，安顿就嗅到了商机，三天两头让外甥女婿帮他接工程，包项目。他确实接到了一些小项目，但他一心做大买卖，赚大钱，并且只做空手套白狼的事情，人们很快认清了他的投机和不靠谱。他练就了一套油嘴滑舌的好功夫，身边人本想苦口劝他几句，让他踏实些，你还没开口，他那一套理论已经抢先开讲了，讲得你无话可讲。

他自认为对官商勾结这一套相当精通，常在众人前演说，马安清楚记得有一次，安顿在他面前讲解如何把一张百元大钞对折再对折，最后叠成指甲盖大小，好神不知鬼不觉地贿赂关卡。生意人是表面憨厚，内里精明，安顿好像正相反，他生就一副聪明相，嘴皮子又好，其实却常在大事上犯傻。他以为背熟了生意经就可以做生意，殊不知现实中完全是两码事。有一次他果然吃了亏。

马丽的老公小黄介绍安顿认识了镇上一把手，安顿马上展开攻势，夜里去领导家拜访，领导夫人接待他，他趁人家不注意，把一信封钱丢在茶几下面的隔板上，回到家里再给领导家打电话，自认为事情办得周全，谁知电话里领导夫人丢给他一句：没有啊？什么信封？没看到啊？事情自然没办成，安顿吃了哑巴亏，窝了一肚子火，竟然要小黄去找领导讨回那一信封钱。

有过几次后，小黄也渐渐觉得安顿不靠谱，总想借巧劲赚快钱，不肯踏实做事。安顿也有理，被人质疑时，他总能举出身边的成功案例，以证明他原本也有机会。他最常说的话就是：等我赚了钱，我就怎样怎样。说着说着，好像那钱已经赚到手似的，常拍着胸脯对马丽说：以后大丫二丫上大学的钱，我全包了！那时大丫二丫才刚出生。等到她们长大一些，安顿又拍胸脯说：以后大丫二丫结婚的钱我全包了！这话并不陌生，马安和马丽小时候就听安顿对他们俩说过多次，所以马安一度以为外甥上大学和结婚理应由舅舅埋单的，后来才发现根本没这回事。安顿就喜欢开这种空头支票，忽悠了两代人。

有一次安顿急需两万块，找上门来，马丽手上也没那么多，见安顿言辞恳切，小黄最后冒了险，把单位刚收上来的煤气费押金垫上，凑了两万块。说好一个月必还，一个月到了，安顿还不上，小黄急了，到处凑钱，对马丽发火。安顿见事情不妙，跑到二姐家，卖了二姐一头牛，得了四千块，连夜送给小黄，补了单位的漏。

马安的二姨虽然在农村，但家里常年养着牛，大牛生小牛，小牛又长成大牛，大牛随时可变现，等于有了相对的不动产，手头反比城里人宽裕些，常常成为兄弟姐妹伸手借钱的对象。可怜那些牛，经常长到一半就被突然卖掉。

安顿那时骑一辆大摩托车，轰隆轰隆地降临，小黄必定好酒好菜招待，临走还要带他去车队，先把摩托车的油箱灌满，再多灌一塑料筒油让他带走，如果当天车队不方便，小黄也要从衣柜里掏出一条“将军”烟塞到安顿包里，总之不让他空手走。安顿照单全收，他自小被爹娘和哥哥姐姐们疼爱惯了，觉得这是天经地义的事。

终于有一次，马丽先火了，怕小黄轻视了她家的人。摩托车的轰隆声还没走远，她对小黄说：情多礼多的，下次再来，别给他灌油！

他从小辈们的偶像，硬生生变成这样的人。这是一个偶像破灭的年代，连亲偶像都不能幸免。

一九九六年，安顿的转业分配拖到了不能再拖的时候。当年他曾有很好的选择，但他总想等更好的，如今，当他不得不选择时，他连差的都没得选了。时代变得越来越势利和奖罚分明，已不是他所熟悉的那个年代。他在每一个失败故事中都扮演一个无辜受害者，据说他曾有机会分配到市工商局，那是一个人人想去的肥差，他为此不惜重金送礼，却送过了头，给两个主要分管领导都送了礼，结果犯了大忌，导致两个领导互相推脱，他落在空里。他还曾有机会进市环卫局下面的一个事业单位，那也是一个旱涝保收的衙门，这一次安顿认准一个负责领导，不惜四处借钱送礼，本以为有把握，结果领导把他自己的侄子安排进去了，安顿又落得人财两空。他气得心口疼，喝了酒要找领导算账，肖佩真拖住他，说：他可不比你那些大哥，你要是打了他骂了他，你一辈子别想再翻身！

一九九六年马安考上了大学，马丽大学毕业开始工作，安顿等到了新的分配去向：市南郊的一家水泥厂，第一天上班就要下工地。

九十年代的北方小城，去企业就意味着起早贪黑地加班、工资拖欠以及随时失业，那是安顿的哥哥姐姐们去的地方，安顿去当飞行员，就是为了有一天不去这些地方，如果他在天上飞了一圈，最后还是要落回这些地方，他何必要飞？早点进工厂的话，说不定现在也混了一官半职。安顿心比天高，哪里肯甘心？他握着拳头，不知道该打谁，他说：比我晚当兵的，回来进了工商税务，只当了两年兵的，回来进了园林进了血库，我当了十五年兵，让我进水泥厂！

人们开始怪罪安民，说：咱们这个小城市，你又不是不知道，哪个不是凭关系？哪个不是走后门？你们在这里一没关系二没钱，为什么一定让他回这里？一定让你的弟弟妹妹们围着你这个大姐转？如果他安排在大城市，还能像今天这样？

终于有一次，安民被问急了，当着最亲近的人，说出了真相，她说：对着外人，我一直说是我让他来周城的，想让他离父母近一点，所以他才没去大城市大单位，你们哪知道？我这是为了保他的面子！

一九九六年，安顿正式退伍了。他离开了他曾引以为傲的部队，却不是以英雄凯旋的方式。部队给他的工资、荣耀和所有美好的承诺，应声而断。他撕掉水泥厂的转业分配合同，开始上访。

06

当年他做飞行员的时候，每年有一次疗养，都是去最好的地方：北京，石家庄，青岛、北戴河、成都灌县、杭州西湖、武汉东湖……如今，他重走当年的路，重新回到这些地方，却是一个上访户，是这些城市的弃儿。他在故地门前没有回忆，只有耻辱。

他多次去北京，当年，他从这个城市寄回家的每一张照片都是那样神气，如今，他是这个城市最不欢迎的人。有一年，他刚转过一条街，就被误当成另一伙集体上访人员的同伙，被强行拉上一辆冷冻车，车厢门关上时他想，这一次是不是要直接拉到屠宰厂？结果还好，仍旧只是火车站。

还有一年，他才下火车就被认出来。对方挺客气，给他烟抽，把他叫到一边，有一伙人早等在那里，领头那人不紧不慢地说：到齐了，我点个名，大家排个队，想旅游的站左边，想拿钱回家的站右边，想旅游的，这里有旅行社的景点线路，随便选，想回家的，旅行社报价多少钱，就补给你多少钱。

还有一年，他在北京认识了一个老乡，那人生得斯文，能说会道，引经据典，访龄比他还长，给他传授了不少政策和经验，两人留了联系方式，相约下次同行。几年过去，他想起联系那人，拨通电话，却是另一户人家，对方谈兴颇浓，说：他们早就不住这里了，他家男人是神经病，关在神经病医院里好几年了，他女人和他离了婚，孩子也没人管，今年夏天，孩子在河里游野泳，淹死了。

他依旧上访，人一年年瘦下去。安民看不下去了，她性子急，说：我就不信还没个评理的地方了？我快六十的人了，他们能拿我怎么样？我陪你去！安顿说：大姐，我自己就行，你别去，你去了生气。

他尝试自己去找工作，惊觉自己的一无所长，他是开战斗机的，却抵不上一个开拖拉机的。他想，撇开他的飞行员经历不说，他至少也是个老高中生，不至于找不到一碗饭吃。他或许又一次期望过高了，而现实总给他迎头痛击。这是新世纪的前夜，人们早就各就各位，占稳了各自最舒服的一角，曾经遥遥领先的他，不知什么时候就被远远甩在了后面。

他一方面不断挑战，一方面又寄望于别人的回心转意。他断断续续打些零工，赚的钱不够送礼和上访的，好些年，他们家全靠肖佩真一个人的工资。圆圆长大了，依旧爱吃肉，马丽每次去她家，就给她买好多火腿肠。在家里，安顿越来越没地位，但在外面，他仍然死要面子，他在建筑工地上搬砖，不忘向工友们吹牛：搬砖怎么了？搬砖怎么了？谁家里不趁个万儿八千的！

安顿的妹妹家开长途汽车，和别人家争线路，起了纠纷，叫四哥来撑腰。安顿来了，穿着军裤，戴着墨镜，一下就把两个人摁在地上，一人后脑勺上一拳。后来人家报了警，其他人都没事，安顿被抓进拘留所。另一年，安民也开起了饭店，厨师不好好干活，背后搞猫腻，指使一帮人来店里闹事，安顿赶过来，挡在安民和那些人中间，厨师拉偏仗，抱住安顿手脚，一个人对着安顿的下身就是一脚……

没有人记得他是谁，人们只从他勉强维持的考究穿着和眉宇间偶尔闪过的一道亮光来揣测他曾经的不凡。除此外，他和那些本地土生土长的平庸面孔没有分别。时代在加速前进，随时把某个掉队的人抹掉，他踉踉跄跄来到了新世纪，这世界变得更眼花缭乱，对那些理解和把握不了的事，人们很快就习惯于不去想它。安顿却仍执迷于讨个说法，他又想到了评残，于是再去医院，撸起袖子，让他们看那块萎缩和抖动的肌肉，医生躲开他的拳头，摘下眼镜，眼看着地，说：你要看病，就去外面排队挂号，你现在是个普通老百姓。

他在潦倒中度日。有一年春节，他敲开了安民家的门，坐进沙发里，话也不说。安民问他：年货都备齐了吗？他撇撇嘴说：哪有什么年货。马安的父亲悄悄对安民说：看样子，是让圆圆她妈撵出来的。安民听了，不敢留他，那段时间她开饭店赔了钱，家里也不宽裕，她去厨房割了一块肉，去小院里拿来一捆芹菜，替他扎在自行车后座上，说：回去吧，回去好好过年。

此时，安顿家的家门紧闭，肖佩真盘在沙发上，想起了多年前的那句话，她开始哭诉：一个大男人，一分钱不挣，整天憋在家里，还上网聊天，还和女网友聊天，网上聊就算了，还打电话聊，一聊一个小时，还撇腔拉调地聊，聊吧你！看你能聊出什么来！连个年都过不起了！

安民站在雪地里送他，安顿的自行车转过拐角，安民还不回来。凌晨十二点鞭炮声响起，安民对马安说：你小舅，这时候不知道回家了没有……

马丽和小黄刚结婚的时候，小黄还在部队。登记那天，肖佩真把马丽叫到一边，说：丽丽，找个当兵的，你可想清楚了，现在后悔还来得及，我找你小舅，结果你看到了，我的今天，可能就是你的明天。马丽想，这都什么时候了，还说这个？就笑说：妗子，反正我们都这样了，这是我的命。

马丽结婚后，小黄发展倒不错，日子越过越好，安顿每次从马丽家回来，大衣兜里掏出烟酒，向肖佩真讲马丽和小黄，肖佩真听得心里不是滋味。有一次，马丽的姥娘过生日，小辈们都来了，就肖佩真不进门，一个人坐在门外哭，问她什么都不说，谁也劝不了。马丽出来说：你们都进去，我和妗子聊聊。两人虽是两辈人，年龄只差六岁。马丽坐下来，肖佩真先开了口，说：为什么哭？你看看你现在过的日子，再看看我过的日子，说出来丢人啊。马丽说：妗子，咱是两代人，肯定一代比一代更好啊，将来圆圆长大了，包括圆圆再有了孩子，肯定过得又比我好多了，这不很正常吗？肖佩真说：圆圆马上就开学，两千块你舅都拿不出来，找谁借也借不到。说着又哭。马丽说：妗子你别哭，让人家瞧见了，人家不会同情咱，反而心里看不起咱，钱的事别急，谁说没人借给你？我借给你，先把圆圆学费交了。当场就掏了钱。肖佩真捏着钱，不往兜里放，说：小黄知道了不好。马丽说：我不让小黄知道。

肖佩真不做体育老师了，学校照顾她，把她转到了后勤，后勤不那么忙，就再兼一个班主任。班上学生懒，冬天不爱洗衣服，肖佩真就去班上收脏衣服，说：我有个亲戚开洗衣房，给你们算便宜点，要洗的快来，统一交给各宿舍长，收齐了放到我办公室。衣服收好了，她拿大黑袋子拎回家，连夜开始洗，洗衣机加手工，同时开工，洗完了一件一件铺在房间地面砖上烘，学校分配的公寓楼集体供地暖，晚上热得人出汗，不用白不用，正好也给房间降降温，增加点湿度。洗衣服用的水也是从供热管道里放出来的，不走水表。

肖佩真洗衣服的时候，安顿也帮着一起干，夫妻俩把客厅卧室和厨房的地面铺满了五颜六色的衣服，一开始进出时还跳着脚，怕踩在衣服上，后来也不管了，光着脚走来走去，像踩在地毯上。

肖佩真再不像当年那个长腿运动健将了，她本是农村出身，会过日子，到了后勤处后，她把后勤处的每一滴水每一度电都用足，她连蒸馒头都不在家里了，常常早晨带着干面去办公室，下午拎着好几袋热馒头回家。她在后勤办公室备了全套的锅碗瓢盆。

安顿四处打些零工，赋闲的时候更多，仍念念不忘上访。二〇〇五年，因为工作关系，马安在上海接受过中央电视台《焦点访谈》节目的访谈，安顿看了电视，兴冲冲打来长途电话，说：你认识《焦点访谈》的人，你给我介绍介绍，最好是敬一丹他们，我给敬一丹说说我的事，让敬一丹来曝曝光……

马安正相亲，急着说：我哪认识敬一丹？敬一丹根本没来，再说了，人家能来拍你吗？拍了又有什么用？

还有一年马安回老家，安顿对他说：你和上海的民政局领导熟，你找个合适的机会，和他说说我的事，这些做局长的，互相都认识，只要他肯帮忙，给咱们这边的局长打个电话，一句话！我的事就能办了。咱也不让他白说，事成之后我好好谢谢他，咱又不是没钱，没钱咱借钱也谢他……

马安答应着，回头就忘了。

安顿开始信佛，各种佛，中国的外国的，他全信。有一段时间马安相亲遇到一个还不错的，安顿问了情况，过两天打来电话，说：我让大师给你查了，你们俩不合，你看啊，你是农历十三晚上生的，她是农历初七早晨生的，你们两个人的时辰合在一起……你别不信啊，你看我这些年一直不顺，我让大师给我查了，我原来家里种了一棵葡萄树，结了很多，你来时还吃过，问题就出在这棵葡萄树身上，它太旺了，压住了我的财运，大师叫我拔了，我马上拔了，你看看我最近几年，是不是好多了？

07

二〇〇八年，圆圆终于迎来了高考。安顿把家里变成了道场，客厅里终日烟雾缭绕，供着各路神仙，每位神仙负责一门课。他预感翻身的时刻终于要到了。高考前几个月，圆圆晚自习回来，一边洗脚一边磨蹭着看电视，安顿暴怒之下，竟然把电视机屏幕捣烂。肖佩真发现圆圆和一个男同学走得很近，安顿立刻采取行动，晚上潜伏在学校门口，连续守了一个星期，堵住了那个男生。不知他用了什么手段，那男生的初恋就此夭折，从此消失。

他再也输不起了，任何人、任何事，胆敢再坏他的好事，他都将毫不犹豫地和它拼命。

圆圆如愿考上了上海交大，一年级新生在闵行校区，校区很大，开车都要走半天，报到那天，安顿一个人靠步行跑前跑后，往返于报到处、宿管科、宿舍、超市，累到腰疼。办了一整天，快到完成时，因为少敲了一个章，他突然痛骂圆圆，骂得面目狰狞，骂着骂着，自己掉了泪……

女儿挽救了他，让他的人生重新有了起色，他们家也迎来了历史性的拐点。这一刻真是惊险，再晚一点点，他就准备和这个世界同归于尽了。

他听从大师的指点，也迫于眼前的压力，开始跟三哥和三姐夫一起远赴宁夏打工。即使如此，他仍比别的工人更高级些，别人在沙漠里扎铁架，他扎着围裙在厨房里做饭。闲了也给工人理发，一个头五块。沙漠里寸草不生，头发倒疯长，每天总有几个头要理，能赚出烟钱。打工的间隙，他仍然上访。他最近一次去北京是二〇一一年，这一年，他的女儿都快要大学毕业了，他还没为自己讨到一个身份。这一年，距离他退伍十五年。他当了十五年兵，又当了十五年

“刁民”，他想用后十五年来为前十五年讨个公道，结果是，三十年全搭上了，他从青春美少年，变成今天头发斑白的老男人。

就像小时候他在石家庄给马安买的那个万能画板，那上面曾画了那么多图案，每一幅都足够美好，但最终，画板一掀，什么都没留下。

马安在一篇博客里写道：他曾被家族视作平反的希望，视作重新被体制召唤的信号。为了进这扇门，吃上这碗“公家饭”，整个家族忙碌了几代，他被视作最接近的那一个。没想到，他重新被打回底层，这一次，输得更惨。

安顿有一次曾对马安说：那一年，要是我接受政委女儿的邀请，和她跳一支舞，你说我现在会是什么样？

还有一次，肖佩真当着所有人的面，对马安和马丽说：我和你小舅，如果他不娶我，我不嫁他，那我们两个过得都比现在好。她虽这样讲，但她和安顿并没有怎样，安顿开始靠一张脸，后来靠一张嘴哄住了她，再后来，脸和嘴都不管用时，他们又有了共同的信仰——肖佩真也迷上了烧香拜佛，两人夫唱妇随，比一般夫妻还和谐。“这就是我的命”，她后来常重复马丽当年那句话。

马安的中学同学，能吹善侃，遇事爱拍胸脯，见人自来熟，毕业后做过肖佩真的同事，不叫肖老师，也跟着马安一起叫妗子，叫得跟亲的似的。这同学后来考上公务员离开了学校，聚会时喝多了酒，对马安说：咱小舅，真吃不准他是个什么情况，我在机关这些年，听过见过的转业军人不知道有多少，没有一个像他这样下场的，那年我就对咱小舅说过，我和你一起去部队问，一起去北京找，我有认识的领导在那里，不信问不出个结果。可咱小舅说什么也不去，再问，他就有点生气，我也不好再管他的事了。我就奇怪了，以他当年的资历，怎么会落到现在这局面？他说是没送钱让人家顶了，不至于啊，他这个情况，最次也能分个事业单位啊，到底怎么回事？他说他去北京上访过，谁看见了？就算他真去过北京，他去北京干什么了？谁看见了？

安民在一封信里对马安说：有一年春节，我送你小舅走，他走远了，我还站在雪地里不敢走，怕他一回头，后面瞧不见人，前面也瞧不见人……很多事情你们都不知道实情，我也不是全都知道，我知道也不能全告诉你们，我只能说，你小舅根本不是你们看到的这个样子！……有空给他打个电话吧，鼓励鼓励他，叫他别放弃，我都没放弃！我相信政府还是英明的，能给他个公道，让他哼着政府好的歌谣安度晚年。

圆圆不吃肉了，出落成一个瘦瘦的漂亮女孩，还在减肥。她大学谈了一个男朋友，瘦瘦高高的，人前一句话都没有，跟着圆圆参加聚会，见面时打个招呼，告别时再打个招呼，然后就可以整个下午都不出声。安顿不太满意，嫌他像个闷葫芦，圆圆却认定了男孩——她要找一个她爸的反义词。

姥娘病危，马安赶回老家，在车站，一个陌生女人径直走向他，说：我认得你，这么多年过去了，你还像当年一样年轻。

苹果少女

01

周城的天，由宿管科统一管理，前一秒还是黑沉的夜，下一秒就天光大亮——早晨5∶45，周城中学宿舍楼的灯亮了。闹铃声四起，梦里听起来像是枪声大作；宿舍楼下大铁门也被打开，25分钟以内，全楼的女生都要从这里冲出去，抱着书、饭盒、暖水瓶，披头散发。周城中学，每天早晨都是一场起义。

二丫忍受着闹铃声与室友起床的声音，忍10分钟。5∶55，忍无可忍，二丫起床了。这是二丫每天起床的时刻，555，像哭。

假期里，二丫经常睡到中午12点，两条瘦长腿，远远伸出床外。大丫则相反，一放假回家，她的作息就特别健康，像个老年人一样早睡早起。起来了也不闲着，趴在二丫床头说：妹，今天早晨我给你下面条再打个蛋好不好。二丫皱眉嘟哝一句，蒙头又睡。

10分钟，二丫去水房完成洗漱与蹲厕所。严格说，那根本不能叫“蹲”厕所，刚蹲下，屁股还没凉，就得起身了。没有手机玩，没有姐姐站在厕所门口陪说话，这厕所蹲得，一点氛围都没有。

出门前还要简单打扫一下卫生，宿舍里四个女生有分工，赵妙菡扫地，佟亦瑶拖地，白笑珊负责把暖水瓶、茶杯、肥皂盒、洗发水这些瓶瓶罐罐摆整齐，二丫最后检查一遍，然后锁门，倒垃圾。二丫是室长，民选的。室长的职责包括：排值日，扣分后向宿管求情，每周卫生评比时上台领奖，或做检讨。周城中学有规定，每个月至少拿到一次“最美宿舍”。

6:10，二丫出宿舍楼门口，人流中看到大丫。大丫说：你去食堂买茶叶蛋，我去超市买小面包和酸奶，孟母像下见！

周城中学有一座“全世界最大的孟母像”，12.7米，是宿舍到教室的必经处，相当于机场或高铁车站的“会客点”，同学们常在那里接头。传说孟母三迁时来过周城，周城中学遂自比孟母，意为教子有方。二丫的语文老师有一次说：“孟母三迁”的故事说明，孟母是中国历史上最早选学区房的妈妈。坐二丫后排的耿思贤悄悄接话：那“断机教子”呢，是不是说明孟母是中国第一个为了教育孩子主动切断手机Wi-Fi的妈妈？

二丫的爸爸则说：全世界最大？是不是因为全世界只有周城才建孟母像？

在全世界最大的孟母像下，二丫和大丫分好面包和鸡蛋，奔向各自的教室。大丫学文科，属一级部，二丫学理科，在三级部。

6:25，二丫来到教室，教室里已经一股早餐味，大家都先把书摊开，再放心吃喝。6：30，早读正式开始，教室门被英语老师的尖下巴准时顶开。英语老师个子不高，有一张标准的“九〇后”锥子脸，却并不美，谢方婷对此有精彩评价：是像锥子，但不像脸。她走路昂头，到处举着一个尖下巴，同学们都躲她，怕被她扎着。

英语老师一进门就像赶鸭子一样挥起两臂，说：起来了起来了！全班同学就把早餐塞到桌洞里，端着课本站起来，二丫刚听到同桌徐曼柔的一句“in the hope of ...”整个教室就陷入一片朗读与咀嚼混杂的嗡嗡声中。这是英语老师的早读规矩，用她的话说：站着不犯困，我上学时就这样。

二丫背诵与“fire”有关的短语，耳朵听到的却是王容嫣和王子杰在说话。他俩把课本举到脸前，凑得近一些，王子杰说：高颜值群？这个群的名字是你改的吗？王容嫣说：是啊，嘻嘻……二丫心里一沉。昨天晚上，她和大丫把手机伸出卫生间的防盗窗，蹭了一会儿网，二丫发现班级群的名字刚改，她就被踢出了群……

大丫安慰她：妹，这只是巧合。

一抬头，英语老师竟站在身前，下巴快杵到二丫课本上了。老师说：昨天怎么没来办公室背第二单元语法？二丫心想完了，昨天课间陪肖静怡去二楼上厕所，忘了。英语老师还在说，二丫听得恍惚，只听到一句“你班主任还特意关照我，说你挺不容易的……”二丫鼻子酸一下，竟没忍住泪。

二丫和大丫离开170公里外的省城，来周城这所省重点高中借读。放在物理课上，170公里不过是一道题，“在一段170公里的路上，大丫以2m/s的速度做匀速直线运动，二丫以1.5m/s^{2}的加速度做匀加速直线运动……”可放在现实中，那是周城到家的距离。

周城其实不叫周城，读的时候要用牙齿咬住舌尖，发出一个类似俄语的音节，经常有人会读成或听成“周城”。大丫二丫将错就错，就管它叫周城，听上去比那个俄罗斯名字要高大上一点，这样，和那群省城的初中同学聚会，说起各自的高中时，她们就显得没那么土了。

第一个学期，每个周末，他们全家团聚一次，要么姐妹俩坐火车回家，要么爸妈开车来学校，一家四口住宾馆。高二以后，周期拉长为两周，不见面的那个周末，她们是全校唯一住校的学生，周五晚上，校园里黑得能拍恐怖片，宿舍楼也空得吓人，姐妹俩挤在一张床上，二丫上厕所，要拉大丫陪着……班主任所说的“挺不容易”，大概是指这一点。

二丫算是个坚强的姑娘，不像大丫，一丁点事儿，自己能把自己说哭。学校里，二丫的时间精打细算，更没工夫抒情。妈妈接到女儿来电，多半是大丫打来。手机只留了一部，大丫话多，手机平时在她手里，打电话时，她能眉飞色舞说半小时。轮到二丫时，二丫大多只有一句话：妈妈，我想你了……

周城中学占地410亩，2.7万平方米，和周城煤矿同为周城对外的金字招牌。过去市政府在市中心，周城中学就在市政府左侧，隔一道墙，现在市政府迁到南市区，周城中学也跟到南市区，还在左侧，隔一道墙。周城的经济主要靠周城煤矿，煤矿相当于市政府的儿子，傻大粗，是家里主要劳动力，但明眼人都明白，周城中学才是市政府愿意带在身边的漂亮女儿。

对二丫来说，周城中学是一间宿舍，一个教室，加上一点食堂和操场。这是她全部的世界，她每天循着“两点间最短的直线”，像时钟一样精确出现在该出现的地方。

但是偶尔地，她的秒针会出点小差错：昨天上午一二节课间，上厕所高峰期，女厕前又排起长队，肖静怡拉起她，从四楼到三楼，再到二楼，才找到一个较短的队伍。可是刚排到她，上课铃响了，二丫只好回教室，又憋了一节课。去英语老师办公室背语法的事，早忘光了。

英语老师说：哟，就说了你几句，怎么就掉眼泪了？

前排的刘诗琪扭头看二丫，嘴里还念念有词。二丫抽几下鼻子，使劲忍住泪。上周五，爸爸妈妈开三小时车到周城，已是晚上十点，他们从后备箱里搬出一台洗衣机，安在宾馆卫生间里，洗到凌晨两点。早晨二丫醒来，看到房间的暖气上、椅背上、沙发扶手上、拉杆箱的双管拉杆上，挂满了晾晒的衣服。二丫听到爸爸对妈妈说：她俩的加绒裤子，我半夜起来翻了个面，不然晾不干。

刚来周城时，妈妈看她们时间紧，水房的水又凉，就叫她们把衣服带回家洗。姐妹俩攒两个星期的脏衣服，大包小包背回家，再大包小包背回来。后来她们嫌麻烦，就等妈妈来时洗。妈妈来了，一晚上不睡觉，蹲在卫生间的地面砖上搓衣服。这样洗到第二个学期，他们才想到新办法：干脆买一台洗衣机，每次运到周城，洗一晚上，第二天再运回来。爸爸和宾馆前台商量，能不能把洗衣机寄存在这里，前台说：你们两星期才来住一晚，再说了，这么大个一台洗衣机，又不是一袋洗衣粉，往哪放啊？

7∶20，早读结束，开始收作业了,9人一组，组长先收，再分别交给各门课的课代表，十分钟内，六门课的作业都要收齐，教室里顿时作业本满天飞。二丫的化学作业本刚交给组长，立刻被程嘉威抢走了，二丫说：又抄我的？你就不能自己做吗？程嘉威就近找个空位，趴下来就抄，一边抄，一边嘴里不停：很久没抄你了好吧？我每天都换一个人抄，我很有职业道德的好吧，而且抄作业也很辛苦的好不好，难度不亚于原创呢有没有，首先我要抢到好同学的作业，抢到差的还不如自己做，然后抄的时候还要故意抄错几个，还要在题目上做些标记，留下思考的痕迹……

程嘉威在一道计算题的“2升”下面重重划条线，以示重视，又在一道选择题的三个选项上打叉，在正确选项上先打钩，再涂掉，再打钩，以示纠结：所以说，一个负责任的抄袭者，抄一次作业，工作量不亚于老师批改作业，哪能像十三班的邓义星？我们这一行最鄙视他这种人了，抄《语文同步练习册》上的范文，一字不差，标点符号都不改，老师居然没看出来，还复印了到各班里转发，丢死人呐！

7：30，第一节课开始，还是英语课，一上来就听写。就提神来说，这一招还真管用，因为要“爬黑板”，所有人都神经紧张，很多人直到这一刻才算醒透。因为这个，英语课代表蒋灵薇都有点神经质了，有一次老师刚说出一个名字，蒋灵薇就冲上讲台，全班哄堂大笑，老师也望着她，嘴里憋一口笑。蒋灵薇莫名回头，见焦云辉站在过道里，看看她又看看老师，不知道该不该上台。蒋灵薇这才反应过来——老师点的是焦云辉。自从被任命为英语课代表后，蒋灵薇就得了职业幻听症，感觉全世界都在喊她的名字，英语老师打个喷嚏，她都能听成“蒋灵薇”。

英语老师点名有规律，她会随机选择某个刚给她留下印象的同学，比如你刚在楼梯拐角和她撞个满怀，或者你今天穿了条花裤子在操场上被她远远看了一眼，都会成为她当天点名的素材。果然，英语老师开口就说：二丫。

黑板一片黑，二丫脑子里却一片白。一共说了十几个单词，叫了四个同学，每人写三个，二丫负责前三个，第一个就是unforgettable，像是故意跟她开玩笑。她想问问右边的庞俊涛，可庞俊涛正用高举的右臂挡住嘴，问再右边的姜颖诗，至于姜颖诗，她一上台就自动与最右边的秦佩仪凑到一起，都快把秦佩仪挤到黑板外面去了。为了躲姜颖诗，秦佩仪也把头扭向右边，从台下望上去，讲台上四个人都把粉笔举过头顶，向右看齐，像在对着墙行少先队礼。英语老师喊一声：都往右看什么？右边又没国旗！全班都笑，四人立刻把头低了，看自己的脚背。

结果，三个单词写错两个，unforgettable少写了一个t，admirable多写了一个e，都是老师昨天强调过的。其他几个同学也不怎么样，老师显然被气过界了，反倒收起尖下巴，闭眼叹气，没有要拿下巴扎他们的意思。二丫走过她时，她抬头看了二丫一眼。这一眼意味深长，超越中英双语，二丫一下就读懂了，意思是：下课来找我。

8:10，第一节下课，二丫没去厕所排队，直接到三级部办公室，不想曹书蕾和王健一也来了，三人相视一笑。看来，他们二位也在课上接收到了类似的眼神。办公室很吵，几个老师正放着音乐做广播操，英语老师好像也被这喜庆的氛围感染了，一边扩胸，一边愉快地说：今天的单词写十遍，明天交。出门后，王健一很高兴，说：嘿，我早料到了，刚才课上就写完了。

厕所门前排队时，二丫一直拿拇指在手心写那个单词。

8:20，铃声又响。周城的时间，由铃声统一规划，铃声一响，所有人都跑起来。二丫还没有排到，但是一听到铃声身体就收紧，好像连尿意也淡了。她跑回教室，坐下来，翻开语文课本，眼里却是一串串字母。从今天起，她决定每天把那个单词写十遍。

unforgettable，unforgettable，unforgettable…

02

姥娘递给大丫一个苹果，大丫叹口气，说：哎，我现在一看到苹果，就想找它的明暗分界线。

她正学素描，已经画了一个多月的苹果橘子香蕉梨，还有各种瓶子罐子。为了这个培训班，她差不多一整个暑假都泡汤了，每天早晨六点半就要起床，而同一张床上的二丫，有时会睡到中午十二点。

那是她一天中最艰难的时刻，这时候，谁喊她，她就冲谁发火。闹钟响了，她的一条胳膊会醒过来，准确地伸向闹钟，一巴掌拍死。

她中午十二点回家吃饭，在沙发上睡二十到三十分钟，下午在学校外面的小店里吃晚饭，晚上九点半下课，回到家已经快十点半，还想蹭会儿电视。十一点她被家长赶上床，倒头就睡，衣服都不换。

每次回家，她手上胳膊上全是铅灰，有一次连大腿上都黑了一片。舅舅笑她：人家女生考试作弊，把答案写在大腿上，怎么你画画也画到大腿上去？

高一升高二的暑假里，因为成绩不好，她开始认真学习画画，准备参加艺考。之前她零星学过几天，一直没当作主业，这次的培训班里，她属于进度比较慢的，人家都画水粉了，她还在画素描，而且是素描的最初阶段：临摹。

但是她挺自信，也可以说心宽，第一天从培训班回来，她就说：我只要文化科考到四百分，就能考上山东大学，和舅舅做校友了！大人说：可是你文化科没考到四百分啊。她就说：那我现在和舅舅也算半个校友了。

舅舅是山大毕业的，是大丫二丫心目中的前学霸。大丫参加的培训班是由山工大的老师私办的，但是租了山工大的校舍，山工大又和山大并了校，所以她拐弯抹角地成了舅舅的“半个校友”。

大人们也是看人下菜碟，哪个消沉了，就鼓励几句，哪个得意了，就敲打敲打。舅舅也常逗大丫几句，有一次吃饭，大丫很惆怅地说：哎，我现在也算一只脚踏进大学的门了。旁边，学霸二丫一脸鄙夷，不知道怎么说她。舅舅接过来说：大丫，我看你顶多一只鞋在大学门里。二丫噗嗤一声，把饭喷在桌上。

大人们取笑大丫，半是激励，半是袒护。大丫的盲目自信，则半是自嘲，半是焦虑。双胞胎总免不了被人拿来对比：她和双胞胎妹妹在同一学校，但妹妹在“火箭班”——学校总能想办法把人分出三六九等——“那你的班叫什么？拖拉机班吗？”舅舅有一回问她。她对舅舅假笑一下，没说什么。

她假笑的方式很“〇〇后”——面无表情地把一个字念出来：呵。

省城的中学好的好，差的差，姐妹俩两头不靠，于是去

了县级市高中借读。她们的模式兼有住校、走读和陪读：每逢双周，她们乘高铁回一次家，逢单周，爸妈开车去看她们。每次回到家，大丫都像方鸿渐刚刚留洋归来，大谈异地见闻、雷人老师、奇葩同学，一旦问起成绩，她立刻不言语了，或者就说：妈妈，好久没吃你做的酸辣粉了。

在家人的一再要求下，她开始陆续带一些习作回家，铺在地上，接受众人的点评。众人点评时，她躲得远远的，耳朵却听着这边。爸爸说：我看这孩子不行，干什么都不仔细，你看那个瓶子画的，毛毛刺刺的。妈妈说：我看还行啊，挺好的，我给她老师打过电话，老师还夸她呢。姥娘说：哎哟，这真是大丫画的？画得还真像呢，这个是茄子，这个是大蒜，这个是牛奶盒，我一眼就认出来了，就这个苹果不大好。

过了一会儿，大丫说：那个苹果是老师帮我画的。

每天中午午觉醒来，她第一句话一定是：下午不想去了。招来大人一顿骂后，她在沙发上垂头靠一会儿，说：那还是去吧。姥娘问妈妈：她是不是有点畏难情绪。妈妈说：没事，她就这样，平时挺好，就怕睡觉，一旦睡着，或者睡不醒，六亲不认。

她终于接到老师通知：下周一，一上课就先考试，三小时完成一幅临摹作品，通过的话，就可以进入素描第二阶段，开始画照片了。

周末，她准时病了。据她妈妈说，在学校时她就这样，一考试就生病，发烧，或是闹肚子，别人和考卷做斗争，她和身体闹别扭。而且准得很，那边一考完，她立刻好了。

这个周末，她一早开始肚子疼，向老师请了假，在沙发上蜷了一整天，睡睡醒醒，额头上满是汗，衣服湿嗒嗒贴在身上。下午，二丫做完作业，窝在沙发上看电视，把声音开得很大，大丫掀了毯子，说：你能不能安静点？你在学校生病时我怎么照顾你的？二丫说：现在是我的休息时间，凭什么不让我看？

众人劝解不下，直到晚上妈妈回家，才骂了小的，哄了大的，最后让大丫睡到妈妈的卧室里，关上门，说些女人间的悄悄话。

她还是姐姐呢！另一个房间里，二丫不依不饶。

她只比你大一分钟！隔着门，妈妈回复她。

半夜里，大丫又难受起来，爸爸妈妈开车出去，满城里买药。大丫电话打过去：妈妈，你再帮我买点“那个”。妈妈说：“那个”还有，我知道放在哪里，我回去给你拿。

两天折腾下来，她又瘦了一圈，只剩下薄薄一片身子，缀着四条细胳膊细腿，站在电子秤上，只有八十几斤。

周一中午回家，她轻描淡写地说：老师说了，我可以画照片了。

大家简单庆贺一下，没有太声张，意思是：小意思，你本来就能通过考试。

但是晚上放学时她又说：我不想学了，我觉得画照片好难，老师让我看苹果的明暗分界线，我怎么也看不出来。舅舅鼓励她：没事，找个真苹果，咱们一起看，不就是个苹果吗，不信看不出来！

第二天下午，她从微信上给舅舅发去照片，是倒着的，后面有一句话：终于画完了。附一个哭脸。舅舅下载了，旋转过来，放大了看，然后给她回消息：画得不错！我喜欢！苹果右侧明暗过渡得再自然一些，已经是很好的开端了，继续努力！

她回：还没给老师看，晚上再让老师给改改。

晚上，大丫爸爸走路去接她，为的是陪她走回来，让她锻炼锻炼。她从校门口一出来，爸爸就迎上去问：怎么样，老师给改了吗？她说：没改。爸爸说：为什么没改？老师怎么说？她说：老师看了一眼，说，挺好。

直到这时，她才谨慎地露出一点乐观。当天晚上，父女俩步行了一个多小时回家。据说，走到一半时她就走不动了，中途进了永和豆浆，喝了一大杯冰豆浆才缓过来。

03

电视里正放广告，二丫指着电视说：这是我姐的女神，佟丽娅——大丫的眉眼和鼻梁，酷似佟丽娅。过了一会儿，舅舅指着电视对二丫说：那你的女神是她吗？二丫表情很惊恐，因为电视里正放莫文蔚。

她俩是异卵同胞，长得不一样。

性格也相反，二丫是两耳不闻窗外事，大丫则喜欢瞎操心。当然也可以这样说，因为有一个两耳不闻窗外事的妹妹，所以有了一个爱瞎操心的姐姐。或者反过来说也成立。暑假里，舅舅在他们家住了一段时间，有一天上午，大丫给舅舅发来一串短信：

舅舅，我们屋厕所洗漱台上有一瓶东西，你别动它！

那上面是日文，你别误用了！

那个东西你不能用！

…………

中午舅舅才看到她的短信。他查了几条短信的发送时间，发第一条时她应该在去学画画的路上，后面几条则贯穿整个上午。也就是说，在整个上午繁忙的艺术创作中，她一直心系卫生间洗漱台上的那什么东西。舅舅回她：什么东西搞得这么神秘？放心吧我没用，我只用肥皂。

二丫才不管这些。姥娘模仿二丫的口头语，活灵活现，大致有三句：嗯？啊。噢。举个例子：

二丫！二丫！

嗯？

你今天不出门一天都在家是吧？

啊。

你姐姐中午也不回家，她在学校吃，你自己在家吃饭，饭在冰箱里，下面第二层，你自己拿出来，微波炉里热一下，热完别忘记把冰箱的插头再插上不然像上次一样忘记插冰箱的冰全化了肉都臭了水流了一地你听到了没有?!

噢。

虽然只比二丫大一分钟，但大丫挺有姐姐的样子，每次一个人从外面回来，第一句总问：我妹呢？二丫就不，二丫喜欢问：我包呢？我电脑呢？我北京买的那双阿迪达斯呢？没人搭理她，她才问：我姐呢？

开学了，二人又大包小包搬去周城。中午放学，大丫给二丫打饭，下晚自习后给二丫拎开水，二丫只管坐在床沿上，摆着两条腿等她。因为这个，大家都称赞大丫，人送外号：国民好姐姐。

周五，大丫打回电话，一听就很兴奋：爸爸，你知道吗周城新开了一家火锅店，叫肥汤，可好吃了！

大丫爸爸说：你就知道吃，你这星期学习怎么样？

大丫说：哎呀这不是刚过完假期嘛，这不是新学期刚开始嘛，我想带我妹明天去吃。

爸爸说：行啊，吃呗。

大丫说：可是，爸爸，你不得表示表示吗？

爸爸说：说了半天就想让我给打钱是吧？

大丫说：不然嘞？

爸爸说：我就知道——我刚才专门跑了一趟银行，已经给你们打上了，多打了一百块。

大丫说：爸爸你太好了，你太理解我们了——对了你以后不用跑银行，微信可以直接转账。

到周城中学的第一个学期，大丫就把周边餐饮业摸了个透，哪里麻辣烫好吃，哪里酸菜鱼地道，她全知道。

每周一次，爸爸把一周的生活费打在她们卡上，一周300块，根据周城中学伙食标准，略有盈余。不过，大丫总能把经费用足，从不让它盈余。遇上大事，比方大考，同学过生日，教师节，或者反法西斯胜利70周年什么的，还要多打100块的活动经费。

这些钱，从不经二丫的手，大丫是姐妹俩的财务总管，兼生活委员。校园里，大丫穿着妈妈的灰色半高领羊毛衫，梳着大马尾，眼睛明亮，鼻梁高挺，已经是个大姑娘。

学校门口就有提款机，大丫取了这一周的生活费，先往她和妹妹的就餐卡上充值，但并不是平分成每人150元，而是留出几十块做机动经费，这样，一星期里她们总能改善几次伙食：隔着校门的铁栅栏买外面8块钱一份的盒饭，或者到邻近小超市买牛肉脯和好吃点金牌蛋卷。

大丫很小就显露出过人的管家天赋，总能盘活手里那点钱，买回各种东西。假期在省城，虽然忙着学画画，但是晚上回家，大丫经常手里捧一些面包、酸奶、泡芙或关东煮，回来与二丫分吃。昨天的还没吃完，今天的又买回来了。妈妈教训她，断她的财源，她仍能挤出一些零用钱，置办些小物件回来。有一天买回来一排小泥人，说可以摆在妈妈的车里。妈妈背地里说她：挺好一小家庭主妇。

爸爸则说：大丫上小学五年级时，我就发现她爱买东西，有一天放学，她捧着一对小兔子回家，我问她哪来的，她说攒了很久零花钱，从路边一个农民手里买的。

爸爸对孩子的发现，总是迟于妈妈，妈妈说：她上二年级时就买回来过一只小鸡仔。

四年级时妈妈过生日，大丫给妈妈买回一个钻戒，那钻戒晶莹剔透，“八心八箭”，跟真的一样。花了一块五。

初二时妈妈过生日，大丫放学后走出好几条街去无印良品，为妈妈买了一双袜子。想想不合适，又给爸爸买了一双，花光多年积蓄。回到家，大人们反应各异，爸爸呵呵笑，妈妈教训她：哪来的钱？下次别买了，你不知道我抵制日货？

晚上，大丫到姥娘卧室，说：姥娘你今天是不是生气了，本来还想给你买一双，可是我没钱了……说着就哭起来。大丫情感丰富，二丫叹口气的事，到大丫这里就要哭一场。姥娘安慰大丫：19块一双，你不给我买还好，买了我更生气！

不过，大丫最爱送东西的人是二丫，她这些年送二丫的东西数不清：套袖，耳塞，暖手宝，露一截手指的棉手套，都是只买一副。二丫有时把手套让给姐姐戴，说：你怎么不再买一副？大丫说：你不管钱不知道，手套可贵呢。

小升初时，两人考上了外国语，二丫分数高，大丫下了本钱，送二丫一支钢笔庆祝，公爵波洛克的，花掉200块压岁钱，是大丫迄今最大宗的一笔买卖。为此，姐妹俩一直把那支笔藏着掖着，被爸妈看到了，就说：同学送的，地摊货。

去周城读高中后，二丫脸上长痘，有一两年都不肯拍照，每天拿刘海盖住额头。班里有同学家长是开淘宝店的，这同学常带些小东西来班里推销，大丫咨询了，为二丫买回一套绿豆面膜，说是败火消炎，专治青春痘。高中学习紧张，每天像打仗，二丫用过一次就嫌麻烦，丢了又怕浪费，姐妹俩商量了，转送给了妈妈。妈妈看一眼，说：我多大了？还用这个？

当然，大丫最爱买的东西还是吃的。小学、初中、高中，她们换了三个城市，每到一个新地方，大丫总能迅速摸透当地小吃界。放学回家，她常常提前一两站下车，去大润发或德克士转一圈。回家路上，大丫的三件套是：背上背着书包，耳朵里塞着耳机，手里拎一只环保袋。前两者是学生标配，环保袋是大丫独有——里面装着她当天淘到的各种小玩意儿。

哪里出了好吃的，大丫总能第一时间买回来。这些年，她用那只环保袋拎回家的东西有：美好时光海苔、上好佳薯片、可比克泡芙、牛二牛肉干、双汇火腿肠、喜之郎果冻、伊利优酸乳、旺仔QQ糖、菠萝蜜干……

大丫买回好吃的，除了分给二丫，还要请爸爸妈妈姥娘姥爷品尝。大人们虽然常说她几句，但对她辛苦买回的东西，总不好拒绝，就都配合着吃几口。这时候，大丫在一旁看着，满脸成就感。

大人吃了，顺口说：你吃了吧，味道还行。一问才知道，大丫只顾分给别人，自己并没有吃，她看别人吃的眼神中，除了成就感，还有馋，还有羞于开口。

爸爸总结：大丫买美食的乐趣，第一在于“我买过”，第二在于“二丫和家人吃过”，第三才在于“我也吃过”。

15岁，大丫二丫第一次离家，去遥远的周城念书。大丫手里，第一次有了稳定收入，每星期300块，是一笔巨款，为了把这300块花在实处，大丫从不买不该买的东西。“不该买的东西”包括：牙刷，牙膏，肥皂，润肤露，洗发水，还有卫生巾。这些东西，她们全部从家里带，所以每次回家来，她们都要补充一批物资，大包小包装满。她们连抽纸都从家里带。

来回的交通费，自然也不包括在300块中。每次回家前，爸爸在网上订好火车票，她们只负责拿身份证取票。从学校到火车站这段距离的交通费，经过她们的不懈争取，也成功归入了公费——爸爸在周城联系好一个可靠的出租车司机，预支了一笔款子，负责每次的接送。

这样，大丫可以施展手脚，好好做一个300块的预算了。

她们到了火车站，还有20分钟就开车了，她们还要跑到车站二楼的肯德基，打包两个辣腿堡，加一份吮指原味鸡。下火车后，爸爸妈妈在车站外等，她们也要先去趟车站地下一层的麦当劳——这里尤其要去，因为周城没有麦当劳——来一份冰淇淋或麦乐鸡，外加一份中薯。

她们要把属于她们的每一分钟每一块钱都用足。

所以，等终于回到家，看到姥娘备下的一桌饭菜时，她们早没了食欲，只说：哎呀，又是青椒炒蛋，又是酸辣土豆丝！

常年管钱，难免专治，大丫也不例外。假期里，妈妈带她们逛超市，二丫买东西，要看大丫脸色。二丫看中一盒费列罗，大丫一瞪眼，说：你看看价钱！二丫就放下了，噘着嘴，转去求助妈妈。

她们想换新书包，妈妈带她们去挑。小时候，妈妈买任何东西都是照方抓药，一式两份，现在不行了，她们有了自己的审美观，不愿意和人撞衫，哪怕和自己姐姐或妹妹撞。母女三个进了商场，大丫看中一个书包，买了，二丫一直没看中，就一直没买。

大丫一直记挂着这事。开学后，那个家长开淘宝的同学又带来新货色，大丫选了一款书包，本想给二丫惊喜，二丫却反问：为什么买这个书包？

大丫说：你不是喜欢绿色吗？再说了，同学家里做生意，支持一下。

二丫火了：你知不知道这根本就不是我喜欢的书包的样子，你凭什么花了我的钱却用你的想法给我买一个我不喜欢的书包？

二丫是理科生，要么不说话，一说话就是结构复杂逻辑严密的长句子，把文科生大丫问得一愣一愣的。

当晚的午夜热线电话里，妈妈轮流给两个女儿做工作。妈妈对二丫说：你姐姐买书包没征求你的意见，可能有做得不到位的地方，可她是为了给你一个惊喜，你看她管钱，觉得管钱是一种权力，可是你没看到管钱更是一种责任。

过一段时间，她们共同的生日到了，大丫想来想去，该送的往年都送过了，就给二丫买了一个小钱包。二丫接过来就放一边，说：你一分钱不给我，给我个钱包干什么？

又一晚，妈妈接到二丫气呼呼的电话，说：我算过了，这星期300块我只用了80块！——不对，那天还给我买了蛋挞——我只用了100块！——哦对了，那天还给我买了茶叶蛋和芝士条——我只用了120块！她还欠我30块！

叫大丫接电话，大丫也哭：不对，星期二我还给她买了QQ糖，星期四还给她买了牛板筋，来学校的火车上我还给她买了3D画和贴纸，我自己都没买，加上这些，300块她一共花了180块……

周末回家，姐妹俩气还未消，坐了170公里的火车，俩人也没说一句话，下了车，也没心情进麦当劳了。爸妈有事不能来接，叫她们自己乘公交，她们出了火车站，二丫先开口：你走你的，我不想和你坐一部公交车。

大丫说：你以为我想和你坐一部公交车啊，回家的火车只有一辆，我刚才是没办法才和你坐一辆火车的。

二丫说：回家的公交车也只有一辆，那怎么办？

大丫说：我先坐，你等下一班。

大丫要上车，二丫喊住她：那你把乘公交车的钱给我啊！

大丫数出两张一块钱的纸币，说：到七里河换车，一部车一块钱，一共两块——别乱花啊。

大丫先走了，二丫捏着两块钱，噘着嘴，等下一班车。

因为常年不管钱，二丫对钱没概念，对公交车也没概念，手里的两块钱，她一上车就给花光了——她上了一辆K字头的公交车，起步价两块。

她一路惶恐：接下来没钱转第二部车了，怎么办？怎么办？

错误才刚开始——她因为光顾着埋头焦虑，错过了换乘站，从七里河坐到了十三里河。

十三里河徒有其名，河早没了，只剩一片荒野，四面尘土。二丫站在十三里河，身无分文，手机也没有。天快黑了，不知道家在哪里，天底下只有二丫和二丫身旁一棵老榆树。榆树枝抖一下，起了风。二丫鼻子一酸，忍住了。

当天晚上，大丫遭到了全家人的轮番批判。大人们发动亲朋，兵分多路，满城找二丫，连姥娘都出动了。大丫被一个人丢在家里，哭着，看着姥娘的一桌热菜，一点点变冷。

团雾与横风

01

大姑七十七岁，眼睛仍能用，下午五点，天色暗沉，我一进院，她就在屋前喊我的小名。我夸她视力好，她却直接否认，把左眼球歪给我，拿手指着说："看见了吗，瞎了！"——其实是长了息肉。来时路上，我爸给她打过电话，她知道我要来，自然能一口喊出我的名字。当时我正开车，我爸和我妈坐后排，我爸翻出大姑的号码，举着手机问："你大姑要是问起你的事，怎么说？"三人正思考，车身猛一颠，我爸手指杵在屏幕上，拨了出去。还好大姑没问。

这次回乡，我们从省城到农村，历经各种路况。进村这一段，柏油一粒不剩，黄土也快被车轮、鞋底和风搜刮干净，露出遍地锋利的石尖，车子像被石尖一个一个托举过去，速度降到最低，仍摇晃得厉害，人坐在车内软皮椅上，几乎能感到轮胎被反复割轧的疼痛。从县城进镇这一段也不太平，乡道上不断跳出各种稀奇古怪的交通标识，感觉把考交规时的错题本又复习了一遍，"前方易发团雾"，南宋大桥上有这样一句，然而前方什么都没有，我当时还想，下了车要上网查一查，团雾究竟是什么雾，结果一下车就忘了。

当着我的面，大姑反倒会出错。我洗完手，大姑递给我毛巾时，脱口喊我"柱儿"，是我一个堂兄的小名，喊完自己也不好意思了。五妮一旁圆场，说她娘喊她，有时要把大姐二姐三姐四姐的名全喊一遍，最后才轮到她。

大姑个子高，年轻时得有一米七，那年代简直是女中巨人，现在膝盖微曲，背基本不驼，站在屋正中，仍能挡一大片光。才五点多，屋里就黑乎乎的，东西都放在地上，所有人都把腰深弯下去，埋在自己的影子里，撅着屁股做事。大姑一头白发，倒比灯泡还亮些。灯泡昏黄，亮不过一支蜡烛，屋内陈设本来就旧，一打光，更怀旧了。就这样，据五妮说，晚上看电视时她娘还要关掉灯，儿女们吓她，说这样真要把眼看瞎，她不听，觉得电视屏幕自带光了，不用再开灯，看电视属纯娱乐，不比干活儿，可能也不配开灯。

很多年前，我大姑夫还在时，我妈有一次晚上去他们家。他们正坐屋里剥花生，黑着灯，只开一个电视——五妮讨债要来的彩色电视蒙着布，只开黑白电视——夫妻俩借屏幕微光剥花生，靠声音辨别对方位置。我妈加入进去，声音关系就有些复杂，她帮着剥一会儿，实在受不了，站起来说：“姐夫，能打开灯说话吗？憋得慌！”

我们一家三口进到大姑屋里，第一感觉也是憋得慌，说话做事，心里没底，拿拿放放，手上没准头。五妮说：“说了好几回要给她换个亮点的，她不叫换。”大姑说：“我寻思亮的不得费电吗？”我说：“大姑，现在有节能灯，只能更省电。”大姑不大信，我也不解释，悄悄出了门。村子里冷清，一路遇不见人，连个活物都没有，树枝都不动，叫人怀疑三天后的春节能不能按时到来。主路上有一家小卖部，我进村时看到过，推门进去，还是没人，一排砖砌的柜台，货架空着多半，中秋节的月饼广告还没撤，喊了几声，内院里搓着手跑来老板。买了一个12瓦的节能灯，老板当场试了，说灯泡要是坏了，还能来换。我问最长多久包换，他倒说不出来，只说别用得太旧就行。是个红脸的汉子，说最后一句时面带歉意，好像本该无条件地换。回到大姑家，拧上新灯泡，一开，白光怒射，照得满屋人都笑。我给大姑读包装盒上的说明，“节省90%的电”，她听了，迟疑地点头。趁她不备，我偷偷把旧灯泡扔掉，怕我们一走，她又换上旧的。

大姑夫还活着时，在村西边包一块地种菜。地旁胡乱盖一间小房，四周插上枝条，拢上拉拉秧做围墙，和大姑住进去，一住十几年。我小时一直以为那菜园就是大姑的家，觉得大姑家比别人家都好，院里有各种果树，鸡鸭牛羊，物种特别丰富。大姑夫死后，大姑先在儿子家暂住，等老房重新挂了瓦，就搬回去独住，直到现在。这间老房还是土坯做的，里面看则像是纸糊的，因为墙上糊满历年挂历和报纸，一期一期能追溯到上世纪。地面也是土的，洗菜水、洗脸水、抹布拧出的水、喝剩的茶，都泼在地上，慢慢渗进去，也能减少些扬尘。屋门口支一个铁炉子，烧水、做饭、取暖都靠它。床边放一张桌子，桌面边缘已烂，像被什么恶兽一口一口啃掉的，露出底下的木支架和抽屉一角。电视机就放在这张桌子上，屏幕冲床。

大姑坐在床沿上，像是对屋里突然挤满人感到不知所措，她两手搁在腿间，掌根对在一起，十指蜷曲、抖动着，已无法合十。她系一条鲜绿的碎花围巾，绿得像刚从地里拔出来的芫荽。大姑屋里色彩丰富，她的绿围巾之外，还有地上天蓝色的脸盆，砧板上红色的塑料舀子，桌下绿色的暖水瓶，以及墙上福字的大红底。

我坐在大姑旁边，好好地看了她一眼。她并没有更老，七年前她就老了，或者说从我记事起她就一直老着，因此没法变得更老，反倒是年轻人像是手挽着手，喊着号子，一步跨入中年，没有一个人落下。夏天时我在上海，听我爸给我妈打电话说大姑病重，听那语气，好像大姑快不行了，很快我们就得收拾东西回去参加她的葬礼。然而此刻大姑就坐在我面前，说话声仍然洪亮，拿东西时动作有力，老归老，但老得很安全。然而这安全期能持续多久？她毕竟是七十七岁的人了，以我们六七年见一面的节奏，下一次见面……我看着大姑，一时有些出神。

大姑注意到我在看她，也扭头看我，憨笑一下。我们并不太熟，我小时大姑没有带过我，我们隔几年才见一面，身边总是伴着很多人，真正一对一时反倒无话，对我来说，她只是庞大亲戚阵营中的一位长者。然而四十岁这一年，那种古老的基于血缘的亲情从体内深处泛上来，成为一种新的、公开的情绪，所以这一次，当我爸妈商量年前要不要回一趟老家时，是我主动站出来，说：“回吧。”

然而老家在哪里？是我自小长大的周城，还是我爸的老家沟涧，或是我妈的老家石楼？我爸和我妈商量半天，结论是哪里都回不了。以沟涧为例，我爸说：“回沟涧，肯定得先去他亲大爷家，去了就得吃饭，不吃饭他能放咱们走？这样小半天就过去了，那他亲大爷家去了，他大叔二叔家能不去？他亲二姑家能不去？好，这几家要是都去了，那他三奶奶家呢？家里就剩下这一个老的了，就不到她那里站一站？事后让她知道了，她会怎么说？可是如果去了他三奶奶家，那后村……”这样算下来，单沟涧一地，没有两天时间走不出来，这样的话，夜里住宿就成问题，马上过年了，时间也紧迫，总不能走亲戚走到年根，而且如果去了沟涧，那石楼就不去了吗？我爸和我妈两边，凡事总要平衡一下，可如果去了石楼，石楼同样有一整套人马等着，去一家就要去所有家。时间之外，还要考虑费用，每家一百块钱的猪肉、一箱奶、一盒茶叶……爸妈越算越不敢回去。

我妈被派过来和我商量：“我们理解你的心情，平时离得远，过年回家一趟，总想回老家看看，可是……”我早听到他俩嘀咕，说：“哪有那么复杂？不就是回去看看吗？要不这样，两边各选一个代表，你这边，去我二舅家，他家不是包了蔬菜大棚，住在村子外边吗？去他家动静小，惊动不了其他亲戚，他刚做了大手术，看看他也应该；我爸那边，就去我大姑家，她家离沟涧也有一段距离，真要传话，也得传一段时间，不至于马上就有意见。而且还有重要一点，他俩在同辈人中都算年纪大的，身体都不好，去了他们家，就不去别家了，别家要说，让他们说！”

我们终于商定出发，根据导航规划的路线，第一站到了大姑家。

众人都落座，才三两句话，大姑就扯到了过去，放在平时我爸会拦她，今天我在，我爸就由着她说，还主动贡献些素材。我几乎插不进话，但所有的话都像是说给我听的。大姑说："我十九出嫁，家里一滴子油没有……"大家都驳她，说那时穷归穷，不至于一滴油都没有。大姑说："老少八张嘴，那点油够干什么的？"转向我，"你知道吧，人三天不吃油，眼珠子都转不动！"大家就笑她，说眼珠子又不是靠食用油润滑的。我后来琢磨，这事也合理，三天没油水，哪有力气转眼球？

大姑说话好夸张，不是为吹牛，是为了示弱，她有六个子女，但她享受不到六倍的福，正相反，她知道一件事哪怕再大声地吆喝出去，也要被他们除以六，最后变成蚊子哼哼，不痛不痒的。她因此总是提前把痛苦加大几分。

今年夏天，大姑生了痢疾，拉拉停停几个月，一直好不利索。我爸打电话给她（她有一个只会接不会打的手机），听她诉苦："五个月了没吃一点东西！"其实是吃了就拉，人也没胃口，但话一出口就成了五个月没吃东西。我爸说："五个月没吃东西了你怎么还活着？"姐弟俩，一个喜欢夸张，一个擅长噎人，原本是弟弟问候姐姐，结果没几句话就吵起来，两人都气得不行。“你别管我了！我好了！”大姑最后说。挂了电话，我爸马上打给我妈——那时我爸在济南，我妈在上海。两人在一起时，我爸总是不信任我妈的药方，怕误了他去大医院就诊，真分开了，一有点头疼脑热的，我爸立刻致电我妈，对她的建议言听计从，特别遵医嘱。不但如此，还常给我妈介绍病号，身边人哪里不舒服了，立刻大包大揽，打电话让我妈远程会诊——电话接通，我爸说：“他大姑不好，拉肚子好几个月了，和我上次一样，你快点给她也开个方。”我妈说：“药方能随便开？拉肚子成千上百种，我人也没见到，就凭你一句话就敢开药方？”我爸说：“要不你给他大姑直接打电话？——不行，她说不清楚，又好虚话，又聋，这种事，你不如打给大妮二妮她们问问情况。”我妈只有三妮五妮的电话，打给三妮，三妮说：“我娘不是好了吗？我上次见她已经没事了，不过我也一个多月没回娘家了，四妮刚回去过，我给你四妮电话，你给四妮打吧，这种事我就不在中间传话了。”打给四妮，四妮说：“具体症状我也说不清，就知道是拉肚子，临走给她开了两副药，不知道她熬了没有。”打给五妮，五妮说：“四妗子，我一听就听出你的声音来了。我今年一直在烟台呢，我不知道啊，我问问我哥吧。”五妮打给她哥，闯了祸。

五妮的哥，小名叫作“银行”。银行就住本村，已经睡下了，挂掉五妹电话，立刻披衣来到他娘家，劈头盖脸就是一顿数落：“我不给你看病了还是怎么？我不管你了还是怎么？怎么你拉个肚子还闹得这么多人知道？传出去叫人家怎么看我？前年因为你腿摔着，一刹儿没看见你就电话打出去，济南的都知道了，这回更好了，上海的都知道了！”

银行说得没错，从传播学角度看，这事确实扩散得太快太远了，按行政级别排列，这事的传播路径是：营里村（大姑、银行）——楼德镇（三妮）——周城市（四妮）——烟台市（五妮）——济南市（我爸）——上海市（我妈）。一小时之内，历经村、镇、县级市、地级市、省会、直辖市，差一步就到中央了。

银行说：“你是不是想闹得中央都知道？”

他娘也委屈：“你四舅给我打的电话，问我身体怎么样，我能不和他说说？我哪知道他紧接着就和你四妗子说了你四妗子又……”

这一夜，我和爸妈把回乡首站选在大姑家，一是看望大姑，二来也要趁大家都在，把这事重新捋一遍，澄清一下各方的好意。晚饭吃到一半五妮提前走了。大姑不喝酒，饭也吃不多，很快也坐到一边投炉子。银行和我爸妈碰完一杯酒，就说：“四妗子，都说我不管我娘”——我妈和我爸赶紧摇头否认——“都说我娘就指着五个闺女给钱，是，五个闺女是给钱，一年给两回，过年一回，过生日一回，一回五十，并且给钱就不拿东西，拿东西就不给钱，一年下来，撑死千把块，剩下的，不都是我的？”

关于银行的孝与不孝，一直以来都有两派观点，比如我爸和我妈——他俩反正在所有事情上都扮演正反方——我爸心疼他姐，总觉得银行不够尽职，舅看外甥，本来也鲜有满意的时候；关系远一层，看问题就超脱一些：我妈则认为，撇开大姐的浮夸与外界的不实传言看，银行这些年表现算不错，没有特别说不过去的地方。他和他娘虽然早分了家，毕竟还在同村，一碗汤的距离，日常监护与照料是少不了的，柴米油盐鸡鱼肉蛋，很多时候也打统账，这些都很难用钱去衡量。至于钱，用银行的话说：“一个农村的老嬷嬷，快八十了，只要不得大病——要钱干么？！”

银行与他娘在母子关系之外，也有两性间那种古老的敌意。大姑夫去世那年，银行已生二胎，他来我们家，曾对我爸妈咬牙总结道：“我爷的死，一半是我娘唠叨的。”

这又是无法取证的一半。且说说另一半吧：

另一半与菜园有关。大姑夫后半生都献给了那个菜园，六十六岁还爬到果树上剪枝，结果摔下来，洋镐尖插进肋骨里。他让大姑给他简单处理一下，继续下地干活儿。银行来了，大姑夫左臂夹紧，斜靠在椅子扶手上。银行说：“爷来，不冷不热的，你出的什么汗？”大姑夫抹一把额头，说：“多咱出汗了？”银行说：“哪不得劲？”大姑夫说：“得劲，怎么不得劲？”站起来走两步，让银行看看。他怕被儿子看出伤，剥夺了他的劳动权，在他的眼里，伤病算什么？老人总要燃尽自己，不给小辈添麻烦。后来等银行发现，大姑夫脏器已感染，医院都不愿意收了，打几天吊瓶就放他回家静养。“最后三天，我一直把他揽在怀里……”银行说。大姑夫最后死在儿子怀里。

那时电动三轮车刚发明，价钱不便宜，村里偶尔看到一辆，动静不大，跑起来贼快，倒车时，全村人都听得到那个洪亮的女声，“倒车请注意，倒车请注意”。大姑夫最后的愿望是骑一骑电动三轮车。银行听了，二话没说买回来一辆。大姑夫挣扎着起来，坐上去，银行坐他旁边，一手揽着他，一手帮他掌着把，菜园里兜了半圈，回来就躺进银行怀里，再没起来。

出殡那天我爸赶回去参加，作为回礼，事后银行要来舅舅家答谢。那天我妈略备了些酒菜，银行一杯下肚，眼泪就一大颗一大颗地从眼角鼓出来，砸在饭桌上，我还记得他伸出短胖的五指，像摁住泉眼或迸裂的血管似的，轮番去摁两只眼睛。

记忆中，大姑夫是个耿直汉子，不会讲话，一开口就急，露一嘴豁牙，眼球也突出来，其实是为口拙心焦；挺粗鲁笨重的一个人，嗓音却尖细，是因为讲不出漂亮话，只好用高分贝，“你吃啊！你再吃啊！”“你多拿点！你看看你怎么又放下了？你都拿上！”他的高音都用在送人东西、劝人吃饭时。他是一个漫画中的人物。然而刚才，听大姑讲过去的事时，有一句话让我心里咯噔一下，“……你的事，我也不敢问你，怕说错了话，你爸爸和你妈以前来，说起你的事，我也不敢多说，说多了他们都熊我，我十九出嫁，家里一滴子油没有，你大姑夫还打人……”

大姑夫眉骨高，眼窝深陷，鼻梁坚挺，像外国人。不说话或者独自干活儿时，脸上是一副凶相。上大学时，我给杰克·凯鲁亚克画过一张像，画完一看，不像凯鲁亚克，倒有点像大姑夫。我给那幅画取名：我的大姑夫凯鲁亚克。

02

大姑一家，高峰时老少八张嘴，大姑大姑夫外，还有五女一儿，银行是那唯一的儿子，生在当中间，上头两个姐，底下三个妹。大姑夫去世后，银行是家里主事的，如今也是做爷爷的人了，见了面，我爸我妈都叫他“外甥”，不再“银行银行”地叫，我也叫他表哥，他叫我表弟，都不再提名，感觉更官方，也更生分了。

我一直不知道银行的大名叫什么，隐约记得他姓汤。回来路上我问我爸，我爸说他叫汤笃财。笃财，倒有几分古意，“银行，字笃财”，也十分贴切，只可惜不能叫他笃财兄。小时候，我总觉得“银行”这名字太好笑，班里如果有人叫这名，一定被人耻笑，可实际上这名字在村里很主流，我还有一个堂兄，儿子出生后，全家给他取名字，就有人说："叫银行吧。"大家都觉得这名字不错，正要采纳，有人说："不行，营里村咱大姑家的表哥小名就叫银行，小孩子哪能和长辈重名？"又一人说："不能叫'银行'，那叫'光钱'吧。"大家又拍大腿叫好，一长辈怒道："胡来！后村你五姥爷就叫'光钱'！"

银行住本村，离得不远，我们一到，我爸就央人打电话叫他来，因为舅舅来了，不第一时间通知外甥，是对外甥的不尊敬。我买灯泡回来，银行已在灶下做菜，站起来和我握手。他穿一身藏青色棉袄棉裤，棉袄袖口明晃晃的，前襟有点短，一抬手就露裤腰，裤腰那里一层一层，缠缠绕绕的挺复杂；长了一个肉头，总低着眼说话，看自己或对方的手；低头那一瞬，眼睛和腮帮子像用松了的零件那样耷拉下来，显老了；走起路来有些摆，好像全身的肉很难协调，才五十三岁，前段时间腰腿疼到下不来床，叫镇上魏嬷嬷给念叨了，贴了几帖膏药才见好。

他接过我的灯泡，伸手就拧头上的灯，我说："当心！先关了……"他的手已经烫了一下，回身拉一下灯绳，再拧灯泡，还是烫，然而烫着烫着就拧下来了。

五十三岁的银行喝上点酒，竟成了乡村的演讲与口才家，在舅和妗子面前，就一直说妗子好话，"我这辈子就服仨女的，一是我四妗子，二是我大娘，三是……"。我妈这天来，一路上因为引错了路，和我爸饿，被我训，连导航里那个口齿不清的男人都笑她，“坦率地讲您已经偏离了路线……”。这时听了银行的话就特别高兴，喝了几盅酒，与银行聊得火热，把我爸冷在一边。后来我们第二站去了我二舅家，二舅就一直说我爸的好，各有一大堆素材佐证，都是三四十年的史料，叫现代人无法反驳。“……四妗子是有文化的人，说话办事的，叫人佩服，和家里人就是不一样，气质又好，你说我为什么那么愿意和我四妗子说话？”银行自问自答，叫别人插不进话，别人不说话了，他又逼着别人说，“你说我说得对不对？在理不在理？”。别人不点头，他就一直盯着对方，直到对方就范，整个席间的话题始终在他的逻辑笼罩下，我爸每要插话，银行就举起酒杯，“喝酒！”。一口下去，大家都辣一下，话题又回到他掌控中。

他带来两瓶白酒，瓶身绿色透明，光溜溜的很少包装，一眼就看到里面的酒，也绿油油的。那晚回去路上，我妈说：“那酒，我都不敢叫你多喝，也就十块钱一瓶——还能退两块钱的瓶子。”我爸说：“嗐，真是，十块都不到。”又朝我的方向说：“农村的人，十块钱的酒就算不错了，不喝不合适，咱们陪着他少喝一点就是。”但是在现场，他们喝完一瓶，又开了一瓶。

银行嫌大姑做的纯肉丸子不好吃，所以还带来他家自制的丸子，大家每人夹一个，咬一口，都叫好。银行没夹，他等别人叫完好，就开始讲解配方和做法，这丸子配方大胆：

四斤蔓菁一斤肉。蔓菁切细了，裹在纱布里，放洗衣机里甩干——我妈听到这句一愣，嘴里停止嚼，银行赶紧说：“四妗子你放心，洗衣机事先洗干净了，再说蔓菁是往外甩不是往里甩，有什么脏东西也甩不进去。”——再掺上肉末，放油盐和材料面，细细地和匀，然后一手心握住一团，手掌虚拢着，两手不停互碰，团成溜圆，一撒手，滚进白面里，沾一身粉，下锅煮出来，满满拾一圆盘，光看样子就知道好吃，隔着勺子都能感觉到韧劲和弹性；汤也鲜，每人分个小半碗，扔几片芫荽叶，就馒头吃光。

这顿饭因此有两盘丸子，另有一盘芹菜炒肉，一盘芫荽炒肉，一盘蒜苗炒肉，一盘青菜炒肉，一盘炸藕盒，一盘卷尖（春卷），其中四个炒肉长得很像，炸藕盒和卷尖很像，两盘丸子更是一样，所以从空中看下去，这顿饭好像只有三个菜，分装在八个盘子里。吃到一半时又加了一个排骨，排骨上桌后，大姑起身从橱里端出一小碟黑硬的咸菜，摆在她身前，凑十个。吃到最后，银行的丸子全吃光，大姑的丸子基本没动，排骨、藕盒和卷尖各吃掉一小半，四个菜炒肉只吃了些菜，肉都剩着。肉是从同一块肉上切下来，一起配好的，连形状都一样。

我们吃一口桌上的菜，就扭头去看灶上的排骨，叫五妮千万少放盐。大姑家的菜有名的咸，人称“盐爪子”，大概是形容菜咸到锋利，挠人口舌。小时候我和我姐都害怕在大姑家吃饭，这次来了，大姑不敢自己放盐，叫银行和五妮放，确实淡了一些，还是咸，其中纯肉丸子和卷尖最咸，一问，原来卷尖也是大姑之前做好的。

银行的媳妇也就是我的表嫂——那盘好吃的丸子应该是她的作品——这一晚并没有来。银行端着一碗丸子、拎着两瓶酒进来时，五妮就先问：“我嫂呢？”大姑也问：“蓉儿她妈呢？”我妈则说：“外甥媳妇怎么没来？”到了我爸，直接要把银行拦在门外，“快回去把他们都叫来，不行让你表弟——你表弟出去了——不行我去叫！”。

我拿着灯泡回来时，他们已就这个事情达成共识：表嫂来不了，她正病着，还要照顾一个更重的病号——银行的儿媳妇生了红斑狼疮。

儿媳妇过了年才三十岁，两口子原本在昆山高新区打工，十月一确诊后就没再去，如今钱财快要散尽，病也治不好。我进门时，他们正低头围坐在铁炉子一周，铁锅里正炸藕盒，热油嗞嗞啦啦地响，五妮把藕盒裹了面糊往油里放，银行执筷翻腾，我爸和我妈一声声叹息，一声低过一声。即使一屋血亲，话题也总要分出层次，每件事都有它的忌讳处，我算稀客，又是现场年龄最小的一个，因此总也进不了最核心和隐秘的话题，我推门进来，银行就止住话头，将筷子交到左手，站起来与我握手。他们至今对外隐瞒生病的事，怕人家当成遗传，误了孙子未来的婚事——银行的孙子，过了年四周岁，再有二十年就要结婚了。

银行握着我的手，大声笑说：“你表侄女……”我脑子里快速搜罗，表侄女是什么关系？“你表侄女还在网上关心你的——那叫什么来？微什么？微博？对了，你表侄女还挺关心你的微博来你知道吧？”我想起来，微博上确实有人给我留言，称我表叔的，我一直没好意思问她是谁，应该就是这位表侄女，小时候见过她，那时她还是个娃娃，鼓着两个红脸蛋，眉眼俏皮，出生时电视里正播《射雕英雄传》，郭靖每晚蓉儿蓉儿地叫，听得人心里暖洋洋的，他家也是兄妹俩，就给她取名叫蓉儿。银行说，蓉儿已经找了女婿，来年五一就成婚。

这一喜一忧两件事，让银行两口子快要招架不住。离开的路上，我妈在后排冷不丁说一句：“弄不巧，两件事赶到一起。”我爸和我半天没反应过来，等反应过来，我爸就说：“你不知道，银行说了，就是有意要冲一冲喜。”我妈说：“冲喜有这样冲的？再说这个病能冲得了？只怕到时候要两头顾。”离开亲戚的路上，他们总要点评一番，互相补充些细节，最后感慨一阵，才算收场。亲戚家估计也这样。有时都过去好几天了，还有人突然提一句，其他人再搭几句，又要聊上半天。除夕那夜，一家人正热闹，我爸就突然叹气说：“你看看，那晚在他大姑家，怎么就忘了问问五妮在哪过年？”说了好几遍，我妈就说：“问了也白问，咱又不能叫她来这里过，估计就是在群租房里自己过，他大姑肯定去银行家过，五妮不能去，他大姑去儿子家过年合适，五妮去她哥她嫂家过年，算什么？”

却说这一夜，我爸妈在车上聊完银行的儿媳，又聊起银行的媳妇，究竟生了什么病，重不重，问银行，只说没事没事，叫他们没主意，重，就不分什么老辈小辈，总要去看看，不重，那为什么不来？照顾儿媳妇？儿媳妇这个病是能照顾好的？已经这样了，又不是离不开人，差这顿饭的工夫？我爸觉得他这边的亲戚他理应有解释权，也更有维护的义务，于是苦心搜罗了新素材，补充说："弄不巧，她是不好意思来，我听他大姑不小心透出一句，好像又出了什么事。"我妈说："你又张冠李戴，疑神疑鬼的，我知道你说的他大姑哪句话，哪有什么不小心透露，她就是明说的，但是她说的是三妮家的事，你又听成银行家的了。"

银行的媳妇，我的表嫂，这些年其实一直不太在人前露面，但我妈平时与人讲起"勤俭持家，会过日子"，总要拿她举例。表嫂生得粗眉大眼，总穿银行穿旧的一件灰色中山装，戴着套袖，头发间夹着没摘净的稻草还是棉絮，好像知道自己特别上不了场面，因此总是避着人群。这当然也和她的工作有关，她的工作是拾破烂，或者用银行的话说叫"拾荒"——银行这二年学了不少新词——每日围着破烂转，当然就离光鲜的人群远。一开始是村里有人出去拾，大概拾到了甜头，于是一个带一个，大半个村的妇女都出去拾。破烂总是有限的，拾的人多了，就有点拾不着，于是该拾不该拾的都拾，还是不够，就越拾越远，拾到周城。我读小学时，我妈在周城制衣厂上班，下了班经营小卖部，晚上干到很晚，白天一上缝纫机就瞌睡，裤线缝到裤兜上，穿上后手插不进裤兜，大腿却露肉，遭车间主任投诉，厂里让她另选工种，她选了“经济民警”，其实就是厂里保安，因为保安值夜班时可以两张办公桌拼在一起，躺上去睡觉，不耽误白天开小卖部。虽然只是保安，但是周城市公安局也统一给发一身制服，跟真的一样，也有肩章，只是肩章上没有星花，用我妈的话说，穿上这身制服感觉“狐假虎威”的。这天我妈穿一身公安制服在厂门口传达室值白班，表嫂弓着腰，背一个比她身体大几倍的编织袋过来，袋里装满塑料泡沫和压扁的纸箱子，两人一打照面，都吓一跳，我妈说：“这不是外甥媳妇吗？你怎么……”表嫂也诧异：“这不是四妗子吗？你怎么……”互相说了情况，我妈就拉着她说：“快放下，进来喝口水，食堂一会儿开饭，我给你打饭去。”表嫂身子往外撤，脸上表情也往回缩，我妈知道她的意思，说：“怕什么？咱又不偷不抢的。”表嫂低头悄声说：“四妗子……怎么不偷？……”我妈心一紧，想起市局发的通知里，确实提到这样一群人，正是近期防范重点，她和她，娘俩穿成这样站在厂门口，里应外合的，让人看见，还真是说不清。我妈后来看她驮着大袋子离开，很快就只看见袋子，看不见人，心里不是滋味。下班回去，和我爸说起此事，我爸说：“嗐！你当他们真拾破烂？拾破烂能拾几个钱？都是打着拾的名义偷，进了厂子，见什么拿什么，我们建筑工地上的螺丝、钉子、三角阀、弯脖儿这些铁头子，三分钱一斤，都叫她们拾了卖了，吊车她是不会开，会开也叫她们开出去当废铁卖了。知道为什么都是妇女拾，男的不拾？妇女让人抓住了，怎么说也不会打得太重，男的抓了，照死里打！”果然，过一阵就传来消息，说表嫂让人打了，当男人打的，打得不轻，住了院，但是一出院又出去拾。儿子还要上学，还要盖房，还要娶媳妇生孩子，她刚拾起来，放不下。

我印象中，银行和表嫂从未在我面前同时出现过，更像一对传说中的夫妻，银行这样会讲话的一个人，言谈间却几乎不提媳妇，不像我平时社交场合中常见的那些男人，将太太夫人挂嘴边，为自己的人设加分。银行和表嫂更像一对打工组合，这些年村里成年人都外出打工了，银行一直在家，别人问起，他就说：“你嫂常年不进家，我再出去，谁管家里？”我爸退休后返聘，在济南做监理，工程队招人看仓库，没什么重活儿，每天就坐那里，到点开门，到点关门，有人拿货，本子上记一笔，一个月给两三千，过节加倍，还管饭，我爸极力保荐银行，银行来了，坐到第三天下班，收拾东西就走，到了车站才给我爸打电话，说他腰腿疼得厉害，撑不住了，得赶紧家去，气得我爸挂了电话就打给我妈，赌咒发誓地说：“以后我要再管他的事……”我妈说：“他腿疼也没办法啊。”我爸连发三问：“他腿疼有我疼得厉害？他腿疼就家去？家去就不疼了？”我爸那阵正腿疼，他戴着安全帽爬楼，一条腿突然拔不动，他蹲在楼梯拐角假装系鞋带，系完一只系另一只，等身边同事走没了，再拉着扶手把自己一点点挪回去——他怕老板发现他老了，不要他了。我爸穿着打扮、说话做事，一切都围绕一个宗旨：证明自己尚有劳动能力。年前流感，他难得也中了招，一把把流鼻涕，请假去医院看了，拿了药，医生嘱咐他回家多休息，他到了我姐家，在床头上靠了十分钟，想在哪流鼻涕不是流？穿衣起床出门，用老年证免费乘两小时公交车，到工地监理办公室去流鼻涕。请假时老板多说了一句，“这两天工地没事，不行在家多歇两天”。他分析老板话里有话，万不能在他手里落了把柄，于是又从办公室出来，工地上兜两圈，一路擤鼻涕——这样爱岗敬业的一个人，哪能看得上银行？年纪轻轻的，怎么就腰酸腿疼了？就是懒！这次回乡，银行见了我爸，不提上次那事，只是大赞镇上魏嬷嬷膏药好，会念叨，我爸听了不说话，只鼻孔喷气。

银行一直不离家，还因为他有手艺，他年轻时就是木匠，每天在自家院里研究木材，一星期打一张八仙桌出来，拉到集上卖掉，回来再研究，一个月打一套大衣柜出来，拉到集上卖掉。我上小学时，我们家把持周城市长途汽车站的零售业，车站门口一左一右俩小卖部，全是我们家的，开“自家与自家竞争实则左右通吃全面垄断”商业模式先河——右边一家更红火，有一年，右边这家一夜更换门庭，由封闭式铁皮屋变成全木制半开放式小超市，中间一根大梁三根立柱，没有外墙，玻璃斜面柜台直接露在外面，全部卯榫结构，不用钉子——就是银行的作品。我爸把银行叫来周城，关在家属院一楼后院里，给他画上图纸，叫他一五一十照着做。做好之后，爷俩运到车站，连夜组装，上半夜装好，下半夜摆货，没误了第二天早晨开张。

外人都称赞银行手艺好，爷俩配合也好，实际施工现场可不是这样，我爸嫌银行榆木脑袋看不懂图纸，银行说他在家打八仙桌从来不用看图纸，我爸下班回家，看到后院满地刨花，问银行锛子在哪，银行就钻刨花里找，结果被我爸狠狠教训。我爸是那种任何东西用完都要放回原位的人，暖瓶把手都要朝一个方向摆，为这个和我妈吵一辈子架，外甥这样马虎，他自然要行使舅舅威权，他而且说话刻薄，不给人留情面，年轻外甥听了，脸上也挂不住。三十年后的这一夜，爷俩在饭桌上聊起此事，银行还耿耿于怀，这一年，舅舅老了，外甥也半老，所以舅舅说话也要试探着，我爸说：“锛子一头方一头尖，要是尖头朝上埋刨花里，你穿凉鞋踩上割了脚，你说我心疼不心疼？”

我爸当年叫银行进城，一是小卖部改造急需，二来也想借机看看他的手艺，给他在城里谋个差使。小卖部还没造完，他已经给公司木工队队长兼老乡送去两条大鸡烟，敲定了此事，让银行跟着他干临时工，找机会转正，从此就算进了城，换了身份，也改改他们家的穷底子——银行居然不干！我爸做好事讲究先不吱声，总是背着人偷摸干好了，找一天突然宣布，为一个轰动效应，因此，银行的拒绝就更出乎他意料。银行也有理由，他说：“镇上做家什的，我数一数二，到了城里连个小拇指头都算不上，还得受人管，还得看图纸，还得按点上下班，我图么？”仍然回到村里，一星期打一张八仙桌，一个月打一套大衣柜，拉到集上卖。我爸气得说：“以后我要再管他的事……”

没过几年，木工界大变天，三合板、刨花板、拼接板、颗粒板、细木工板一个个问世，和这些新式家具板材相比，银行的活儿又慢，又笨重，款式又难看，还贵，他又不愿学新的，直接就出了局。先在村子里就近找点零活儿，遇上什么干什么，后来慢慢开始学着贩粮食，拎着秤在各村转悠，从农户手里把余粮收起来，再统一卖给镇上粮站或大的粮食贩子。这行当也不好干，为了抢好粮，有时候一块钱收，一块钱卖——利润全在秤上：在秤盘底下粘磁铁，在刻度上动手脚，提秤时小拇指像魔术师一样隐蔽地抵在秤杆上……银行掌握了一百种缺斤少两、欺上瞒下的伎俩，也练就了一副好嘴皮子。他自小被两个姐三个妹伺候着，不愿干那些下死力的活儿，总要有些技术含量才肯上手，贩粮食看着轻省，可耍完秤杆子和嘴皮子，总还要搬上搬下，身子又沉，腰腿就落下毛病。

这一夜，说完大姑的病，儿媳的病，自己的病，还有三妮五妮各种不安生的事，银行总结道：“老的毕竟担事，小的不担事，所以没办法，农村里，哪怕没病没灾的，普遍也是顾小的，不顾老的。”大姑坐银行身后投炉子，听了这话，拿火钩狠掏一下炉底，说：“我好好的，顾我干么?！”我爸想起来时路上我妈叮嘱他，要顺毛捋，不能总戗他，就说："你做得很好了，老的小的都顾到了。"我妈酒劲上来，想起六七年前去世的父母，眼神散开去，叹气说："都一样，城里也一样，我也一样。"我暗想：顾小的，顾到最后怎么样呢？这边是不到三十岁就生绝症，明天去二舅家，二舅的孙子刚上初中，脊柱侧弯，身体已变形，约了大年初八手术，往骨头缝里打螺钉，螺钉穿透长度1毫米，穿不透没效果，穿多了，就再也下不来手术台……

银行怕我们找不清出村的路，执意要跟车送我们到村皮。我和爸妈来时路上商量了，不能住，一来耽误时间，二来村里条件差，天又冷，爸妈说他俩倒没什么，怕我受不了。我二舅白天也来过电话，说已经为我们收拾出大炕，晚上只管来住，晚点到也没事。我妈这次挺开通，说你二舅那里也不住，就到镇上找个旅馆，一间房、两张床就行，我睡一张，他俩挤一张，凑合一晚，快过年了，旅馆估计也没什么生意，一百块足够。"但是和你大姑呢，就说去你二舅家住，和你二舅呢，就说在你大姑家住，免得两边都不放人。"我妈特意交代。

我们在村头放下银行，三人都问："你怎么回去？"银行说："这点路，走走，蓉儿一直说我胖，叫我吃完饭动动呢。"说着就抽腿下车。我才注意到，因为我妈的腿也不好，为了让她在后排经常拉伸一下腿，来时路上我把副驾座位调到了最前，下车后忘记调回去，出村这段路，银行一直把他胖大的身体斜塞进这狭小的空间里，下车时一条腿差点夹住。夜黑得快要凝住，远光灯都穿不透，我在村口拐上乡道，经南宋大桥到镇上，一路都在想副驾前那块空间，有机会就看一眼，好像银行的腿还在那里。

03

大姑的五个女儿也就是我的五个表姐，最小的四十三岁，最大的五十七岁。这样一支表姐队伍，常让小时的我分不清楚，作为整体她们十分引人瞩目，作为个人，每一个都面貌模糊。我是有亲姐姐的人，从小跟在我姐屁股后面姐、姐地叫，认为姐就是一个特定的、唯一的人，换了其他人叫姐，哪怕表姐，也觉得别扭，有一种伦理上的背叛感。我们来大姑家这一夜，三表姐正好打来电话，大姑接完后，手机交到我妈和我爸手里，我爸说完又要交给我——他总喜欢顺手揽送人情——我连连摆手。上一次见三表姐时我还在上中学，现在二十多年过去了，冷不丁地，真不知道说什么。

我姐小时对三妮倒是印象深刻，那时我们家还没搬到周城，我姐在沟涧读的小学一年级。大姑家孩子多，一个挨一个，带不过来，有时就扔一两个到沟涧，让我奶奶帮忙带——三妮是最常被扔来的，她疯疯跶跶的，在家待不住，出门不想家，最适合扔。三妮来到她姥娘家，立刻搅得这一带不安生，一群“狗屁档子”跟着她四处野，踢毽子，扔沙包，摸鱼掏鸟，一身汗一身泥回来。我姐至今记得奶奶在门口吼她，“三妮！三妮！你个疯妮子！”

那年三妮十一岁，我姐七岁，我三岁，正是一个完整的鄙视链。我是我姐的跟屁虫，我姐是三妮的跟屁虫，三妮不爱带我姐玩，我姐也不爱带我玩，三人常常一个跟一个，后面两个姐、姐地叫着——我姐大概是最苦恼的一个，前面的追不上，后面还有一个坠脚的——三妮走在最前面，头也不回。有一天她回头，发现我姐和我都不见了。我们去了周城。

再见已是十二年以后。大姑托人捎信儿给我妈，说三妮找的婆家不好，得离，要我妈帮忙写“状子”。我妈那年正和我爸开饭店，白天在厨房忙一天，晚上照例换上警服，把单位传达室两张桌子拼一起，睡得鼾声大作，吓得小偷都不敢靠近。接到大姑的信儿，没工夫，也不支持，什么年代了？动不动写状子。问来人详情，来人说，三妮的叔在镇上小煤窑，有个学医的名额，学成了就是煤矿医生，工人身份，三妮想去，她男人不许，大姑大姑夫急了，威胁离婚。我妈说：“多大点事？叫三妮两口子来周城——其他人都别跟着啊——我和她小舅调解调解。”

舅舅本是娘家的仲裁人，这时候正是行使职权的时候。三妮两口子来了，坐在我家的客厅里，一头一个，我爸还给外甥女婿倒茶喝，换烟抽。这边我妈问三妮：“三妮，你怎么想？”三妮说：“四妗子，我是不想离，大井对我很好，我就是想上学。”我妈到另一头问大井：“三妮上学，你为什么不支持？”大井说：“四妗子，我支持，我娘不愿意。”三妮干活儿麻利，人也不丑，说话粗声粗气的，可性格也大大咧咧，不犯事，是个省心省力的媳妇，大井呢，老实巴交一孩子，只会闷头干活儿，能娶到三妮做媳妇，爹娘都暗烧高香，觉得三妮够好了，不用更好了，一旦更好，怕是不要他们家大井了，大井家底子也薄，水浅了养不住鱼，要是有个一儿半女的，兴许还能绊住三妮，可两人结婚快两年了也没生孩子，所以万不可这时候放她去矿上……我妈和我爸单独合计，我爸说：“大井嘴上说支持，心里不一定真支持，就是拿他娘当挡箭牌。”我妈说：“这就够了，要的就是他嘴上支持。”

我那时初中刚毕业，满脸青春痘，对婚姻一无所知，看到三表姐夫妻怄气，心里升起盲目的正义感，认定是那男人欺负了表姐。趁我爸我妈卧室里商量，我从茶几另一头的烟灰缸里捏起一个个过滤嘴，不声不响往大井身上弹。大井准备好来受训的，不想连我都欺负他，也不敢声张，每飞过一个烟头，他就缩一下脖子，忍受一次羞辱，然后动一动身子，让烟头滑到地上，偶尔抬一下眼皮，也不正眼看我。那晚，我把一烟灰缸的烟屁股都弹完了，大井一直耷拉着脑袋，脚底下满是烟头，好像一个苦闷的人抽了一晚上烟。

三妮坐在我这一边，侧低着头，面带羞愧，因为不得不在这个小表弟面前坦陈私事，也因为自己命运要交到他人手中裁决。她穿一身紫色薄纱衣服，胸前挂一串白色亮片片，上衣束在裤子里，裤子提到腋下，像挂历上的女明星。我已认不出她。

他们从周城回去，和了好，三妮放弃学医，继续跟大井务农，次年生下一女，此后似乎就没什么消息，日子大致是顺畅了。我后来越是长大，就越是不好意思再见他们，为我当年的误判以及那一地烟头惭愧。十几岁的我，以为闹成这样一定会离婚，从此为敌，送他几个烟头就对了，哪里知道婚姻竟这样有生命力？

二十五年后的这一夜，我意外得知了这桩婚姻的近况。

要从两年前说起，那一年我姐回去看大姑，刚进门，大姑就拉着她说：“你三表姐去买菜，一会儿就来，你虽说叫她个姐，可她听你的，你见了她，可得好好说说她——她现在不正干啊，知不道怎么认识了几个不三不四的人，见天拉着她唱歌去，四十七八的人了，天天在外面嚎，家也不回，你表姐夫都找我来了，进门扑通一声跪下，说娘来，你得管管她……”正说呢，三妮回来了，我姐先吃一惊：三妮染一头红发，酒红色，“像一只火鸡”，脸抹得煞白，胳膊却黑，五月的天，穿着红色超短裙，粉色打底裤，黑靴子，腿倒是细长，胯和胃顶出来，肩膀宽阔，像背着一对翅膀，“想不出别的，就是像一只火鸡”。不等我姐问，三妮主动就说：“我几个伙计，都是唱歌的，都说我唱得好，叫我参加《好声音》呢，你说我行不行？”我姐不好意思打击她，说：“表姐，具体我不了解，但是《好声音》应该还是要有点积累，别看他们好像都来自民间，其实都是专业歌手，有的是音乐学院毕业的，有的在歌厅剧院唱了很多年，只是暂时没出名。”三妮说：“那《妈妈咪呀》呢？我也是个当妈的，我看电视上那些妈还没我唱得好。”我姐说：“那个还要有别的绝活儿，要么跳舞要么要杂技，光唱，怕是不行，表姐，我觉得你这个情况比较适合——我说得不合适你别生气啊——婚庆公司，那个不用南的北的全国跑，能兼顾家，要求也没那么多，只要嗓门高，唱得热闹就行，给钱也不少，当然，你要真去了，也不能光唱，也得帮着人家干点活儿，搭台啊，扎花啊……”三妮眼神早垂下去，腰塌下去，松了我姐的手，我姐还在说：“对了，你以后出去，带上个经纪人。”三妮说：“自己都养活不了，谁给我当经纪人？”我姐说：“我姐夫啊，一个人养不起，俩人就可以，他给你揽活儿，你只管唱，多好啊，一举两得，我姐夫也能干点事，不然的话，你一个人在外，他容易犯疑忌……”三妮不听了，眉眼鼻子皱起来，扭头看她娘。

大井有个大嫂，能说会道的，大井外出打工回来，大嫂把他叫家来，劈脸就说：“你还合着眼在外面打工，家都快打没了！”三妮平时出去唱歌，常把家里事托付给大嫂，大嫂早有意见，把她四处和男人唱歌的事添油加醋和大井讲了，说：“你这些年虽说光在外头挣钱了，咱村情况也不是不了解——乱啊！过去讲村里五大员，支部书记、村长、副主任、会计、电工，现在有三大员是兼职，拿着工资到外面打工，留村里，没钱不说，还碍着书记的眼，现在真正留村里的就剩下书记和电工，书记得完成上边交代的事，电工得接电——总不能人在外头遥控着接电吧——村里实际上没人管了，干什么的都有。有两口子不要孩子都出去打工，各自在外面都找了的，有把媳妇舍家里多少年不回来的，从东北沟到咱村，这一片的光棍子可算有了市场，天天引得大媳妇小媳妇往外跑，你都不知道，男的外头打工，家里孩子都不是自己的。你家那口子，这把年纪了，孩子都快成亲了，还天天打扮得像个小闺女，往外跑就不说了，还让那个扎小辫的男的上你家去，关起门来就是一过晌午……你哥和我的脸啊，都知不道往哪放了，可是你哥一个大伯哥，不是管她的人，说多说少都不合适，我也只能偷着和你说说，兄弟，这事你得管！”大井直接到营里，扑通跪在丈母娘跟前。

大姑知道三妮的事，早有好事者跑来向她学舌，说听亲戚说的，村里有一天来一辆挂斗车，拉上一个娘们儿，穿着红的绿的、风一吹就飘起来的衣裳，披散着头发，站在车斗里，像游街。挂斗车又转了几个村，车斗里居然满员，一车娘们儿穿着红的绿的行头，争奇斗艳的——去参加“海选”。其中有三妮。大姑知道后，早把三妮叫来家里骂过，却骂不动她，骂急了回几句，大姑听都听不懂。这回看大井扑通跪下叫娘，心里明白几分，不想大井越说越难听，居然又扯出一个扎小辫的二流子。大井也是五十的人了，说到这里竟哭起来，人瘫坐在地上，湿土沾在裤子和脸上，哭得像个娘们儿。大姑又气又急又羞，新仇旧怨加一起，指大井鼻子骂：“你没本事！你不是个男人！你去打那个扎辫子的！你打他！打他！”

这厢正闹，那边又出事——三妮的二女儿静静，本在威海打工，工友兼老乡打电话回来找她，才知道失踪一个星期了，电话微信不回，不知去了哪里。全家立刻团结起来找静静，电话打给省城的我爸。“这个事说起来长了，”我爸对我说，“跟反特侦破小说似的，我侦察了各方面的线索，订了一套方案，领着他们一伙人去了一趟威海，两趟德州，在德州埋伏了几天几夜，最后那个晚上——今天太晚了，明天一早还得去你二舅家，有空我再和你拉，先睡吧。”我爸熄了镇中心宾馆的灯。

因为这事，三妮消停了一阵，静静经此一劫，也不打工了，暂时回家休养，家里人都互相赔着小心，不提之前这一出出的事。我爸事后又去营里，见到三妮。三妮被她娘召来制菜包包子，灶下正剁肉馅，见屋里没人，赶紧说：“小舅，就等你来哩，你坐着喝茶，我这就唱给你听。”倒像是我爸要她唱的。三妮背对着他唱一首《月亮之上》，一边唱一边剁馅，一手一把刀，两肩交替耸动，后面看像在打架子鼓，倒是合拍；嗓音也有特色，又粗又哑，像刀郎。我爸打年轻时就喜欢吹拉弹唱，到现在走哪里还揣着口琴，听三妮唱歌，他禁不住脚尖点地打拍子，嘴里唱谱，但是三妮唱完回头，他赶紧换一副脸色，说："嗓子、节拍都挺好，换气稍微有点急——可是三妮……"三妮丢下两把刀，过来给他倒茶，说："小舅，你再看看人家给我录的像。"打开手机，放一首《荷塘月色》，却是合唱，三妮唱男声，小辫子瘦男人唱女声，三妮说："小舅，你要是不看人，合上眼光听，保准听不出来，陈老师这个嗓子多么好，你说陈老师和我要是上《星光大道》，能拿名次吗？"我爸说："《星光大道》是随便什么人能上的？大衣哥朱之文？他可是从县里地区里一级级选拔上去的，不光看实力，还得有关系，不然全国选拔上来这么多人，都上《星光大道》，大道上站得下吗？你没看电视上赵本山演的？得把老毕请过来，好吃好喝侍候着，赵本山请得动他，咱能请得动他？他自己不也不干了？三妮，你娘眼看八十了，你也五十的人了，第二年也要当姥娘了，不能再这样了，大井外头打工，买身新衣裳都舍不得，你也得顾惜他，那什么陈老师，我不管他干么的，你就看他那个样，脑袋跟个螳螂似的，脸上不够三两肉……"三妮已回到肉垛前，双刀一丢，大哭起来。

这一夜，我去大姑家的栏里上厕所，回来时屋里正聊三妮，我在门槛前略停一下，听到我爸说："银行！你得管！"他突然不叫外甥改叫银行，可见语气神态之重。银行说："小舅你知不道，我去三妮家里把那个男人，把了好几回了，只要叫我把住一回——砸断他一根狗腿！"几个人都应和，好像那腿已砸断，如今只需料理后事。大姑突然插进一句，泼所有人一头冷水，"白搭了！疯了！"。

我进去，气氛正凝重，来不及换话题，都有点尴尬。银行看我一眼，像是突然得了灵感，脸上是那种即将讲一个拿手的段子时的表情，说："表弟，你应该最懂这个了，你三表姐现在追求的是——爱情，"他艰难地说出这个词，"就像你在微博里写的那种爱情……"。我发誓没在微博写过爱情，但此刻我没法反驳，隐约也明白银行的意思：这爱情如此遥远、拗口，就是一场笑话。

夜晚我们在镇上找宾馆。整个镇都熄灭了，唯一的光来自路旁矮楼顶上巨大的红色黑体灯箱字：××宾馆。隔一段路就看到一个，刺目地浮在半空，像是随时要飞升起来，将整个镇带走。我下车去问了一家，回来说一百块，我妈在后排说："最多八十！"到了第二家，我就不肯再下车，我妈和我爸互相搀着进去问了，很快回到车上，叫我再往前开。近十点，终于定了第三家，镇中心宾馆，就在镇政府旁边，门口有探头，车停在下面也放心。一个房间，一大床一小床，我妈自己和前台讲定的价钱，九十。

白色床单被套洇出黄斑，暖气冰手，空调动静挺大，但只能温暖出风口正下方一小块地方，浴室热水倒是烫人，但是要么烫人，要么冰手，怎么也调不合适，三人就随便洗把脸，和衣躺下，聊起三妮。我有意想打探一下三妮的事，但是每个人和每个人都粘连着，讲着讲着就讲到其他人身上，我只好不断把话题拉回来。就这样，我爸和我妈各讲了一些三妮，我爸又转述了大姑、银行、五妮讲的三妮的事，我妈也转述了我姐讲给她听的有关三妮的事。听了半天，都是二手、三手的三妮，离真的三妮好像仍然很远，始终也没见着她，听她唱唱歌。十一点半，我爸靠在床头，隔十几秒就猛然睡过去一下，这时候却好像听到我心声，接口道："为了避开那些人，也避开村里闲话，三妮家现在搬到镇上住了，今晚咱住的这家宾馆，离她倒很近。"

04

车子冲进隧道的瞬间，眼睛短暂失明，有将生命交付未知的失控感。如果有虫洞，连接两个遥远世界的虫洞，穿越时应该就是这种感觉吧，人休克一下，再睁眼，已部分地变成另一个人。隧道内灯火通明，路面、两侧护栏、防火钢石板和交通标识牌都新得耀眼，车像驶进明亮的黑夜，倒比外面阳光下的世界更清晰，地上、头顶上，各种发光的实线虚线在尽头汇拢，视线被快速抽进那个透视法中被称作“灭点”的点，那个点正集齐所有的光，像远处缓缓炸开的核弹，所有的车都像奔向死亡。我事先做了点功课，讲解道：“济南二环东路、南路快车道，一共有六座隧道，是世界上最大规模的八车道隧道群，我们现在走的龙鼎隧道全长两千多米，世界第二长的八车道公路隧道，接下去要进的港沟隧道，一千多米，世界第五，刚刚穿过的浆水泉隧道，三千多米，世界第一。”

我妈这几年跟着我全国旅游，很在意世界排名，对“世界第一”“全国最高”一类的说法没有抵抗力，这时听了我的话，就赶紧掏出手机对着车窗外拍照，准备发到晨练群里；我爸早在啧啧惊叹，说：“你看看，人到底有多能？过去形容人能，叫能得上天，现在可不都实现了吗，上天入地，连山都能钻出洞来跑车——你看你的照片都拍糊了。”两人的论调没有一致太久，很快就对世界排名有了分歧，争论谁第一谁第二，上升到人身攻击，“你那张嘴，嗐！换别人早给你撕烂了！”。我在前面发狠，“听导航！都闭嘴！”。车子又钻进隧道，失控的一瞬，一辆红车超了我，我想起多年前一句诗，“红色出租车，这交通界的流言，出入于隧道的耳孔”。

一离开高速公路，我妈就好像到了她的地盘，有了发言权，后排伸着脖子看路，指挥我。我爸也参与进来，导航、我妈、我爸，三人意见永远不统一。我本可以听导航的，但我似乎有意要促成一场波折，听了我妈的。车子开进一个陌生的村子，引得满村老少都站在墙根下看，有懂的人俯身给孩子讲解，“看见了么，上海开过来的”。孩子就睁圆了眼。七扭八拐出村后，又掉进田间一条非铺装路，蜿蜒伸向远处，尽头似乎有路障，没法调头，只能开过去再看。开过去才看清，是两块水泥墩子做的限宽门，高度低过司机视线，间距又窄，还带点上坡。水泥墩内侧全是刮痕，应该有不少车在这里吃过苦头，我的车本来就大，一时停在那里，进退不得。自从误闯进村路后，我妈和我爸就没了声，这时候倒统一起来，一左一右下了车，到车头前面给我看着指挥。车子一点点嵌进石墩中间，真是一点余缝都没有，后视镜尽管收起来，仍几乎擦着水泥过去。我看前方，两个老人一左一右，弓着腰，瘸着腿，专注得眯着眼冲我打手势，脸上各有一副可怜相。正是这可怜相激怒了我，我想，如果我踩油门冲上去，他们最后的表情也不会有惊恐和怨恨，只有可怜，以及稍稍的不解。

车子穿过去，他们脸上登时松快下来，笑得竟有些孩子气，仍然瘸着腿迎上来，一左一右扒住车门，把自己搬进后座。

高速，国道，省道，乡道，路况一级级分明，靠近营里的最后几公里简直无路可走。每次回乡，我都觉得记忆中的所有东西都变小了，寒酸了，不只是错觉，也是事实上的损耗，连路都好像被我们这些远处来的人一点点带光，我们像带某种家乡特产一样将这条乡道分批带走，只留下带不走的石头，尖锐、原始、荒蛮的石头。“天地不能咀嚼，它只有一排牙齿……”柴汶河上的南宋大桥大概是唯一的例外，小时候，我无数次坐在我爸或我妈的自行车后座上经过它，心中升起豪迈感，认定它是世界上最大的大桥，大过课本上的南京长江大桥，这次开车回来，以这样大的车身、这么快的车速开在上面，桥却不显小。因为雾霾，桥的两侧莽莽苍苍，河流、树林和村庄隐没在灰黄色的天地间，倒生出几分过去没有的雄浑，也有几分末世感——事后我才知道，这南宋大桥几年前刚翻新过，已不是当年那座，只是待我见到它时，它已迅速地旧回去，像被刻意做旧的仿古景点。

也曾开过一段林荫道，路口堵着几个卖苹果的农妇，让人以为导航导错了地方，可一旦绕过水果摊，一条笔直的路就摊在眼前，两侧高大直挺的杨树依次滑过前挡风玻璃，有几何屏保式的美感，杨树早掉光了叶子，但枝条交叠在一起，另有一种绵密与严谨，越往远处，越稠得拆解不开，似乎车开到哪里，哪里才临时掰扯开来，让出一条清白的路。我爸和我妈难得同时打盹，车里放着微弱的音乐，《泸沽湖情歌》，我意识到这是我从上海带来的歌，唱的却是云南。这首歌悠扬舒缓，在我脑中激起的第一反应却是堵车，是顿挫的车身，焦躁的红色尾灯，右脚尖在油门和刹车间快速倒换……然而此刻我在家乡，导航称为“无名路段”的一段路上，与上海或云南无关。太阳冷冷地照着，天空自上而下渐变着颜色，由蓝到灰，到黄，又浑然一体。路不宽，只能容下一辆车，但是一路没遇到别的车，像是在国家卫星的视线之外、由这些地方枯树拱卫的一条密道，妥帖，顺滑，连小颗粒的颠簸感也叫人舒适，简直可以松开手脚，任由车子坠进那个不断张开的深处。那一刻，我想起北方所有的好。

终于到了营里村，我正想要不要叫醒爸妈，进村的路口已经错过去，不得不开到前面调头。七年前我们回乡扫墓，高速上开错了路，顺带来了大姑家，当时也在村口犹豫过，下车问路时，听到有人喊我的小名，抬头见一女子骑电动车过来，一下刹在我们面前，动作帅极了。头盔摘下，是五妮。

五妮每次出现都骑着电动车。她身材小巧，五官俊俏，衣裤紧身，来来回回戴着黑亮的头盔，是乡间的骑士，她摘下头盔摆一摆头发的样子，像极了电影里的人。她当时就住邻村，听她娘说我和我姐要来，就赶过来见我们，正好在路口遇见。

这一次没有人带路，我绕了一大圈才停在大姑家门口一个湾边上。因为四周不断填埋，湾比上次又小很多，只剩下湾底一洼水，结了冰，冰上冻着垃圾。我下车来查看轮胎底下的土是否紧实，有人喊我小名，我抬头看，又是五妮，又骑着电动车，这一次是带车厢的电动三轮车。

头盔摘下，她仍然瘦削，秀气，与这一路见到的女子不同，但是面上多了一层憨相，将之前的机灵劲儿掩埋掉不少——我后来在大姑脸上找到了这憨相的出处——笑起来，左上一块黑，似乎缺了一颗牙，笑里就又多了一分苦相。这次回乡，我常惊讶于故人的容貌，第一眼总有细微又惊人的变化，但是再过几秒，这变化就退隐了，归入整体的旧貌中，让你以为她/他一直这样。她穿铁灰色小款羽绒服，露出宝蓝色毛衣的高领和下摆，过膝的黑皮靴，膝上15厘米是修身厚呢短裙。这一晚零下七度，我爸至少三次要五妮披上她娘的棉袄再出门，最后一次五妮终于反驳："小舅我穿着棉裤呢。"——她指的是裙子和皮靴之间露出的肉色加绒打底裤。她今天回娘家，原计划傍晚就离开的，她娘接到我爸电话后，她就决定先不走，也帮着做饭。久等不来，估计我们路不熟，就骑电动车到村皮上接，没接到，却在家门口碰上了。她把电动车刹在我的车前，脸色绯红。

我姐在沟涧读完小学一年级，去了周城，假期仍回老家玩，穿着白色小皮鞋，已是城里人模样。她在农村时和别的孩子就不一样，别人叫娘，她叫妈，别人喊爷，她喊爸爸。有一年暑假我姐来大姑家，见着五妮，两人只差一岁，正是好玩伴，五妮和我姐说会儿话，就说："姐，你先坐着，我出去转一圈。"踢开院里树底下一辆二八的大轮自行车往外走。她人瘦小，个头刚到车把，屁股够不到车座，屁股够到车座，脚就够不到脚蹬子，所以只能把右腿插进大梁下面骑，俗称“掏大梁”。她就这样像耍杂技一样斜着骑上去，到村里卖冰糕——自行车后座上有一个木头箱子，箱子外面裹着棉被，里面码着冰糕，冰糕自镇里批发了来，一般卖一分钱一根，贵的卖到五分一根；也有不付钱的，拿地瓜干或空瓶子换，自行车的车把上挂两个布袋，装地瓜干或空瓶子，空瓶子论个收，不同颜色的玻璃瓶价钱不一，地瓜干就要论斤，所以布袋里还揣着秤。五妮骑车在村里转一圈，后面木箱子里的冰糕就少一些，前面布袋就鼓一些，回来继续和我姐玩。天气闷热，没别的解暑办法，她俩玩一会儿，五妮再出去转一圈，又能有一些销路。闲下来，五妮拿冰糕给我姐吃，告诉她哪个是凉开水做的，哪个是凉水做的，凉水做的总要便宜些，五妮只给我姐拿凉开水做的，但我姐吃完还是拉肚子。“甭管什么样的，也甭管多少钱进的，卖冰糕反正有数儿：卖一支挣一支。”五妮说。她那时还不到十岁，已经挺懂得生意经。等到十三四岁五妮就不再上学，到镇上家具厂干活儿，家具打完泥子后，她负责拿砂纸磨平，不同情况下用不同型号的砂纸，弄错了师傅要骂人。打砂纸粉尘多，厂里发了口罩，厚纱布做的，戴上喘不过气，吸进粉尘后就更不透气，她嫌麻烦，就不戴，咳着咳着就习惯了。一天洗一次头，头发仍然柴火一样，再见到我姐，她就摸我姐的头发，说：“可滑溜了。”手蹭到我姐的脸，我姐拿过她的手，拿指肚去试，说：“怎么这么刺手？”五妮的手像砂纸，可以直接磨泥子，掌纹好像格外深，因为里面黑泥洗不净，她替她娘和面烙的饼，我姐不敢吃。

我姐上大学时再回去，五妮拉她到西屋，问：“你在学校里谈恋爱吗？”我姐想起我妈的话，说：“我可不敢，叫我爸爸和妈骂死。”过一会儿，又说：“可是……自己找一个也挺好……”五妮那时已到淄博贩卖小商品，认识了一个外省的，家里不同意，拉她回来相亲，她不从，她娘骂她疯妮子。她家五个闺女都被骂过疯妮子，但是说实话一比较才知道，前面几个真不算疯，总体上还是有越来越疯的趋势。我姐从西屋出来，就被大妮拉过去，说：“外面干了几天工，可了不得了，想自己找女婿了，家里介绍的还看不上，你是外头学文化的人，你说说她，叫她别挑三拣四的，上谁家不得干活儿？给谁干不是干？”

再后来，我姐工作、结婚、生孩子、搬去省城，老家回去得越来越少，间或听到五妮的消息，总比其他兄弟姐妹的更叫人振奋：她最后还是嫁给了邻村一个村干部的儿子，男孩长得白净，村里做信贷员，脑子、嘴头子都活络，配得上五妮。五妮不再外出打工，仍在村里折腾，开了三间房的门市部，后扩为五间房的超市，还给一个知名品牌代售化肥，后来又到镇上开浴室，带足疗和按摩……经济上一直挺宽裕，人也就带了些商人气，有一年她大舅也就是我的大爷我爸的大哥借她五百块钱，一直没还，五妮找到我爸，说：“不行我起诉他！”那是二○○○年前后，五百块在村里不

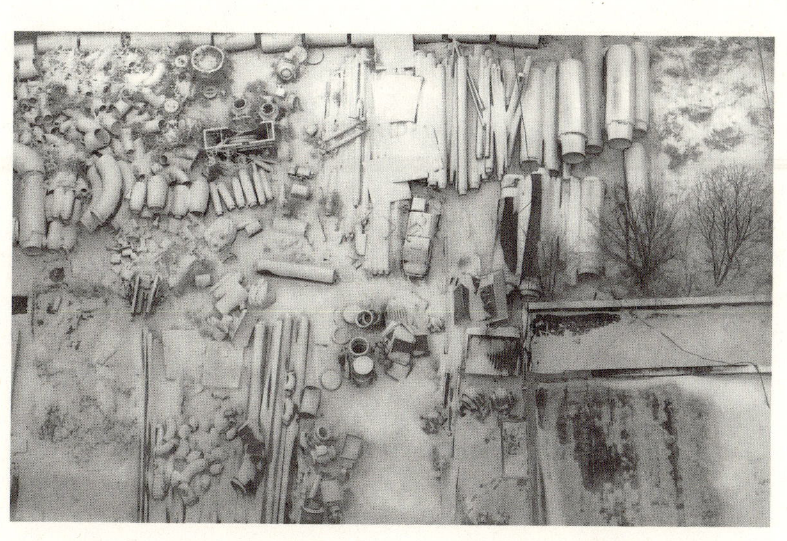

相知多年
值得托付
福
中国人寿
CHINA LIFE

算小数。她大舅年轻时一直是村干部，整个家族的门脸，五妮的娘和爷当年相亲，媒人对男方家说："人家大哥是村干部！"我爸和我妈当年相亲，媒人对女方家说："人家大哥是村干部！"他总被当作相亲的卖点，促成了不少婚事，然而人过于正气，近于迂腐，晚年就潦倒，一潦倒，人就有些无赖，亲族间到处流传他借钱不还的故事，像要讨回当年相亲的债一样。我爸听了五妮的话，知道他大哥干得出这样的事，因为自己手里也捏着大哥的欠条，他不提，他也不提，最后成了呆账坏账，但是他毕竟也是个舅，外甥闺女这样讲话，当舅的还得维护当舅的，他对五妮说："一场官司三辈仇，因为五百块起诉你亲大舅，传出去好听吗？"把这事按压下去。

对外人来说，坏消息总是突然到来的，只有自己人知道事情是怎样一天天变坏的：五妮的男人小岭爱喝酒，北方男人喝酒，原是最天经地义的事，小岭到处拉贷款，喝酒简直是工作必需，但小岭不同，他喝成了酒精依赖症，严重时浑身震颤，幻听，大小便失禁，刚刚还柔弱成一根草，转眼就家暴。也治过，白搭进去不少钱，没效果。酒扳倒了这个看似强壮的小家庭，再也扶不起来。五妮又疼又恨，终于还是提出离婚。小岭只要还有一分钟的清醒，便哭着挽留她一分钟。最后动了官司，一个要离一个不要离，两边都托了人，叫法官为难。据银行说，当时他在庭上旁听，关键时刻是他的一句话奠定了胜局——演讲者总有自吹的特权，我爸垂眼笑，且听他说——他说他指着被告席上的妹夫说：“他刚才进来时，手里矿泉水瓶子叫人没收了，为什么？因为里面装着酒！他来吃官司，手里还离不开酒，谁敢和他过下去？法官，我不说别的，你只要有本事叫他俩小时不喝酒，我马上叫我妹跟他回家！”

五妮胜诉。其实哪有什么胜败，两边都一无所有了。

这一夜，关于五妮的话题是五妮走后开始的，我一边听，一边倒推了一下时间：我上一次见五妮时，她的浴室应该刚关门，正准备改卖熟食。那大概是她最后一个仍充满希望的时期，她仍每日骑着电动车往返于村镇之间。这一次见她，连电动三轮车都不是她自己的，是大姑的。

准确地说，是银行买给大姑夫，大姑夫死后留给大姑如今大姑又借给五妮的。

也没有房子。离婚时房子给了儿子，儿子给了五妮，房子是小岭村里的宅基地，屋前屋后还住着五妮的前公婆前七大姑八大姨，五妮因此坚决不肯住。五妮不住，她儿子自然也不住，娘俩如今租住在镇上的群租房里。这一年，五妮在烟台打工，儿子在淄博上学，娘俩常年不在家，只在过年期间回来暂住，所以钥匙被房东收回去，这天傍晚，五妮急着回家，是因为房东说了，晚了就不给开门。

五妮刚离婚时，我妈有一次回乡，遇见五妮的前婆婆。论起来，前婆婆和我妈也有亲戚关系，如今亲家没了，其他关系还在，她因此拉住我妈的手，说：“这个事，可怨不得你外甥闺女，你外甥闺女，到现在我们家说不出半个孬字，要怨就怨我那个儿没福分，不成器……”

这个没福分、不成器的人，离婚后不到一年就死了。

五妮又处了一个。来时路上，我爸和我妈争论这新一个是做什么的，一个说是做电焊工的个子挺高，一个说是收菜的腿有点跛，互相都有铁证。晚上，我妈帮着五妮做饭时，把她拉到屋角黑影里，咬耳朵说：“你新处的那个……”五妮红脸，摇头，扯下晾衣绳上的毛巾擦额头，扯得灯影乱晃——晾衣绳连着灯绳。回去路上，我爸惦记着输赢，问我妈问了没有，到底电焊工还是菜贩子，我妈说：“嗐，早散了！”

我们不知道五妮在烟台做什么工，为什么少了一颗牙齿。五妮还在时，我们悄悄问银行，银行说：“别提了，上半年差点死在那里！”我们惊问怎么了，银行正剁排骨，声音顿挫，“胃穿孔！半夜接到！医院电话！我当时就！哭了！”。银行虽是家里主事的男性，却并不讳言自己爱哭，单是去年这一年就哭过好几场，每场都有必哭的理由。却说那一夜，五妮疼到休克，医院给银行打来电话，说有生命危险，但是没人签字，病人余额也不足，叫银行立刻带钱到医院。“听医生那意思，人都架到手术台上了，刀也磨好了，就等钱了！”银行赶紧叫广州打工的蓉儿往卡里打一万块，自己再带上一万块，连夜包车到烟台，救下妹妹的命。

五妮在院里洗菜，讲到钱这一节时，她推门进来，争辩说："我卡上有钱。"银行说："有钱怎么医院不给治？你卡上一共五千块，够干什么的？"五妮说："我还有一张卡，在家里放着。"银行被噎一下，说："有钱没到医院账上，等于没有！"等五妮出去，银行停下刀，伸头过来，低声说："她有什么钱？根本没钱！"

但是说五妮一无所有也不对。傍晚我刚进到院子，和大姑寒暄时，灶间站起一位细长少年，穿蓝色长款羽绒服，脚蹬亮面皮靴，头发压至眼眶，头杵到灶棚顶，警惕地望着我。我正诧异这柴火堆中竟有这样一位新鲜人物，五妮跟过来，手往上够，撸一下他的脖子，说："我儿子。"——五妮还有一个儿子。

不论身高样貌，都让人觉得这对母子比例失调，好像他们本该是姐弟，甚至兄妹。我和他打个招呼，大姑也过来撸他一把，说："叫表舅了吗？"他就低头叫一声表舅。

进到屋里，他更高了，来回不得不拗着脖子，好躲开纵贯全屋的晾衣绳。他自从叫过一声表舅后就不再说话，缩在炕沿上玩手机，偶尔被叫去帮忙，泼水，添炭，灌暖水瓶，他有求必应，做完就缩回炕沿，拿手机挡住自己，好像很怕被提及。我坐他旁边，总要说点什么，就问他上几年级了，他说大一。我还算识趣，没再继续问学校和专业。

开饭时，这对母子坚决不吃，五妮急着回家，男孩则表示下午等我们来时就饿了，已经吃过一些。我们哪肯让他们走？就都站着不入座，五妮见拗不过，就跟房东通了一个电话，好歹多讨到一些时间，然后就拉男孩坐在桌角，简单吃几口，一边侧着身子照看锅里炖的排骨。过一会儿男孩起身去院里检查电动车电量，门一关，五妮说："这两年懂事了，自己考大学报志愿，没叫我多说一句话，没多花我一分钱，到了大学，还给我寄回来五千块，他下了课就去给汽车美容店洗车，还和同学合伙卖游戏卡什么的，学校里叫学生跑步，一学期跑够六十公里，都懒，都不想跑，他就替人家跑，背着包，包里装着全宿舍同学的手机，跑一次，一人给他两块，体育课上跑八百米，有学生跑不下来，也叫他替，跑一趟五十块，就这样叮叮当当干点事，加上奖学金，一学期挣了八千，给我寄了五千，剩下三千当生活费，还买了个手机，别的同学都买苹果买OPPO，他买了个不到一千的，有一晚上给我发信息，说妈，我能挣钱了，你就别到处打工了，好好养好身体，别再生病，就是对我最大的帮助——看得我都掉泪了。"

排骨盛进盘子里，五妮就再也不肯坐，电动车还有两格电，足够到家，娘俩立刻穿戴好出门。所有人都放下碗筷到院里送他们，顺便跺跺脚——坐在屋里脚冷，又不方便跺。院里更冷，但冷得均匀些，脸冻得生疼，就暂时忘了脚。大家不自觉地偎到一起，小口吸气。我上下活动脖颈，意外发现了星空，星星就在院子上面不远的地方，越看越多，像是发现地上有人看才赶紧闪出来，一时支着脖子愣在那里。听到他们问："你带他，还是他带你？"五妮说："我带他吧，他没大开过三轮车，他开我不放心。”她骑上去，手插进车把的棉手套中，他则盘起长长的手脚，很屈辱地坐在车厢的小马扎上，拉起帽子，不再看人。五妮启动起车子，先倒一下，“倒车请注意”，那个标准化的女声不知怎么好像也老了，声音嘶哑、狰狞。大姑再撸一把男孩的头，说：“拉链拉起来，开起来风大。”他们将开过南宋大桥，“注意横风”，我想起桥上这句交通警示，心里一遍遍默念，像一句临别嘱托。后轮刹车盘也有点变形，车子一动，轮毂就发出叽叽叽的声音，村路上没灯，车身抖几下，开进黑夜中，很快就看不见了，只剩下这尖细的摩擦声，等我们回到屋里很久了，还在响。

吾师永祥

二〇〇〇年春天的某个上午，我在山大老校的宿舍里接到一个电话，“我是华东理工大学的徐永祥……你明天来一趟吧。”便是我和徐老师的初次通话。

那一年我考研，原本报的本校，成绩不上不下，保险起见，我开始四处投寄成绩和简历，凡是有社会学硕士的大学都寄，其中也包括华东理工大学。我当时的院长吴忠民教授曾对我说：“华理不错，他们的院长徐老师，我有一次开会和他住一个房间……”那年代开会不比现在，院长也要拼房。感谢这次拼房，让我第一次听说了徐老师。

我后来在文章中回忆这段往事，写到徐老师那句“明天来一趟”时，说他“语气轻松得好像我就在他办公室楼下”，其实那时我还在济南，与上海相隔一千公里，从未去过上海，“不过徐老师非常细心，随后就向我详细讲了乘车路线，包括下火车后如何换地铁，买几块钱的车票，在哪一站下车然后再到马路对面换乘哪一路公交，我到现在还清楚记得那条路线……”。

在华理进门右手边的小白楼，二层狭长的过道里，我第一次见到徐老师，他背着光向我走来，用成年人的方式与我握手。这时距离正式复试还有一个月时间，徐老师有意提前见一见我，好验一验我有没有简历上写得那样好。这次见面决定着我的前程和去向，我的紧张与渴盼可想而知，大概也为了缓冲一下这种“面试感”，徐老师还带了一位研究生学长一起见我，已经不记得我们三个说了什么，只记得那次面谈简短，亲切，无关专业，不涉及考点，只是聊聊天。徐老师和学长脸上一直带笑，不时交换一下眼色，一些对我来说非常重大的决定也许已经悄悄地发生。

我后来入校后才听学长学姐们讲，徐老师早就在班上传播了，说山大有个学生，本科阶段就发表了那么多文章……

这一年徐老师四十五岁，只比现在的我大五岁。头发还在。

面谈结束，徐老师嘱咐学长带我到处转转，还要管我吃饭。我还记得学长带我去吃食堂的小灶，我生平第一次吃到一种面色鲜亮、口感细滑、味道好到难以形容、说不清是咸还是甜、名曰“红烧肉”的菜……

开学后第一堂课，一下课，徐老师就把我叫到他办公室，说成教班有一门社会调查课，才上了一次课，那帮成人学生就把老师赶走了，要求换一个。徐老师把课程表递给我，说：“你去。”我吓得不轻，我只是个学生啊，见生人说话就脸红，研究生才读了一堂课，还未得导师真传，让我去给那群刚刚政变的人讲课，确定他们不会用更快的速度把我赶走吗？

我就这样被赶上了讲台。备课时恨不能把每一句话都写出来，背下来，精确到讲解哪个知识点时要用到一个比喻句。磕磕绊绊讲完第一堂课，我合上书，等待学生的审判。底下一位大叔站起来，一边收拾东西一边说：讲得嘛还行，就是下星期上课的时候啊——别这么紧张。

再没有比这更丢人的时刻了，然而我听到了“下星期”，这至少说明他们不打算把我赶走——可能他们也赶烦了。回到学校，我马上跑去给徐老师汇报，说我发现了，讲课不只是需要专业知识，还要有一些知识以外的“东西”，我还说不清这东西是什么，但隐约感到这东西也很重要。徐老师点上一支烟，微笑，点头，不语。

我就这样一星期一星期地讲起了课。私下里也曾吐槽，有一次在QQ上和大学同学恩界互相调侃，我说：我怀疑我的导师打算把我当人民教师培养……其实心里清楚得很，徐老师一是要锻炼锻炼我，二来看我一个穷学生，有意让我赚点钱。我人生中第一桶金就是这样来的：一学期下来，近三千块讲课费到手，放在当时，可是一笔巨款。

徐老师的课上得灵活，昨天刚参加了一个什么会，今天上午国际上刚发生了一件什么事，他都能即兴穿插进课堂。我常从他这里偷一些段子，转头讲给成教班听，然而即使原话照说，也总收不到他那样的效果。他还会临时拉一些牛人来，比如吴铎教授新近美国归来，他就请吴老师来讲一堂美国社区，何雪松老师正在香港读博，一回上海就被他抓来，讲一讲香港社工。他们讲的时候，徐老师并不偷懒，总是陪坐一边，帮衬或回应。当时只觉新奇，要等到毕业以后我自己进了社工界，才慢慢知道这些牛人到底有多牛。

课下，徐老师总是把我叫到他的办公室——他的办公室只有几个平方，永远烟雾缭绕，他坐在窗前背光处，指间夹一支烟，桌上、窗台上、茶几上、沙发扶手上永远堆满书和杂志，找东西永远找不到，必须把它们一样一样挪开——有一次我一进门，他就掀起桌上键盘，露出底下几张鲜红的百元大钞，挺得意地对我说："看看，刚去市里开了一个会，人家给的。"我心里暗惊，在山东，可从没有老师这样直白地展示过，然而对于"专业价值与回报""知识就是金钱"，还有比这更生动更有冲击力的讲解方式吗？

毕业之后，当我也开始去到一些场合，主办方递来一个个小信封时，我总会想到徐老师键盘底下那几张艳丽的钱。

还有一次，他去香港开会回来，把我叫到办公室，又掀起键盘，拿出一块手表，"香港买的，你戴戴看"。好像又是为了冲淡一下馈赠的感觉，他开始向我展示他穿的皮鞋，背的包，都是这次去香港买的，似乎手表只是这次大采购的附带。我听他讲皮鞋和包，心思却全在那块表上，那是一款黑色的运动型手表，布满旋钮和齿轮，很适合男生戴。他在破费之外，还花了心思。

学期末，他又叫我去办公室，"你去买一些书吧，记得开发票，回来给你报销"。我像得了天大的特权，跑去陕西南路的季风书园，抱回一摞摞书。徐老师翻一翻书脊，似乎有些疑问，“专业书不多啊，这都是曹老师（曹锦清）推荐的吧，都是些哲学书嘛”。但也不再多说，收了发票，如数点给我钱。他不知道的是，每一摞书的下面，我还偷偷塞了很多文学和艺术的书。

很多年之后，学期末，凑发票的季节，我也开始给学生买书，我直接开车把学生带到书店，像个土豪似的吩咐：“尽管买，但是要说一说理由，为什么想读这本书。”然后就分头行动。回来的路上，我们大包小包，把后备箱塞满，这时候，我会向学生讲起，我做学生的时候，也曾经有一位老师在买书这件事上，如此地纵容我。

第二学期英语水平测试，事关学位，我考研时英语成绩不错，本科时也过了六级，心里没太当回事，结果成绩下来，57还是58，没过。我一下慌了，第一反应就是奔向小白楼，去找徐老师。徐老师又不是英语老师，找他干吗？无非是害怕、愧疚、不知所措，只有亲导师可以倾诉，也预备好挨一顿骂。办公室门一开，我还没开口，徐老师就说：“看到了，叫人去外语学院查了，这些老师也真马虎，竟然少算了十分，其实是68——还挺高呢。”

我一时恍惚，回宿舍的路上如在梦里。有很多年我都在怀疑：其实并没有少算，我就是考了58分，是徐老师动用关系帮我改的？

还有更多无法查证的事在发生：入党，竞选研究生会主席，发表论文，找工作……很多机会向我敞开，甚至不用徐老师出面，因为人人知道我是他的爱徒。这世上哪有什么运气，一些贵人在默默支撑你而已。

私底下，徐老师也是同学们吐槽的对象之一。我们这个班人不多，性别结构合理，年龄梯度分明，关系特别好，真是同吃同住，亲如一家，当然也特别宜于吐槽。徐老师身上的槽点，很多时候是以曹老师这样的学者作为参照的，那时我们的共识：曹老师是学问家，他课上讲的话、提到的书，我们都奉为圭臬，被他骂“蠢驴”也高兴，有时几天不被他骂，心里还不踏实；徐老师是学者型官员，或官员型学者，能把这样一群个性鲜明、个个都有话要说的知识分子凝聚在一起的，非他莫属。

私生活方面，徐老师也有槽点，那时学院上下好像有约定：上午不要找徐老师。我开始以为他上午有课或行政会议，后来才知道，上午他不起床，因为晚上熬夜工作。他的健康隐患，早早埋在了体内。

他工作忙，学生又多，我们几个同门的学生想约他谈事情，总是不容易约到，约到了也匆匆忙忙，他的办公室像专家门诊，门口永远排着一拨拨等叫号的人。轮到我们了，我们都早早打好腹稿，希望快速说出各自症结，好让他对症下药。他刚送走上一拨人，仍瘫坐在沙发上，姿势不变，只把脑内频道切换到我们这一档。有时不等我们倾诉完，他就给出一个一揽子的方案，让我们领回去再慢慢掰扯开来，这个归你，那个我用。他总是试图快速准确地叫出我们每一个人的名字，这时候我们会替他担心，怕他叫错了。还好没有，但有时会弄错我们的籍贯，我们也不反驳，反正也不重要，他说我们是哪里的，我们就暂时装作哪里人，反正下一次他还会换……

所有这些都被我看在眼里，写进后来的小说《阑尾》中。现在我终于敢承认，小说人物的一个重要原型就是徐老师，有很多年我不敢把这本书送给他，怕他看了打我。

毕业后进入社工行业，仍在徐老师的势力范围内，常常在会议上与他不期而遇，他坐主席台，我坐台下。他总是姗姗来迟，全场等他一个人，主办方急得后台皱眉踱步，他来了，所有人松一口气，换一张笑脸，上台宣布会议开始。他每一次出现都像是奋力挣脱了上一场活动才得以出现在这里。会议开始了，他也并不总能入戏，大领导在讲话，他靠在椅背上，仰头，闭眼。这些时候，台下的我一面替他捏把汗，一面也有自豪：除了我的导师，谁敢这么牛？

他有时台上讲话，眼睛瞥到我，会顺势点我的名，说给在场领导听，把私心表现得很公开。

虽然从没有明说，但我猜他最希望我进仕途。二〇〇七年我兼任浦东团委副书记，他不知怎么第一时间就知道了（他对此类消息最为敏感），电话打给我，给我讲解这职位的利害，语气颇为兴奋。官场关系不好处，我也曾向他诉苦，他听一句开头就明白，随口丢给我一句，事后回想，意思极贴切，分量极重。我印象深的有两句，一句是刚工作时，我说不知道怎么和领导打交道，他回我："领导也是人。"一句是二〇〇八年汶川地震后，我犹豫要不要响应政府号召去灾区，他回我："领导都是现实主义者。"

在都江堰灾区，我们更频繁地见面了，频率简直要超过读研期间。他和我们一样也穿黄色短袖工作服，戴一顶棒球帽，脖子上挂吊牌，为各级领导讲解介绍，远远看去，像我们的一位老学长。

那一年我们还一起去南非参加国际社工联盟年会，同行都是我的老师，师生比达到4：1，徐老师是团长，朱眉华老师算领队，还有范斌、张昱两位老师。会议结束，我们就包了一辆车，天南海北地玩。同时跟着四位亲老师出国，我真是受尽了关爱，比如在房间分配上，徐老师张老师两位老烟枪自然拼房，朱老师和范老师住一间，最后反倒剩了我住单间（也因为我们经费出处不同，方便算账），现在想想，我那时也真是不懂事。南非饭馆很奇葩，差一分钟不到饭点也不开饭，我们常常饿得满大街找饭吃，五人里面又以我饿得最凶最难看，然后还迁怒于出租车司机，嫌他迟到，几位老师常为此笑我，徐老师还自创一首英文歌，对着我唱：you are hungry，and you are angry...

在一片海滩上，张老师为徐老师和我拍了一张合影，那不是一张刻意摆拍的合影，只是刚好被张老师抓拍进镜头，镜头里，我和徐老师隔得很远，一个朝左，一个朝右，各忙各的，看到有人拍照才临时转过脸。张老师举着照片笑说：

“瞧这师徒俩，一看就知道关系不怎么样。”我们都不屑反驳他，他敢当我们面这样讲，只能说明事实正相反。

南非治安差，去之前好多人就吓我们，说前年刚发生枪击华人事件，约翰内斯堡又是南非最危险的城市，我们到了约堡，时时处处小心，其中又以朱老师范老师两位美女教授最害怕，嘱咐我们晚上不要出门，白天出去也要结伴。偏偏徐老师不听这一套，他胆子大得出奇，我们一起在街上走，对面来一黑人，戴着大金链子穿着大裆垮裤唱着嘻哈，我们赶紧闪开道，低头贴墙根走，假装不存在，只有徐老师不但不躲，还迎上去和人家打招呼，他平时英语也不怎么样，这时候倒很敢讲，两位女老师又惊又气，连连喊他：“回来，你快回来！”

后来大家都不爱带徐老师玩，徐老师就偷偷带我出去玩，去的可不是一般地方——他带我去赌场。还在车上的时候，他就一路念叨casino，这时候终于找到机会。我们进了赌场，他给我买一把筹码，把我按在老虎机上，就一个人进去玩别的。我用最快速度把筹码输光，实在搞不懂这有什么好玩的，花钱买一把塑料圆片片再一个一个还给它，有意思吗？我进到里面找他，他正专注于21点，我站他后面看，看不大明白，他起初还给我讲解，后来就顾不上我。我一个人穿过这花花世界，到门口晒太阳，打哈欠，等他一个下午。他出来了，一局一局给我复盘，我完全听不懂，比在他的课上还懵，他倒兴致很高，第二天还来，我就不肯再陪他。他赌得不多，更热衷于演练战术，然而并不总能奏效。他两天回来，反应不一样，第一天他话很多，拉着我们聊天，第二天就哑了嗓子，垂着头不理人。

现在想想，第二天还应该陪他去的。这世上，带亲学生下赌场的老师不多了。

走的那一天，五个人面对着夕阳，张老师说了一句挺有诗意的话："再看一眼吧，这鬼地方，估计这辈子不会再来了。"我那时听了，心有不甘，现在知道，至少五个人一起回去，再也不可能了。

我终于没在仕途走下去，而是冷不丁进了大学，也做了老师。徐老师又是第一时间打来电话，语气与那次买书一样，似有不解："怎么去了华政？"我一时想不出特别的理由，就说："华政待遇还不错。"他罕见地否定了我，说："瞎讲，华政待遇有我们华理好吗？"

刚去大学那两年，想考个博士，鼓起勇气给徐老师打电话。我与他在人前亲密，真正一对一时，我还是紧张，是那种学生面对老师时永恒无解的紧张。徐老师听了，给我一一列举那些报考他博士多年未中或准备报考的人，其中有领导，有副教授，有社会贤达，总之都是各方要员，我还没听完，就在心里默默排了序，算了周期，放弃了。然而报名截止日，他竟打来电话，问我怎么没报？我一下语塞，不知怎么解释，最终也没有解释。

我们见面越来越少，主要原因在我，我越来越少出现在社工相关的场合。偶尔遇到以前的师友，总会听他们说起徐老师，却与我有关，内容大致是："听徐老师说，你又出了本书？"或是："徐老师昨天还跟我们讲，你的小说得了一个什么奖？"我纳闷徐老师怎么知道这些消息的，这些消息往往陈旧、重复、细节有出入，然而又无法完全否认。他是怎么做到的？

他一直是我另一重身份的最大力鼓吹者。还在读研时，我发了一篇小说，被某文摘转载，同学先看到，大呼小叫地打电话给我。我虽然暗自得意，毕竟不敢在老师面前提起，然而徐老师就是这样消息灵通，有一次，在一个最是人多眼杂的场合，他突然指着我说："喂，你们知道吧，他还写小说呢！"又一次，他对着一桌政府官员说："你们知道吧，他是个青年作家呢，小说发在《青年作家》还有《萌芽》上，你们读过吗？"大家都表示没读过但接下来一定找来读，我在一旁哭笑不得，我发誓我没在这两本杂志上发过小说，然而这问题就像当年的籍贯问题一样不重要，叫人不能反驳，我只好次次配合他，他说我在哪发表过，我就假装在哪发表过，他说我得了什么奖，我就表示努力争取得个奖。真也难为了他，一个社会学和社会工作领域的教授，总能说出几个与文学有关的词。

他在心底里期待我更好一些，以至于有时他让自己相信我已经变得"更好"了。也因此，在他面前，我总觉得自己不够好，每一次要见他或联系他时，我的第一反应永远是：

我还拿不出手。这是我很多年不愿意多见他的原因。

二○一四年《我仍然没有与这个世界握手言和》出版时，因为内容与社工相关，我请他帮我写几句推荐语，书稿发过去，他答应着，迟迟不见回音。出版流程等不及了，我还是不想放弃，再催他，试着建议：要么我先帮您拟一个，您再改改？他说好，我开始想象他的视角和语气，“他以作家的语言写社工的事情，是社工界首例；以社工的视角剖析这个时代，可能在文学圈也不多见……”。话说得有些大，发给他，经他首肯了，我才放心署上他的头衔和名字，印在腰封的第一位。

收到书后，他的第一句话是：“能帮你评职称吧……”

他起初盼我做官，破灭后又想我做教授，眼看着又指不上了，再见我，他就不再多说什么，只是仍不遗余力地在各个场合传播我在文学上的不实传闻。他好像一直想向众人证明他当年的选择没有错。这是我每当想起他时就油然而生的，永恒无解的压力或者说动力。

我妈常在我面前提徐老师（二○○○年开学前我妈送我来上海读研，与徐老师有过一面之缘），我从小到大每一任老师的名字她都记得，她来了上海，就专提徐老师：“最近碰见徐老师了吗？”或者，“没事多跟徐老师联系联系。”我妈的意思，一是要我知恩，二来也知道徐老师业界威望，希望我与他多走动，有好机会别漏了我。我一般都搪塞过去，被问急了，我就说：“没事老跟他联系干吗？徐老师又不是那种需要经常嘘寒问暖的人，我要想对他表白，不如哪天好好写写他。”

此刻，我有些多情地想：我可能说错了，他可能还是需要一些嘘寒问暖的，包括来自我的。二〇一九年，毕业已经十六年了，我主动去看他的次数，屈指可数。

“好好写写他”，也没有做到，虽然曾在多篇文章里提到他，却从未专门写他。“哪天好好写写他”，这话说得太轻佻，到底哪天？

没想到是今天。

我执拗地不肯变成他希望我变成的那个人。我的理由是：他的学生里，官员和教授太多了，不少我一个，但少一个像我这样无法定义的，所以我不需要变成他们。

《我仍然……》出版后，我们又在一个会上遇到，桌上剩下三五个人，他不看我，对另外几人讲起一桩新闻，结论是言辞要小心，不可太犀利，话讲到哪里止住，心里要有数。我觉得他在婉转地告诫我。

我们仍维持着一年见一面的频率，全部是在一些大型社工活动上，隔着千百人。

我倒数第三次见他是在全国社工年会上，他在主席台中央，我在下面一个角落里，听得到他被扩音后略有些变形的声音，看不清他的脸。他是现场所有人的老师，不单是我的。

我倒数第二次见他是前年，公益社工师事务所十周年庆典上，我客串主持，请他上台致辞，活动结束后有晚宴，我因为有事没参加，给他发一条微信道歉，九点多他回我：刚看到微信，找时间一叙。

我最近一次见他是去年，他来我校开会，致完辞、拍完合影就离开了，所有人都拥出去送他，我好不容易才靠近他，伸手向他时，杨旭正好也伸手过去，为了不显得厚此薄彼，他同时伸出两只手，一手一个牵住我们，当晚我在手机备忘录记下与他握手的感觉：

他老了，是老人的手，老人的握法了，温热，绵软，无性别。

这一年他六十三岁，我三十九岁。我好像被这只老人的手握回了学生时代。我和我的同代人们，在年轻人面前早已是大叔大妈；在父母面前，我们强势，唠叨，满身泥沙，有时比父母还像老人；也只有在老师面前，还敢再装一装嫩。

二〇一九年二月二十日晚上，我与朋友微信聊天，聊到近来身边亲朋患病的患病，早逝的早逝，颇多感慨，十点三十分，我说：也许我们都会突然倒下去，再也起不来。

愿时间永远停留在那一刻。

（徐永祥教授于二〇一九年二月二十一日凌晨因病医治无效，在上海逝世，享年六十四岁。三天后的追思会上，何雪松教授回忆徐老师生前与外国友人交流时，喜欢将自己的名字翻译为：slowly缓慢、forever永远、lucky幸运。）

《缓慢而永远》大事记

1909 年　老姥娘出生

1914 年　申凤仙出生

1931 年　姥娘、姥爷出生

1951 年　段慧霞出生；我爸出生

1952 年　我妈出生

1955 年　徐永祥出生

1957 年　二舅三舅出生

1965 年　小舅安顿出生

1968 年　银行出生

1970 年　三妮出生

1971 年　我爸我妈结婚

1974 年　我姐出生

1975 年　五妮出生

1976 年　超哥出生

1978 年　我出生

1982 年　安顿参军

1984 年　我姐学会“跳车”

1988 年　安顿停飞

1989 年　我妈带我姐和我去石家庄探望安顿

1990 年　安顿肖佩真结婚

1991 年　圆圆出生

1993 年　周城绿皮火车停运

1996 年　我姐参加工作；我考上大学；安顿退伍转业

1998年　我姐结婚

1999年　大丫二丫出生

2000年　我第一次见到徐永祥老师；老姥娘去世；我去上海读研

2004年　冯家慧老公查出患有肠癌

2005年　冯家慧查出患有乳腺癌；段慧霞任浦东社工协会常务副会长兼秘书长；冯家慧老公去世

2006年　超哥东渡日本

2008年　圆圆考上上海交大；超哥日本归来；我与段慧霞等去都江堰灾区；我与徐永祥等人赴南非

2009年　我结婚

2011年　向素云、冯家慧喜获上海市卫生系统优秀义工称号；大姑夫去世

2012年　姥娘去世；五妮离婚

2013年　姥爷去世；申凤仙去世；小岭去世

2014年　我的女儿出生；大丫二丫去周城中学读书

2017年　我离婚；三妮获楼德镇十大歌手海选亚军

2018年　大姑患痴疾；我在华政见到徐永祥老师

2019年　徐永祥老师去世

…………